Engel tragen Gummistiefel

Über die Autorin:

Doris Manroth, geboren 1969, lebt mit ihrer Tochter auf dem Land in der Nähe von Köln, dem größten Dorf der Welt, wie es heißt. Sie versucht seit vielen Jahren, einen Garten anzulegen, und wenn sie nicht gerade den Standort von Bäumen, Stauden oder Gartendeko ändert, liest sie gern, schreibt Briefe oder trifft sich zum Mädelsabend. Auch wenn diese manchmal mit gebrochenen Zehen enden.

DORIS MANROTH

Engel tragen Gummistiefel

…Profil hat Maxie Engel nicht nur

unter ihren Lieblingsschuhen

Roman

Bibliografische Information der Deutschen Nationalbibliothek:
Die Deutsche Nationalbibliothek verzeichnet diese Publikation in der
Deutschen Nationalbibliografie; detaillierte bibliografische Daten sind
im Internet über https://dnb.d-nb.de abrufbar.

TWENTYSIX – der Self-Publishing-Verlag
Eine Kooperation zwischen der Verlagsgruppe Random House und
BoD – Books on Demand

Umschlagdesign, Satz, Herstellung und Verlag:
BoD – Books on Demand, Norderstedt

ISBN: 978-3-7407-6869-0

Für Isabeau
Du sagst mir immer, was du alles von mir erben
möchtest. Hier hast du etwas, was bleibt.
made with love
♥

Kapitel 1

Was soll das heißen, du hast keine Zeit?« Kraftlos ließ er die Hand mit der Weinflasche sinken.

»Hast du meine Nachricht denn nicht bekommen? Ich gehe heute Abend ins Brauhaus!« Mit einem Paar Wollsocken in der Hand winkte sie Jacques herein und schloss die Terrassentür schnell hinter ihm, damit nicht noch mehr eiskalte Luft über ihre nackten Füße strömte. »Magst du mitkommen?«

»Natürlich nicht.« Er schüttelte sparsam den Kopf. »Was ist denn mit unserer Wochenabschlussbesprechung, Maxie? Ich kann schlecht ohne dich ins Wochenende starten.« Er sah sich unentschlossen um. »Das fühlt sich einfach nicht gut an!«

»Du meinst die obligatorische Flasche Wein, die du mir jede Woche aufs Auge drückst?«

»Ich konnte bisher nicht feststellen, dass dir das unangenehm war.«

»Leider wahr, ich geb's ja gerne zu. Was soll das überhaupt heißen: Du kannst ohne mich nicht ins Wochenende starten?!? Was würde wohl dein Schatz dazu sagen?«

»*Mein Schatz* springt gerade gut gelaunt über die Bühnen der Stadt Köln und tanzt sich die Seele aus dem Leib!« Er stellte die Rieslingflasche ab und hob stattdessen einen flachen Blechkasten mit Buntstiften vom Boden auf, mit dem er sich dann in den wuchtigen Ohrensessel am Fenster fallen ließ. »Warum kann nicht dein

Chef mit Tim essen gehen?«, fragte Jacques und begann gedankenverloren, die Buntstifte den Farben nach zu sortieren, während er wie ein Straßenmädchen vor sich hin schimpfte. Seine braunen Augen blickten Maxie dabei immer wieder anklagend an.

Sie seufzte, aber eher, weil ihr die Zeit davonlief als in ehrlicher Sympathie.

»*Mein Chef* springt gerade gut gelaunt über die Bühnen der Stadt Köln, wie du es so schön ausgedrückt hast. Er musste schon um drei von der Schreinerei weg und wir wollten Tim heute Abend nicht sich selbst überlassen. Das wäre wirklich grob unhöflich gewesen, er ist doch so ein netter Kerl. Begleite uns beide doch!«

Mit der Hand fuhr er sich durchs Haar und kurze Zeit später über den gepflegten, dunklen Bart. Er kämpfte mit sich, aber Maxie kannte seine Antwort noch bevor er den Mund öffnete:

»Lass mal, das ist mir jetzt zu plötzlich.« Gespielt gekränkt beklagte er sich über sein Schicksal. »Das ist echt unfair. Alle verlassen mich. Olli und du und sogar Ida. Wie lange ist dein kleiner Engel denn bei der ›Kinderlandverschickung‹?«

Maxie balancierte auf einem Bein, eine der dunkelblauen Socken im Anschlag. »Nicht lange. Montag ist sie schon wieder zurück.«

Die sechsjährige Ida liebte Jacques abgöttisch, und das nicht nur, weil er ihre Legos nach der Größe der Steinchen sortierte.

Wenig begeistert seufzte Jacques. »Montag sind ja auch meine anderen Kinder wieder da.«

Die zweite Socke brachte Maxie fast aus dem Gleichgewicht, doch sie fing sich gerade rechtzeitig. »Jacques, das sind nicht *deine* Kinder!«

»In gewisser Weise schon! Weißt du, wie viele Stunden sie in meiner Grundschule verbringen?«

»Das ist nicht *deine* Grundschule.«

Er schnalzte mit der Zunge. »Natürlich ist sie das: ich bin der Rektor. Wessen Schule sollte es wohl sonst sein? Und es sind sehr wohl meine Kinder, denn ich verbringe vier ganze Jahre mit ihnen. Wenn sie kommen, lesen sie Bilderbücher. Wenn sie gehen, lesen sie alles!«

Maxie grinste. »Du bist ja so süß! Sonst sagst du schon mal ›Kappensitzung‹, wenn du von der Arbeit sprichst.«

Sein dunkler Schopf wippte zustimmend vor und zurück. »Ja, manchmal ist es echt ein bisschen verrückt. Komm doch mal vorbei. Wir könnten dir endlich mal ein bisschen Kopfrechnen beibringen!«

»Ich bin aber keine zehn Jahre alt.«

»Das bist du in der Tat nicht«, genüsslich verschränkte er die Arme.

Maxie band ihre dichten Locken zum Dutt, schlüpfte in ihren Daunenmantel und lief aus dem Zimmer, um sich die Stiefel anzuziehen. Der Reißverschluss des rechten Schuhs ließ sich nur widerwillig hochziehen, und so kam ihr Vorschlag ziemlich atemlos aus dem kleinen Flur bei Jacques an: »Bleib doch hier! So spät wird's nicht. Tim hat heute Morgen einen sehr frühen Flieger genommen. Er möchte eigentlich nur etwas essen und dann zurück ins Hotel.«

»Geh ruhig aus und lass mich allein.« Elegant erhob

Jacques sich aus dem Ohrensessel, richtete sich zu voller Größe auf, schob die Hände tief in die Hosentaschen und schlug einen melodramatischen Ton an. »Wenn dir ein anderer Mann so wichtig ist, dann will ich deinem Glück nicht im Weg stehen. Aber vergiss nie, wer für dich gefühlte hundert Umzugskisten hier über diese Schwelle geschleppt hat. Du hast an deinem ersten Abend hier im Haus so fertig ausgesehen, dass ich meine allerbeste Weinflasche geköpft habe. Und damit du dann deinen unglaublich netten Nachbarn – also mich – besser kennenlernst, habe ich selbstlos jeden Freitagabend-«

»Wie bitte?«

»Äh, *gerne* jeden Freitagabend geopfert.«

»An dem dein Olli ja traditionell beim Training ist, vergiss das nicht zu erwähnen.«

Er stieß die Luft aus. »Na und? Ich weiß, dass dir unsere Freitage auch heilig sind. Nun ja, dann muss ich also heute mal allein klarkommen.«

Maxie kicherte, während sie sich die Mütze aufsetzte, kehrte zu ihm zurück und sah an ihm hoch. »Du schaffst das! Du bist doch schon groß!« Kleine Schweißperlen bildeten sich auf ihrer Stirn.

Jacques schlang seine langen Arme um das Daunenpaket. »Pass gut auf dich auf, und trink nicht zu viel. Du musst schließlich die ganze Zeit englisch sprechen!«

»Ich passe immer auf mich auf, und Tim spricht sehr gut deutsch, aber jetzt raus mit dir. Ich zerfließe!!!«

Die enge Straße mit den alten, aber hübsch renovierten Häusern lag ruhig im milchigen Winterdunst. Hier trennten sich ihre Wege. Jacques verschwand im Nachbarhaus. Maxie machte sich in entgegengesetzter Richtung auf den Weg zur Haltestelle. Sie war früh genug dran und fuhr schon wenige Minuten später mit der Straßenbahn, einer kleinen Gruppe Karnevalisten und jeder Menge Nachtschwärmer Richtung Innenstadt.

Kapitel 2

Rosie zog langsam die Füße aus den Gummistiefeln. Wie immer zu spät, denn die kleine Straße aus Lehmklumpen und Steinchen führte von der Hoftür über den gefliesten Boden bis in die Küche. Sie nahm die Gartenschere aus der Hosentasche, reinigte sie am Waschbecken und ließ noch ein bisschen länger warmes Wasser über die Hände fließen. Februar war eindeutig zu kalt für Gartenarbeit, aber der Apfelbaum hatte dringend einen Rückschnitt gebraucht.

Hinter sich hörte sie das Rascheln von Stoff und eine Kinderstimme, die leise eine Melodie summte. Verzückt drehte sie sich um. Vor ihr stand Ida in Jeanskleid und geringelter Strumpfhose, auf den Ohren einen alten Walkman und in der Hand eine Art Seesack.

»Kannst du das riechen, Omi?« Große, grüne Augen unter einem Bubikopf blickten sie an. Maxies Locken hatte sie zwar nicht geerbt, dafür aber diesen Blick, der alles und jeden dahinschmelzen lassen konnte.

»Was soll ich riechen?«

»Ich hab dein Parfum ausprobiert!«, schrie sie, denn sie war natürlich nicht bereit, auch nur eine Sekunde lang die Kopfhörer von den Ohren zu nehmen. Rosie schnupperte über den roten Schopf.

»Doch nicht da, Omi …hier!« Ein zappelndes Fellknäuel wurde aus dem Seesack gezogen, und sofort verbreitete sich ein frischer Duft nach Bergamotte in der

Küche. Ein zartes, schwarzweißes Kätzchen strampelte sich frei und floh vor dem eigenen Geruch durch die Katzenklappe der Hoftür hinaus in die Wildnis des Gartens.

»Die arme, kleine Alma wird für ihr Leben traumatisiert sein!« Almas Not musste in der Tat sehr groß gewesen sein, um freiwillig in die Kälte zu entweichen, aber das Kätzchen hatte ja schließlich ein Fell und eine Reihe warmer Unterschlupfmöglichkeiten auf dem großen Grundstück.

Ida zog an Rosies Jackenärmel. »Was heißt denn das?«

»Was heißt was? Ah, du meinst ›traumatisiert‹? Na, sie wird furchterregende Albträume von kleinen Mädchen mit Ringelstrümpfen haben!«

»Von mir?«

»Genau, von dir. Deine Freundinnen sind vor fünf Minuten erst nach Hause gegangen. Wie kann dir in der kurzen Zeit allein so viel Unsinn einfallen?«

Ida sah empört drein. »Das war doch kein Unsinn! Alma ist ein Mädchen und Mädchen müssen schön riechen.«

»Merk dir das bitte, wenn ich dich das nächste Mal in die Badewanne stecken will«, antwortete Rosie trocken.

»Das ist ja wohl was ganz anderes«, gab Ida zurück und verdrehte die Augen. Rosie hatte nicht erwartet, in dieser Debatte das letzte Wort zu haben und wandte sich schmunzelnd ab. Ihre Enkelin war das wandelnde Chaos, schlagfertig und immer zu einer Schandtat bereit und doch so unerhört liebenswert, dass ihr das Herz überlief, sobald dieser Zwerg das Haus betrat. Ida hatte viel mit ihrer Mutter Maxie gemein, außer der Liebe zu unverhofften Aktionen, denn Maxima hasste Unerwartetes und Spontaneität musste sich irgendwie immer im Rahmen des Planbaren befinden. Entglitt ihr eine Situation, konnte sie geradezu unausstehlich sein. Der Apfel fiel nicht weit vom Stamm. Rosies Blick schwenkte zu dem Foto ihres Mannes, der ihr zulächelte, als habe sein Herz nie aufgehört zu schlagen. »Was für eine Familie!«, seufzte sie. Dann klatschte sie ein paarmal in die Hände. »Idalein, ich denke, es ist Zeit zum Abendessen, was meinst du?«

Die Antwort kam umgehend: »Essen? Immer!«

Mit nichts anderem hatte Rosie gerechnet. Die Dämmerung brach herein. Im Hof erwachten die von Weihnachten verbliebenen Lichterketten zum Leben, und der ehemalige Stall, der seit einigen Jahren ein Blumengeschäft beherbergte, erschien jetzt am Abend mit seinen vielen Fenstern und der Nachtbeleuchtung wie eine überdimensionierte Laterne. Ida klemmte ihre kleine Zunge im Mundwinkel fest, fing an mit dem Besteck zu klappern, und schon kurze Zeit später strömte ein unwiderstehlicher Pizzaduft durch Küche, Wohnzimmer und Flur bis ins Dach hinauf, während es draußen dunkler wurde und die Lichter vor dem Fenster wie Feen im Wind hin und her tanzten.

Kapitel 3

Den Schirm fest in der Hand kämpfte Maxie am gleichen Abend gegen das aufkommende Schneegestöber an. Wie üblich ließ der beißende Wind etwas nach, wenn man es mal über die Domplatte geschafft hatte. Als sie schließlich am Heumarkt ankam, erwartete sie ihr Gast bereits vor der Tür seines Hotels. De facto war es natürlich nicht ›sein‹ Hotel. Das befand sich gute siebenhundert Kilometer weiter nördlich, gut geführt von seinen beiden Töchtern, soviel hatte Maxie bereits am Nachmittag erfahren. Er war ein Mann ohne Allüren und kam bodenständig und sympathisch daher. Dass er sich so gut mit ihrem Chef verstand, war daher überhaupt kein Wunder. Olli hatte es wirklich bedauert, seinen Freund heute nicht selbst begleiten zu können, doch Maxie war mehr als gern eingesprungen.

»Was für ein Mistwetter!« Mit den Fingern kämmte sie sich die Wassertropfen aus dem Haar. Der gedämpfte Geräuschpegel im Brauhaus, das helle Klirren von Gläsern, das dunkle Holz der Vertäfelungen und die gedämpfte Beleuchtung hießen sie warm willkommen.

Tim nahm ihr den Schirm ab und schob ihr wie selbstverständlich den Stuhl zurück, wartete bis sie bequem saß, hing erst dann seine Jacke über die Lehne des gegenüberliegenden Holzsessels und nahm selbst Platz. Er sah sich zufrieden um. »Der Spaziergang vom Hotel hier herüber hat gutgetan.«

»Spaziergang? Sie sind ja ein Spaßvogel.« Maxie schüttelte sich, als ihr ein paar eiskalte Tropfen in den Kragen rannen. Ihr Begleiter grinste und reichte ihr sein Taschentuch über den Tisch. Sie nahm es dankbar und tupfte die geschmolzenen Schneeflocken aus dem Haar. »Tim, wie kommt es eigentlich, dass Sie so gut deutsch sprechen?«

»›Gut‹ wäre übertrieben. Meine Großmutter war aus Passau. Sie hat es mir beigebracht, als Kind lernt man ja schnell eine fremde Sprache. Aber ich habe vieles vergessen, weil ich natürlich nicht oft Gelegenheit habe zu üben, was ich gerade heute bedauere!«

»Da gibt es nichts zu bedauern! Jetzt erzählen Sie mal: Wie haben Sie Oliver kennengelernt? Ich bin ganz furchtbar neugierig!«

Tim lachte leise, wobei sich seine zahlreichen Augenfältchen noch vertieften. Gegen seine Gewohnheit sprach etwas lauter, denn drüben am Eingang drängte sich nun eine Gruppe Männer um den Tresen, deren erstes Bier an diesem Abend anscheinend schon einige Stunden zurücklag.

»Wie wir uns kennengelernt haben? Das ist ganz einfach: Das war vor zwei Jahren in Devon. Ein Freund wollte mich auf einer Wanderung begleiten, um mit mir eine Etappe des Coast Path laufen. Wir haben das schon öfter gemacht, aber dieses Mal musste er in letzter Minute absagen. Also bin ich allein losgezogen. Oliver ist mir auf meiner Tour immer wieder über die Füße gelaufen. Einmal im Pub hat er mit mir am gleichen Tisch gesessen und wir sind ins Gespräch gekommen. Und dann sind wir mehrere Tage zusammen gewandert.

Wir hatten denselben pace … Schritt. Beim Abschied haben wir gesagt, wir bleiben im Kontakt. So haben wir es dann auch gemacht. Letztes Jahr zum Beispiel waren wir in der Eifel. Ich glaube, nach dem Karneval braucht Ihr Chef immer Urlaub.« Er lachte tief.

»Ja, das passt zu ihm. Dann kennen sie ihn schon ein Jahr länger als ich. Tatsächlich hat er mir gleich in meiner zweiten Arbeitswoche das Büro überlassen, und das war genau nach den Karnevalstagen, stimmt!«

Der Kellner kam mit den Getränken und nahm ihre Bestellung auf. Als er weg war, schob Maxie Tim ein Kölsch vor die Nase, und sie prosteten sich zu.

»Oliver ist ein sehr engagierter Mann. Was er macht, das scheint er richtig zu machen«, bestätigte der Brite, nachdem er seine Kölschstange abgesetzt hatte. »Also, er hat sich bei unserer Wanderung ständig beklagt, dass er auf Reisen nie ein Hotelbett findet, das seiner Größe entspricht. Und ich habe ihm im Spaß gesagt, wenn er Schreiner ist, dann soll er die Sache selbst in die Hand nehmen und Betten in Überlänge bauen. Daraufhin meinte er an unserem zweiten Abend, er würde auch mal gern selbst ein Hotel einrichten. Nach dem dritten Abend bestand er schon darauf. Und jetzt ist es Fakt: Er möchte ein Hotel eröffnen und ich werde ihn beraten, falls nötig. Ich habe ihn so verstanden, dass es ihm hauptsächlich um das Einrichten geht, er hat da schon ganz genaue Vorstellungen, er sucht nur noch ein passendes Objekt. Es soll nicht so weit weg von Köln sein, und auch nicht zu groß. Das Management will er allerdings jemand anderem überlassen.«

»Ihnen?«

»Nein, nein!« Tim winkte lachend ab. »Einen alten Baum verpflanzt man nicht, sagt man das so? Außerdem muss ich mich um meinen eigenen Betrieb kümmern. Oliver hatte schon so eine Ahnung, wer als Manager infrage käme. Er hatte ohnehin schon sehr konkrete Pläne heute Nachmittag!«

Das sah Olli ähnlich, dachte Maxie. Er war ein ›Macher‹, voller unternehmerischem Tatendrang. Sie hatte sofort erkannt, dass er eine Art Naturgewalt darstellte, die ihn von vielen anderen Menschen unterschied. Er war aufgeschlossen für Neues, legte bei der Arbeit höchsten Wert auf Präzision und Qualität, und wenn er ein Projekt im Kopf hatte, setzte er Himmel und Hölle in Bewegung, um es zu verwirklichen. Dabei vergaß er aber auch nicht den Spaß. Wenn es normalerweise hieß: ›wer feiern kann, der kann auch arbeiten‹, hieß es bei Olli: ›wer arbeiten kann, der kann auch feiern!‹. Sein großes Team in der Schreinerei stand geschlossen hinter ihm. Jeder war dankbar, dass die Arbeit auch einmal von der üblichen Routine abwich, und für den sympathischen Chef hätte jeder der Männer nächtelang durchgearbeitet. Und sie selbst natürlich auch. Oliver Kirschbaum dankte seinen Angestellten das Engagement, indem er auch mal Fünfe gerade sein ließ. Nun gut, ein Hotel also.

Tim erzählte im Lauf des Abends, wie er vor vielen Jahren sein eigenes Unternehmen gegründet hatte. Anders als Olli hatte er das Handwerk von der Pike auf gelernt und mit seiner Frau das erste Hotel eröffnet. Daraus waren dann über die Jahre mehrere geworden, die nun hauptsächlich von seinen Töchtern geführt wurden, die beide in den Familienbetrieb eingestiegen waren. Tim war ein guter Erzähler, aber Maxie bemerkte während des Essens, dass ihm der lange Tag in den Knochen steckte.

Eine Bitte hatte er aber noch: »Maxie, ich werde mich am Montag erst wieder mit Oliver treffen. Denken Sie, ich könnte das Wochenende außerhalb von Köln verbringen? Das Hotel ist zentral gelegen, aber ich muss gestehen, ich bin überhaupt kein Stadtmensch. Ich wollte das mit Ihnen schon heute Nachmittag besprechen, habe es aber leider vergessen.« Er entschuldigte sich mindestens dreimal dafür.

Im Geiste scannte Maxie das Kölner Umland. Ein Golfhotel oder ein Landgasthof vielleicht; sie zückte ihr Telefon, und in dem Moment, als sie das Hintergrundbild auf ihrem Display aufflackern sah, streifte sie der Hauch einer Idee.

Das ging doch nicht, oder doch?

Sie wägte kurz ab und erhob sich dann entschlossen. »Natürlich, das verstehe ich. Eine ruhige Unterkunft für die nächsten zwei Tage …das bekomme ich hin. Lassen Sie mich nur ein kurzes Telefonat führen. Ich denke, ich habe da genau das Richtige für Sie!«

Sie schob sich durch das dichte Gedränge vor dem Tresen. Die Gäste machten nur zögerlich Platz und ein charmanter Hüne legte ihr sogar kumpelhaft den Arm um die Schultern, um sie in ein Gespräch verwickeln. Mit einer schlagfertigen Bemerkung befreite sie sich und schob sich weiter wie durch rotierende Bürsten einer Autowaschanlage, bis sie die Tür erreicht hatte.

Als sie dann endlich nach draußen trat, schlug ihr die frostige Luft wie ein Hammer vor die Brust, und erst da realisierte sie, wie warm es im Brauhaus gewesen war. Kurz und knapp und mit klappernden Zähnen führte sie ihr Telefonat und war anschließend hochzufrieden.

Unschlüssig stand sie vor der Brauhaustür. Eigentlich hatte sie keine Lust, sich auf dem Rückweg wieder durch den übervollen Thekenbereich zu quälen. Da fiel ihr Blick zufällig auf eine kleine Pforte. Der Eingang für die Hotelgäste, natürlich! Sie huschte durch die schmale Tür und kam auf einem kleinen Umweg unbehelligt zurück zum Tisch. Tim schob die Stirn in Falten. »Sie hatten die Jacke vergessen!«

Maxie plumpste auf den Stuhl. »Macht nix! Ich habe gute Nachrichten! Wenn es Ihnen nichts ausmacht, eine kurze Strecke mit der Bahn zu fahren, hätte ich die ideale Übernachtungsmöglichkeit für Sie!«

Tim signalisierte sofort sein Einverständnis.

»Ich würde Sie natürlich gern mit dem Wagen bringen, aber ausgerechnet morgen habe ich schon einen Termin.«

Er wehrte ab. »Bahnfahren ist absolut okay für mich.«

»Es ist auch wirklich nur eine kurze Strecke in ein ganz ruhiges Dorf, das richtige Wochenend-Domizil für Sie! Meine Mutter wird Sie am Bahnhof abholen. Sie können bei ihr wohnen! Sie hat zwar kein Hotel, aber Platz ohne Ende und sie ist eine großartige Gastgeberin! Es wäre mehr wie ein, hm, ein B & B! Ja genau!« Abwartend lächelte sie ihn an.

Doch Tim legte das Besteck zur Seite und hob sofort abwehrend beide Hände. Er schüttelte den Kopf. »B & B ist super, aber das kann ich nicht annehmen, ich möchte niemandem zur Last fallen!«

»Zur Last fallen? Soll das ein Witz sein? Sie kennen meine Mutter nicht: Sie liebt es, Gäste zu haben.«

»Das ist ein überaus großzügiges Angebot.«

Maxie klatschte in die Hände. »Also abgemacht! Meine Mum freut sich sowieso schon auf Sie!«

Kapitel 4

Rosie war früh unterwegs. Ihr Atem hinterließ weiße Wölkchen in der Luft, als sie auf dem Weg von der Bäckerei zurück nach Hause war. Sie hatte nicht gefrühstückt und ihr Magen gab ein vernehmliches Brummen von sich.

Maxie hatte sich gestern Abend am Telefon extrem kurzgefasst und nicht viel von diesem Mr. Cooper erzählt, außer dass er ein Freund von Oliver war, ein ruhiges Fleckchen suchte und ein umgänglicher Mensch war. Nun, auf Maxies Wort konnte sie sich verlassen. ›Mach dir keine Sorgen!‹, hatte ihre Tochter noch gemeint, bevor sie auflegte.

Rosie lachte leise vor sich hin. Das hatte Maxie schon so oft gesagt und da war es um erheblich wichtigere Dinge gegangen. Einen jungen Mann zu bekochen und zu beherbergen, das war ein Klacks!

Hinter sich hörte Rosie ein angestrengtes Schnaufen. Sie wandte sich um. Eine knallrote Pudelmütze eilte ihr hinterher und wedelte mit den Armen.

»Warte doch, lauf nicht so schnell, du hast ja die Energie einer Dampflok!«, keuchte es unter der Mütze.

»Wenn du mich nicht gerufen hättest, hätte ich dich nicht erkannt, Lisa! Lustig, dein Bommel!« Rosie versetzte der dicken Wollkugel einen leichten Stups und sie schlug aus wie ein Pendel.

»Fast polartauglich, das Weihnachtsgeschenk der

Schwiegereltern! Aber für heute genau die richtige Kopfbedeckung.« Keck wackelte Lisa nochmal mit dem Kopf.

»Bei der Eiseskälte wird zwar niemand einen Fuß vor die Tür setzen, um bei mir einzukaufen, aber ich werde mal die ganzen Kisten mit der Weihnachtsdeko wegräumen. Mein Blumenladen muss dringend auf Frühling getrimmt werden!«

Rosie hakte sich unter. »Aufräumen muss ich auch noch schnell! Maxie schickt mir gleich einen Freund ihres Chefs, der übers Wochenende ein Zimmer sucht. Ich weiß nur, dass er einen britischen Namen trägt. Aber was ihn hierhertreibt, woher er kommt oder wieso Maxie denkt, dass er unbedingt ein paar Tage bei mir wohnen sollte …«

Sie zuckte mit den Schultern. »Ich liebe ich es ja, Gäste zu haben. Und wenn meine Tochter meint, er würde sich bei uns wohlfühlen, dann ist das auch so.«

Lisa lachte. »Wer sollte sich *nicht* bei dir wohlfühlen? Gibt's denn was Neues von Köln? Ich kann dir gar nicht sagen, wie ich Maxie und die kleine Ida vermisse! Ich hätte nicht gedacht, dass sie wirklich wegziehen.«

»Du kennst sie doch. Deine Freundin fällt Entscheidungen schnell und ohne jemanden zu fragen – nicht einmal mich – und wehe dem, der sich ihr in den Weg stellt!«

»Dampflok, ganz wie ihre Mutter!«

Rosie knuffte sie in die Seite. »Pass bloß auf, du!«

Sie schwiegen den Rest des Weges, denn die kalte Luft tat in den Lungen weh. Endlich angekommen vor dem rustikalen Gebäude, das noch über und über mit Tannengirlanden geschmückt war, schloss Lisa ihre Ladentür auf. »Dann wünsche ich dir viel Spaß mit deinem mysteriösen Gast!«

»Hoffentlich hat er nicht so hohe Ansprüche.«

»Das wird schon!«

»Ja, das wird schon. Genieß' dein Wochenende!«

Lisa lachte ausgelassen. »Worauf du dich verlassen kannst!«

Maxie wartete derweil in der Hotellobby auf Tim. Mit Blick auf die Aufzüge lehnte sie an der Rezeption und beobachtete das Kommen und Gehen. Die Lifte waren zur Frühstückszeit im Dauerstress. Doch ihr Gast hatte einen sportlicheren Weg gewählt. Mit einer wildledernden Reisetasche in der Hand kam er die Treppe herunter auf sie zu. »Morning, Maxie!«

»Morning, Tim! Sind Sie reisefertig?«

»Yes! Ich verspreche, die Gastfreundschaft Ihrer Mutter nicht zu strapazieren! Sie wird mich kaum bemerken. Ich habe mir hier einen ganzen Haufen Arbeit eingepackt.« Er klopfte mit der Hand auf die Tasche. »Hauptsache, ich habe einen Schreibtisch. Lassen Sie mich auf dem Weg noch einen Blumenstrauß kaufen, Sie haben doch gesagt, sie mag Blumen?!«

»Sie liebt Blumen! Das ist eine nette Idee!«

Er grinste. Mit geschulterter Tasche lief er neben ihr durch die engen Gassen der Altstadt und rutschte ein paarmal auf dem vom Schneematsch schlüpfrigen Kopfsteinpflaster aus. Die Sohlen seiner Schuhe waren für die Witterung nicht gut geeignet, denn statt rustikalem

Schuhwerk und Jeans wie gestern Abend, trug er Anzug und Wollmantel. Anerkennend musterte Maxie ihn aus dem Augenwinkel. Er schien entschlossen, einen guten Eindruck bei ihrer Mutter zu hinterlassen, und sie freute sich, dass Tim so bedacht war.

Im Gehen knöpfte Maxie sich den Mantel bis unters Kinn zu und suchte in ihren Taschen nach ihren Handschuhen. Für einen Moment unaufmerksam, übersah sie fast einen Radfahrer. Tim zog sie gerade noch rechtzeitig zur Seite, wobei er selbst ausrutschte, und nun wiederum Maxie ihn auffangen musste. Beide strauchelten kurz, bevor sie wieder sicher auf den Beinen standen. Atemlos lachten sie über ihre beiden Missgeschicke.

»Das war knapp!«, meinte Maxie. »Da hätten wir beinahe beide im Matsch gelegen.«

Tim wehrte ab. »Sie tragen nicht umsonst den Namen Engel, wie es scheint!«

»Haha! Das lasse ich lieber unkommentiert! Hier, ein Blumenladen!« Sie wies auf ein Geschäft an einer Straßenecke, wo große Mengen knallfarbener Frühlingsblüher in Zinkeimern steckten. Die Explosion frischer Farben haute Maxie fast um. Man vergaß schnell, wie trist und lang so ein Winter sein konnte, besonders hier in der Stadt, bis man solch ein Bild vor sich sah. Ein pinker, dreirädriger Lieferwagen vor der Tür des Ladens rundete das bunte Bild ab. Sogar die Markise über den Schaufenstern war ausgefahren, obwohl sich darauf noch Schneereste sammelten.

Schon nach kürzester Zeit tauchte Tim mit zwei intensivroten, üppigen Sträußen wieder bei ihr auf.

»Sieh mal einer an! Das sind sogar die absoluten Favoriten meiner Mutter!«, klärte sie Tim auf. »Diese Tulpen sind wunderschön!«

Und bevor sie sich's versah, landete einer dieser hübschen Blumensträuße in ihrem eigenen Arm.

»Gut, dass Sie das auch finden. Dieser hier ist nämlich für Sie!«, meinte der Brite nachdrücklich. »Danke für die gute Organisation und sorry für die sehr kurzfristige Planänderung!«

Später am Bahnhof zog Maxie ein Foto aus der Handtasche. Eine Notlösung, denn gestern war zu allem Überfluss der letzte Tropfen Saft aus Tims Mobiltelefon entwichen. Nachdem er festgestellt hatte, dass sein Aufladegerät sich weit weg auf der anderen Seite des Ärmelkanals befand, wurde jede Schublade der Schreinerei auf links gedreht, um ein passendes Kabel zu finden. Leider ohne Erfolg. ›Nicht weiter schlimm‹, hatte er gemeint, aber Maxie musste sich etwas einfallen lassen, wie er in einer guten halben Stunde seine Gastgeberin erkennen sollte. Die Idee mit dem Foto war zwar altmodisch, aber in diesem Fall zweckdienlich. Außerdem war Rosie nicht zuverlässig mit dem Handy erreichbar, denn sogar das weltumspannende Telefonnetz hatte in Meerberg seinen Meister gefunden hatte. Oder besser: mehrere Funklöcher.

Tim studierte das Foto eingehend und steckte es dann in die Brusttasche seines Mantels. »Maxie, ich danke Ihnen, dass Sie mein holpriges Deutsch so gut ertragen, ich weiß, meine Aussprache ist schwer zu verstehen!« Das entsprach durchaus der Wahrheit, denn seine Großmutter hatte ihm eher bayrisch beigebracht. Gestern Abend im Brauhaus hatte Maxie irgendwann während des Essens ganz sanft ins Englische gewechselt, als sie bemerkte, dass Tim müde wurde.

»Nochmal herzlichen Dank für Ihre Zeit, Maxie. Es ist ja nicht selbstverständlich, dass eine so hübsche, junge Frau einen Freitagabend mit einem alten Knochen wie mir verbringt! Es war ganz pfundig.«

Maxies Herz zog sich vor Rührung zusammen und sie drückte seine Hand fester, als sie eigentlich beabsichtigt hatte. »Das fand ich auch«, bestätigte sie. »Totally pfundig!«

Kapitel 5

Ist doch nicht so schwer!« Die zwei Männer trabten locker von der Severinsbrücke und weiter Richtung Schokolandenmuseum. Den Weg entlang des Rheinufers teilten sie nur mit wenigen anderen Sportlern und einigen Hundebesitzern. Der Wind war einfach zu frostig.

»Ich wüsste echt nicht, was dich das angeht.« Nick musste einen kurzen Stopp einlegen, um die Schnürsenkel seiner Laufschuhe festzuziehen.

»Wir treffen uns um acht, gehen was trinken und dann in den Club. Du musst halt mal eine ansprechen, Alter.« Schwer landete die Hand seines Freundes auf Nicks Schulter. Dieser verlor für eine Sekunde das Gleichgewicht und musste sich mit beiden Händen auf dem kalten Boden abstützen.

»Kein Grund mich zu erschlagen, Leon.« Nick richtete sich auf und blinzelte gegen die Wintersonne.

»Du bist einfach viel zu zurückhaltend«, kam die Stimme seines Freundes aus dem gleißenden Licht.

Die Augen zu schmalen Schlitzen zusammengekniffen, verzichtete Nick auf eine lang ausholende Erklärung. »Kümmer‹ dich um deinen eigenen Kram.« Dann trabte er los und ließ Leon zurück. »Du kühlst aus, das ist schlecht für deine Muskulatur«, rief er über die Schulter zurück.

Leon gab nicht auf. »Wir treffen uns um acht im Pub. Meine Freundin bringt ihren ganzen Hühnerstall mit.«

Leon hatte aufgeholt und joggte locker weiter, trotzdem konnte er nicht aufhören, das gleiche Thema weiter zu diskutieren. »Du bist ein richtiger Eremit geworden, mein Freund. Du wirst noch mit dem weißen Kittel in der Hand begraben werden. Einsam, überarbeitet und untervö-«

Heftig rempelte Nick ihn mitten im Satz an, das Gesicht grimmig verzogen. »Halt's Maul!« Das war seine wunde Stelle. Er konnte mit Leon alles besprechen, außer dieser einen Sache. Leon meinte es gut. Aber es ging ihn nichts an. Tatsächlich hatte Nick sich in den letzten Jahren nur für ein einziges Mädchen interessiert. Sie war so besonders gewesen, dass sie ihm wochenlang nicht aus dem Kopf gegangen war. Doch als er sie das erste Mal sah, hatte sie wirklich anderes zu tun gehabt, als sich ein Date anzulachen. Traurig, verloren – und um ein Kind weniger – hatte sie vor ihm gesessen, fest entschlossen, nicht zu weinen.

Nick hatte damals gehofft, sie im Krankenhaus noch einmal anzutreffen. Zur Nachuntersuchung. Er hatte sämtliche Schichten getauscht, um tagsüber bei der Arbeit zu sein, statt in der Nacht, in der Hoffnung, im entscheidenden Moment über den Flur zu laufen. Und in Gedanken hatte er tausendmal den Dialog zwischen beiden durchgespielt. Er hätte sie dann – nach ein paar einleitenden Sätzen – gefragt, ob er sie zu einem Kaffee einladen könne. Doch er hatte sie nicht wiedergesehen. Und dann war ihm vor kurzem die bessere Stelle angeboten worden. Er wechselte das Krankenhaus, aber an diese Frau dachte er immer noch oft.

Er beschleunigte das Tempo und lief absichtlich nah am Geländer, sodass Leon nun hinter ihm joggen musste.

»Nick! Jetzt sei doch nicht sauer, du Blödmann! Du weißt doch, wie ich es meine. Das wird bestimmt ein cooler Abend mit den ganzen Mädels.«

»Ich finde aber keine deiner Bekannten so umwerfend, dass es sich für mich lohnen würde. Es ist einfach keine dabei, mit der ich gern mehr als ein Glas Bier trinken würde.«

Leon quetschte sich neben ihn. »Wie muss deine Angebetete denn aussehen, damit du für sie über deinen Schatten springst?«

Nick schnaubte. »Sie muss nicht aussehen. Sie muss einfach nur normal sein. Und verdammt nochmal nicht immer so rumquietschen. Die Frequenz, auf der sich diese Frauen unterhalten, schmerzt mir in den Ohren.«

»Würstchenbude?«

»Von wegen, wir laufen noch fünf Kilometer.«

Leon stöhnte. »Was ist mit den Schwestern im Krankenhaus? Quietschen die auch?«

»Sechs Kilometer.«

»Nee komm, jetzt sag doch mal. Der Jobwechsel muss sich doch gelohnt haben. Assistenzärztinnen? Internistinnen? Personalreferentinnen?«

»Sieben Kilometer.«

Leon verstummte resigniert. Er kannte Nick schon vom Studium und hatte ihn durch die lange, schmerzvolle Trauerphase begleitet, als dessen langjährige Freundin bei einem Fahrradunfall ums Leben gekommen war.

Das war Jahre her.

Sein Singledasein war oft Gegenstand ihrer Unterhaltungen, beziehungsweise der eher einseitigen Monologe, die Leon führte. Für heute gab er auf, jedoch nicht ohne sich vorzunehmen, Nick am späten Nachmittag noch zu überreden, mit ihnen auf die Ringe zu gehen.

Im Gleichschritt trabten sie nebeneinander her, wie jede Woche, und beide hingen für den Rest der Strecke ihren eigenen Gedanken nach.

Kapitel 6

Rosie erkannte ihren Gast auf den ersten Blick, obwohl er gut dreißig Jahre älter war, als sie eigentlich erwartet hatte. Außerdem waren nur drei Personen aus dem Zug ausgestiegen, und er war der Einzige, der nicht aus Meerberg stammte. Sie grüßte die beiden anderen im Vorbeieilen und hielt – mit Ida an der Hand – auf den Mann im gut geschnitten Wollmantel zu. Er trug einen karierten Schal, eine braune, wildlederne Reisetasche und teure Lederschuhe.

»Sie müssen Timothy Cooper sein! Ich bin Rosemarie Engel. Sorry, wir haben uns ein paar Minuten verspätet!«, sagte sie, und ihr Englisch hörte sich hier am Bahnhof ihres Heimatortes fremd und deplatziert an.

»Es ist keine Eile geboten«, antwortete er ihr in fließendem Deutsch. Überrascht ergriff sie seine ausgestreckte Hand und ein feiner elektrischer Schlag traf sie in dem Moment, in dem sie sich berührten. Sie entschuldigten sich gleichzeitig. Ein verschmitzter Zug um den Mund ließ ihn jünger wirken, sehr viel jünger und vielleicht ein wenig lümmelhaft und nahm sie sofort für ihn ein.

Er stellte seine Tasche ab und wickelte einen dicken Tulpenstrauß aus einer Zeitung. »Ihre Tochter hat Ihre Liebe zu Blumen erwähnt, ich dachte, im Winter freuen Sie sich über die frischen Farben.«

»Du lieber Himmel, vielen Dank!« Rosie errötete bis

zu den Haarwurzeln. «Nennen Sie mich bitte Rosie, dies hier ist meine Enkelin Ida.«

Tim ging in die Hocke. »Hallo du!«

Die sonst so forsche Ida wagte sich ein Stück vor, quiekte ein schnelles »Hi!« und schob sich wieder hinter Rosies Beine.

Tim richtete sich grinsend auf. »Sie muss etwa so alt sein wie meine eigene Enkelin.« Seine Hand ruhte kurz auf der Brusttasche seines Mantels, wo Rosie die Ecke eines Fotos herausblitzen sah. Doch er zog das Bild nicht heraus. Stattdessen fasste er seine Tasche mit beiden Händen.

»Es ist sehr nett, dass Sie mir Asyl übers Wochenende anbieten. Ich bin leider kein Stadtmensch.«

»Ich auch nicht!«, pflichtete Rosie ihm bei. »Da haben wir ja schon etwas gemeinsam, Mr. Cooper!«

»Tim, bitte!«, warf er schnell ein und begleitete sie mit federndem Schritt aus dem Bahnhofsgebäude.

Wenig später stand ›Tim‹ im Wohnzimmer des alten Bauernhauses und schien es nicht besonders eilig zu haben, das Gästezimmer zu beziehen. Er schlenderte langsam zur Hoftür und blickte auf den Garten, der sich weiß vom Raureif hinter einem gepflasterten Innenhof erstreckte. Rosie zupfte die hübschen Tulpen in einer Glasvase zurecht. Aus den Augenwinkeln beobachtete sie ihren Gast.

Er war vielleicht doppelt so alt wie der Chef ihrer Tochter. Rosie war automatisch davon ausgegangen, dass ein Freund von Oliver ebenfalls ein junger Kerl sein musste. Verrückt! Aber durchaus angenehm. Durchaus.

Tims Hände ruhten in den Hosentaschen, er trug eine Weste über einem makellos weißen Hemd, das allerdings hinten aus dem Hosenbund gerutscht war. Das Haar war kurz und grau und stand wegen mehrerer Wirbel am Hinterkopf ab, so als sei er gerade aus dem Bett gefallen, was die Jungenhaftigkeit betonte, die sie vorhin schon in seiner Mimik festgestellt hatte.

Schmal war er, sein Rücken gerade, wie der eines Reiters. Die Anzughose endete modern auf der Hüfte. Rosie befand sich noch inmitten ihrer Betrachtungen, als er dynamisch herumwirbelte und ihren Blick auffing.

»Winter!«, sagte sie lahm und deutete mit dem Stängel der Tulpe, die sie gerade in der Hand hielt, auf den Garten. »Der Garten sieht im Winter sehr langweilig aus. Aber es wird Ihnen hier hoffentlich trotzdem gefallen.«

Warum hatte er sich gerade jetzt herumdrehen müssen? Das fing ja schon gut an. Maxie hatte heute ganz früh noch eine kurze Nachricht geschickt und ihr damit einen gelinden Schock versetzt. Der Mann war Hotelbesitzer! Ein Umstand, der Rosie nicht gerade beruhigte, ganz im Gegenteil!

Die ausgedienten Weinkisten an den Hofwänden, der Schuppen, der dringend einen Anstrich vertragen konnte, das Unkraut zwischen den Pflastersteinen, die Sammlung an alten Blumentöpfen und das fette, ausgediente Weinfass mitten im Hof …was Rosie als eine Art ›Vintage-Charme‹ betrachtete, nun gut, bis auf den renovierungsbedürftigen Schuppen vielleicht, beurteilte er möglicherweise als Ramsch.

Rosie war stolz auf das, was sie in all den Jahren aus

dem Bauernhaus gemacht hatte, vieles in Eigenregie, aber immer zu ihrer eigenen Zufriedenheit. Sie war schließlich handwerklich nicht unbegabt. Aber dass jemand anderes zu einem schlechten Urteil gelangen könnte, machte sie verletzlich. Also, was hatte sie nun zu erwarten? Würde jetzt irgendeine höfliche Floskel kommen, so wie es die britische Art war?

Doch er rieb die Handflächen aneinander. »Wunderbar!«, sagte er schlicht. »Einfach wunderbar. Es ist gemütlich bei Ihnen, ein sehr schönes Haus!« Als er dabei schmunzelte, vertieften sich seine zahlreichen Lachfalten um die strahlend blauen Augen, die sie ohne jeden Vorbehalt ansahen.

Eine Welle der Sympathie überkam Rosie, und sie konnte nicht umhin, sich selbst zu beglückwünschen. Als Gästehaus war sie nun also akkreditiert, und an ihren Kochkünsten konnte die ganze Sache keinesfalls scheitern. Super!

»Darf ich Ihnen Tee anbieten, Tim?«

In diesem Moment schlich Alma um die Ecke, gefolgt von Ida.

»Kleine Lady, ist das deine Katze?«

Ida seufzte, verdrehte die Augen und schüttelte den Kopf.

»Nee, nee. Das ist Omis Katze ... die hat voll die *Almträume* von mir!«

Rosie zeigte ihrem Gast das ganze Haus. Der Dielenboden knarzte bei fast jedem Schritt, und hin und wieder musste Tim den Kopf einziehen, obwohl die Balken in einer Höhe hingen, die ihm eigentlich nichts anhaben konnte. Lediglich der Türsturz zum Gästezimmer war so niedrig, dass er tatsächlich aufpassen musste. Die Tür schwang auf, und Rosie warf einen letzten prüfenden Blick durch den Raum. Ein Wunder, was sie seit gestern Abend noch erledigt hatte! Sie zupfte an der flauschigen Wolldecke, die über eine Holzleiter drapiert war und rückte den großen Ohrensessel – dessen Gegenstück in Maxies Wohnzimmer in Köln stand – unauffällig gerade.

»Fühlen Sie sich wie zu Hause!« Sie machte eine einladende Geste und Tim streifte dabei zufällig ihren Arm. Wieder zuckten sie beide zusammen und lachten. Er sah sich um und gab ein zufriedenes Brummen von sich. »Hier werde ich so schnell nicht wieder weggehen!«

Rosie ging geschäftig zum Schreibtisch. »Schauen Sie, hier ist ein Internetanschluss, falls Sie arbeiten möchten. Ich hoffe aber, Sie werden nicht das ganze Wochenende am Schreibtisch verbringen!? Wie auch immer, richten Sie sich ein, und wenn Sie mögen, könnten wir später einen kleinen Spaziergang unternehmen, was denken Sie?«

Sie hoffte, er würde zusagen.

Tim schwang seine Tasche aufs Bett und drehte sich zu ihr um. »Hervorragend! Das würde ich sehr gerne, aber zuerst haben Sie mir einen Tee versprochen!«

Rosie zog leise die Tür zu und ließ ihn allein. Nun gut. Ihr Gast war da. Älter, als sie gedacht hatte. Sympathischer, als sie gehofft hatte. Sie hielt sich kurz am Fensterbrett fest, atmete tief durch, schüttele den Kopf über sich selbst und gab sich dann einen Ruck, um Tee aufzusetzen. Ein Spaziergang war eine gute Idee. Ein angenehmes Wochenende stand ihr bevor. Wunderbar!

Ida war grundsätzlich immer in Stimmung für eine kleine Wanderung, natürlich nur, solange sie an der Pferdeweide vorbeiführte. In ihrer Mission, Möhren aus der Vorratskammer zu organisieren, rannte Ida fast den verdutzten Gast um, der sich bereits umgezogen hatte und nun rustikale Wanderschuhe trug, einen Wollpullover und eine Kappe in der Hand. Rosie sah ihn und klapperte etwas mehr mit dem Teegeschirr als nötig gewesen wäre. »Da sind Sie ja schon! Der Tee ist gleich fertig.«

Als sie etwas später gemeinsam am Küchentisch saßen, unterhielten sie sich angeregt und Rosie erfuhr endlich etwas mehr über Timothy Cooper.

Kapitel 7

Die kleinen Schneekristalle setzten sich auf die Fensterscheibe, schmolzen langsam und rutschten gemächlich hinunter. Der Porzellanlöffel klapperte gegen die Tassenränder, als Maxie gedankenverloren den Honig in den Tee rührte.

Sie sollte wirklich einkaufen gehen, aber ihre warme Wohnung zu verlassen war ähnlich widerwärtig wie die Angewohnheit Idas, ihr morgens die Bettdecke wegzuziehen. Sie würde erfrieren!

Generell war Schnee eine wunderschöne Sache. Keine Frage! Aber um sich physisch hinaus zu bewegen, brauchte sie eine warme Mütze, einen flauschigen Schal, Wollhandschuhe, Thermounterwäsche, Daunenmantel und Stiefel.

Maxie wandte sich seufzend um und zog vorsichtig das heiße Backblech aus dem Ofen. Ein Geruch von Zimt und Äpfeln breitete sich in Sekundenschnelle in der gesamten Küche aus. Wenn sie sich beeilte, war das Blech nach dem Einkaufen noch warm, und wenn sie dann auch noch daran dachte, Vanilleeis mitzubringen, würde es ebenso auf dem Kuchen schmelzen, wie der Schnee auf ihrer Fensterscheibe. Verlockende Aussichten!

So trat sie dick eingepackt schon kurze Zeit später vor die Haustür und erspähte nebenan Oliver in seiner sündhaft teuren Karnevalsuniform: Enge, maßgeschneiderte

Hosen in Lederstiefeln, eine gut sitzende Uniformjacke, der ›Rock‹ mit Tressen und glänzenden Messingknöpfen besetzt, Spitze am Kragen und auf dem Kopf den dick mit weißem Pelz besetzten Dreispitz.

Sie steckte zwei Finger in den Mund und pfiff laut. Sein Kopf flog fragend herum.

»Schick siehst du aus, Olli!«

»Du auch! Gibt es noch mehr, was du anziehen kannst?«

»Das ist der komplette Inhalt meines Kleiderschranks! Was glaubst du, warum ich so pummelig aussehe!?!« Sie hüpfte gut gelaunt zu ihm herüber.

»Zwing mich nicht, dir zu antworten!«

»Feigling!« Sie stieß ihn in die Seite. »Na? Hast du keine Auftritte mehr? Bisschen früh für einen Samstag in der Karnevalszeit.«

Er griff in eine fast unsichtbare Tasche seiner Uniformjacke und zog den Hausschlüssel heraus. »Hab nur was vergessen! Muss gleich schon wieder los!«

»Fragst du bitte Jacques, ob er mit mir heute Abend was trinken gehen möchte? Ich hätte jedenfalls Zeit!«

Er nickte, wobei die langen, strahlend weißen Federn seines Dreispitzes vor- und zurückwippten. »Ich schätze, da kann ich schon für ihn zusagen, da du ihn ja gestern rausgeschmissen hast, wie er mir erzählte. Ich werde sowieso erst spät heute Nacht heimkommen, wenn nicht morgen früh!« Laut pfeifend verschwand er im Haus.

Als Maxie nach dem Einkaufen nach Hause zurückkehrte, waren ihre Finger klamm, und sie musste sich erst mal – noch im Stehen – mit Kuchen belohnen. Den

Teller balancierend, trat sie vorsichtig auf die Kappe ihres rechten Stiefels und zog langsam den Fuß heraus. Das gleiche Kunststück versuchte sie anschließend mit dem zweiten Fuß, stolperte aber über ihre eigenen Füße. Die Kuchenkrümel fegten vom Teller und verstreuten sich großzügig über den Boden.

Oh Mist! Links war echt nicht ihre Seite!

»Kacke!«, murmelte sie Idas derzeitiges Lieblingsschimpfwort und tat einen großen Schritt über die Krümel. Dann platzierte sie sich mit Notizbuch und Stift bewaffnet tief in die Kissen des Ohrensessels, um den Schlachtplan fürs Wochenende zu entwerfen: Die obligatorische TO-DO Liste.

Die Liste wurde ganz schön lang, doch Maxie atmete tief durch, kratzte die letzten Stückchen Kuchen vom Teller, schlug das Notizbuch zu und stand auf, um der Arbeit die Stirn zu bieten.

Kapitel 8

Tim streckte während er sprach seine Hand aus und fuhr dem Pferd wie selbstverständlich über das dicke Winterfell. Sie standen schon eine Weile an der Koppel. Ida hielt ihm den Korb mit Möhren hin. Tim nahm eine und biss hinein.

»Die sind doch nicht für dich!« Ruckartig zog sie den Korb zurück, und das Tier wich nervös zur Seite und schnaubte.

Tim lachte über seinen kleinen Spaß und hielt der braun gescheckten Stute den Rest der Möhre hin. Sie war besänftigt und angelte mit ihrem weichen Maul danach. Grinsend zwinkerte Tim Ida zu. Sie versuchte zurück zu zwinkern, wodurch sich ihr Gesicht lustig verzog und sie feste beide Augen zudrückte.

Idas Schüchternheit legte sich schnell, und auch Rosies anfängliche Aufregung ließ nach.

»Und wenn Sie das nächste Mal nach England reisen, planen Sie etwas Zeit ein, Rosie, dann kommen Sie mich bitte besuchen.«

»Das ist ein nettes Angebot! Aber ich würde Ihnen bei Ihrer Arbeit nur im Weg sein!«

Er lachte vor sich hin. »Im Gegenteil! Meine Töchter versuchen ständig, mich aus dem Büro zu jagen. Ihrer Ansicht nach sollte ich mich nicht mehr um das Tagesgeschäft kümmern. Rosie, es ist wirklich ernst gemeint! Ich kann Ihnen ein Zimmer in einem unserer Cottages anbieten. Seien Sie mein Gast! Unsere Häuser sind klein, es ist fast wie in Ihrem eigenen Haus: man tritt ein und fühlt sich wie ein Familienmitglied!«

»Das hört sich wirklich verlockend an!«, musste sie zugeben. Sie glaubte ihm aufs Wort.

Er ließ nicht locker. »Ich zeige Ihnen die Gegend, das ruhige, gemütliche alte England, nicht die Städte. Ich mag die Ruhe und die Natur.« Er half Ida, auf eine Mauer zu klettern, von der sie ohne zu zögern heruntersprang und fuhr fort: »Wissen Sie, als die Kinder klein waren, haben wir im Frühling selbst in unseren Häusern eingecheckt. Meine Frau ist dann zum Golfspielen gegangen, und ich habe mit den Kindern Ausritte und Stallarbeit gemacht. Das waren die erholsamsten Sommer.«

Und wieder einmal bildeten sich an seinen Augen diese tiefen Lachfalten. »Ich glaube sogar, die anderen Hotelgäste dachten, ich sei der Stallbursche!«

Rosie schüttelte sich vor Lachen. »Herrlich! Sie werden entsprechend schmutzig gewesen sein. Ich könnte auch tagelang im Garten arbeiten und wäre der glücklichste Mensch aller Zeiten!«

Tim blieb stehen. »Würden Sie in England wohnen, hätte Tilda Sie schon längst entdeckt und rekrutiert! Sie wären eine fabelhafte Ergänzung unseres Teams!«

Sie blieb ebenfalls stehen und sah zurück zu ihm. Die Sonne stand so tief, dass sie blinzeln musste. Er bemerkte es und kam näher.

»Danke für das schöne Kompliment, Tim! Richten Sie ihrer Frau schöne Grüße aus, ich würde mich sicher gut mit ihr verstehen.«

»Sie ist vor drei Jahren gestorben.«

Rosies Gesicht wurde langsam, aber unaufhaltsam flammend heiß. Sie stammelte unbeholfen eine Entschuldigung. Was für ein Fauxpas!

»Sie müssen sich nicht entschuldigen. Ich hatte mit keinem Wort erwähnt, dass ich Witwer bin. Tja, Tilda hätte sie in der Tat sehr gemocht! Und jetzt hören Sie bitte auf, sich zu entschuldigen … lassen Sie uns über das Abendessen reden. Ich verrate Ihnen ein Geheimnis: Ich bin ein begnadeter Koch!«

Und so standen sie eine Stunde später gemeinsam in der großen Küche bei einem Glas Wein und bereiteten das Abendessen zu. Als Rosie schließlich darauf bestand, ihren fleißigen Souschef für die restlichen Arbeiten zu entlassen, setzte sich dieser eine Brille auf und studierte die Buchrücken in den Wohnzimmerregalen. Er ließ sich Zeit, zog hin und wieder ein Buch heraus und blätterte darin. Irgendwann kam er mit dem Weinglas in der Hand zurück in die Küche geschlendert. »Haben Sie alle diese Bücher gelesen?«, wollte er wissen.

Rosie entglitt der Löffel, der scheppernd zu Boden fiel, als sie sah, wie sehr ihn das dunkle Brillengestell veränderte. Vor Begeisterung vergaß sie zu antworten. Tim hob den Löffel auf und reichte ihn ihr. Fast roboterhaft nahm sie ihn entgegen. »Rosie, diese Bücher … haben Sie die alle gelesen? Das ist eine interessante Mischung!«

»Ja, ja, eine interessante Mischung! Richtig.« Das gleiche galt für ihr Gegenüber. »Also um ehrlich zu sein, ich liebe vor allem meine Gartenbücher. Ich kann an keinem Ratgeber vorbeigehen. Deswegen brechen meine Bücherregale fast zusammen!«

Er nickte verständnisvoll. »Nicht zu übersehen! Ich bin mir sicher, Ihr Garten sieht im Sommer fantastisch aus.«

»Gott, mein Garten!« Rosie deutete mit einem Kopfnicken nach draußen. »Ich habe Freunde, die denken, dass mein Garten sehr wild daherkommt und eine bessere Planung benötigt und vor allen Dingen: weniger Unkraut und intensivere Bodenbearbeitung. Aber mir gefällt es genauso, wie es ist! Manche der Pflanzen wandern durch den Garten und suchen sich ihr Domizil selbst aus. Meine Akeleien zum Beispiel. Und ich freue mich jedes Jahr auf die Suche nach der Pfefferminze. Es ist ein bisschen wie eine Schatzsuche. Aber wo Sie schon mal in der Küche sind: Das Essen ist gleich fertig!«

Irgendwann nach dem Essen brachte Rosie Ida zu Bett, dann ging sie zurück in die Küche und fand Tim genau dort vor, wo sie ihn zurückgelassen hatte. Er war nicht untätig gewesen.

»Das kann ich nicht glauben! Jetzt haben Sie auch noch abgespült?«

Er zuckte mit den Schultern. »Ich dachte, ich könnte mich schon mal nützlich machen, bevor wir gemeinsam den Wein zu Ende trinken. Riesling, der ist richtig gut!«

Ihr wurde klar, dass Tim nicht im Mindesten vorhatte, sich schnell ins Gästezimmer zurückzuziehen. Sie schmunzelte. »Im Sommer können Sie hier praktisch von einem Winzer zum nächsten laufen. Ob Sie dann allerdings noch weit wandern können, hängt einzig und allein von Ihrer Kondition ab!«

Er folgte ihr mit der angebrochenen Weinflasche ins Wohnzimmer. »Na, das würde ich glatt ausprobieren wollen!« Wie selbstverständlich griff er nach den Streichhölzern und entzündete ein Feuer im Kamin. Während er Rosie noch den Rücken zuwandte, ließ sie sich auf dem Sofa nieder und korrigierte mehrmals ihre Sitzposition, bis sie – wie sie inständig hoffte – ein vorteilhaftes Bild abgab und fuhr schnell mit dem Zeigefinger unter den Augen entlang, um verwischten Kajal zu beseitigen. Warum tat sie das nur? Sie war doch sonst nicht so eitel!?! Die Antwort lag auf der Hand, die sie übrigens noch hätte eincremen müssen. Warum hatte sie das bloß vergessen?

Tim schien jedoch völlig unbeeindruckt von ihren Künsten der Optimierung. Er setzte sich ganz entspannt neben sie, prostete ihr zu und dankte für das Abendessen.

»Na ja, ich lasse meine Gäste normalerweise nicht Kartoffelschälen. Maxie und Oliver werden sich wünschen, Sie wären in Köln geblieben!«, entgegnete Rosie.

»Sie müssen es nie erfahren! Ich verpflichte Sie hiermit zum Schweigen, Rosie. Was in Meerberg passiert, bleibt in Meerberg!« Er beugte sich vor und angelte ein Buch vom Tisch. »Legen Sie die Linke auf dieses Buch, heben Sie die Rechte und schwören Sie!«

Innerlich geschüttelt von Lachen hob sie die Hand, schwor feierlich und sah ihm in die stahlblauen, klaren Augen. Wie sollte sie noch einen ganzen Tag in seiner

Nähe aushalten, ohne sich unwiederbringlich in ihn zu verlieben? Maxie würde sie killen!

»Wissen Sie, Tim, Ihr Besuch bewahrt mich davor, meine Gartenbücher ein weiteres Mal durchzublättern. Das war ein sehr, sehr schöner Tag!«

»Oh, ich bin ganz Ihrer Meinung. Und ich verstehe, was Sie meinen. Mir geht es ähnlich. Früher hatte ich zu wenig Zeit, und jetzt zu viel davon.« Er stützte die Ellbogen auf die Knie und sah den Flammen im Kamin zu. Ein Holzscheit krachte und löste einen kleinen Funkenregen aus.

»Wie haben Sie ihre Frau verloren, Tim?« Der Satz war raus bevor Rosie richtig darüber nachgedacht hatte. Sie hätte sich ohrfeigen können, doch er fing an zu erzählen, ohne die Situation unangenehm zu finden, wie es schien.

»Sie war krank und wir wussten, dass wir uns verabschieden mussten … schon lange vorher. Wir haben noch einige Reisen unternommen, Frankreich hauptsächlich. Sie liebte die Provence. Dort haben wir sehr schöne Tage verbracht. Es ist verrückt, wie plötzlich Kleinigkeiten wichtig werden, wenn man weiß, dass man nur noch wenige Monate hat. Ich bin so dankbar, dass wir all die Jahre zusammen gearbeitet haben, und wir uns so viel Zeit schenken konnten. Das war … ja, das war uns beiden viel wert. Die Familie war uns immer das Wichtigste. Wir haben genau vierzig Jahre unseres Lebens miteinander geteilt.« Er holte tief Luft. »Und dann ist meine Tilda zu Hause, an einem strahlend schönen Samstagnachmittag im Sommer vor drei Jahren von mir gegangen.«

Rosie beugte sich vor und legte ihm sanft die Hand auf den Arm. »Es tut mir so leid für Sie, Tim.«

Er strich sich über seinen Dreitagebart. »Es ist erst – oder schon – drei Jahre her. Meine Töchter und das ganze Team haben mich wieder zurück aufs Parkett gezogen.«

»Man braucht Hilfe, nicht wahr? Aber die schönen Erinnerungen bleiben.«

Tim nickte bedächtig. »Ja, die Erinnerungen bleiben.« Sie schwiegen einen Augenblick. Dann lächelte er schief. »Jetzt habe ich Ihnen den Abend verdorben! «

»Nein, das haben Sie nicht. Ich verstehe nur zu gut, was Sie meinen. Mein Mann ist schon vor vielen Jahren gestorben und trotzdem vermisse ich ihn, seinen Beistand, seine Ratschläge und seine Liebe natürlich. Wir können wohl stolz darauf sein, dass wir Menschen hatten, die uns so sehr liebten, das ist nicht selbstverständlich.«

»Und wir können stolz darauf sein, dass wir Kinder haben, die uns auf Trab halten!«

»Oh, ja, und Enkel! Wenn Ida zu Besuch ist, gibt es keine Gnade für mich. Sie spielt so gern verstecken. Gestern habe ich mich vor ihr in der Vorratskammer versteckt!«

»Dort kann man ja relativ lange aushalten!«

»Oh nein, ich nicht!«, protestierte Rosie. »Ich brauche frische Luft und jeden Tag einen Spaziergang, egal ob es regnet oder die Sonne scheint!«

»Ganz genau! Nach einem Tag im Büro muss ich über die Hügel spazieren. Und am Wochenende treibt es mich gleich nach dem Frühstück hinaus. Sind Sie jemals in den Cotswolds gewesen?«

Sie befanden sich auf einer Wellenlänge, das wurde mit jeder Minute offensichtlicher. Ihr Leben verlief in vieler Hinsicht ähnlich, und fasziniert stellte Rosie fest, dass sie nicht mehr bereit war, ihn nach dem Wochenende einfach so wieder gehen zu lassen. Spontan bot sie ihm an, mit ihm am Montag in die Stadt zu kommen und ihm in Köln einige Sehenswürdigkeiten zu zeigen, wenn es seine Zeit zuließ, und sie war nicht im Mindesten überrascht, als er das Angebot hocherfreut annahm.

Kapitel 9

Gegen sieben klopfte Jacques vernehmlich gegen die Scheibe der Terrassentür. Er schob Maxie eine gut gefüllte Auflaufform unter die Nase. Dabei fiel sein Blick auf ein Notizbuch, das aufgeschlagen auf dem Küchentisch lag. »Ich sehe, du bist nicht fertig mit deiner großen Liste? Was hältst du von folgendem Vorschlag: Du verschwindest in der Dusche, und ich schwing hier mal schnell den Staubsauger durch deinen Flur.«

»Warum das?«

»Weil es hier als TO-DO auf deiner Liste steht? Ich will dir nur helfen!« Er tippte mit dem Zeigefinger auf den Eintrag im Buch. »Da fällt mir ein: Hilfe lehnst du ja schon aus Prinzip ab.«

»Du brauchst nicht zu helfen. Aber ich nehme dich trotzdem gern beim Wort: ich gehe ganz schnell duschen, und du kannst es dir schon mal gemütlich machen.« Sie war schon halb auf dem Weg nach oben, wandte sich aber noch einmal um. »Sag mal, müssen wir eigentlich unbedingt weggehen? Ich bin ehrlich gesagt viel zu faul, um das Haus zu verlassen.«

»Kein Ding. Die Kneipen sind total verstopft mit Verrückten in lächerlichen, meist hässlichen Kostümen. Da bleib ich auch lieber hier.«

»Hast du denn noch nie Karneval gefeiert? Kann ich fast nicht glauben!«

Er überlegte kurz. »Mein letztes Kostüm besaß ich mit zwölf. Ich war …«

Maxie setzte sich auf eine der Treppenstufen und lauschte seinen Ausführungen.

»… Wikinger im Rosenmontagszug. Eiskalte Knie hatte ich. Meine Füße waren auch Eisklumpen. Und dann hat mich irgendjemand in einen Haufen Pferdeäpfel geschubst.«

»Und danach hattest du die Nase voll.«

»Die Nase und die Schuhe und die Unterschenkel. Olli will mich immer mitnehmen, aber ich lass die Finger davon! Die ganze Sauferei. Das bescheuerte Geschwafel. Die Frauen hängen wie Kletten an einem. Das ist einfach nicht meine Welt!« Missbilligend rümpfte er die Nase.

»Ich wollte aber schon mit Ida den Rosenmontagszug ansehen gehen!«

»Könnt ihr ja. Stört euch nicht an mir. Als was geht ihr?«

»Kängurus. Kuschelige Fellkostüme, da bekommen wir garantiert keine kalten Knie!« Diese Bemerkung konnte sie sich einfach nicht verkneifen. Er nahm's gelassen.

»Gute Wahl! Ich hoffe, es war nicht zu teuer.«

»Nee, war natürlich Second Hand! Es gab einen Basar im Kindergarten und da haben wir zugeschlagen.«

»Von langer Hand geplant, so kenn' ich dich, Maxie. Lass doch mal sehen, wie wir zwei den Abend verbringen können: Also, wir haben – dank mir – Essen, und Trinken musst du liefern, ich habe keine Lust, die Schuhe wieder anzuziehen und rüber zu laufen. Und wir haben sicher ein paar schöne DVDs, oder? Praktisch können wir den ganzen Winter hier aushalten.«

Maxie hatte da so ihre Zweifel. »Na, bei dem, was du immer verdrückst, werden wir nicht den ganzen Winter durchhalten. Es ist überhaupt ein Wunder, dass du so ….«

»… schön bist?« Seine Augenbrauen schnellten auffordernd in die Höhe.

»Nee, dass du so dünn bist!«

»Ich bin nicht dünn, ich bin schlank.« Mit zwei Fingern richtete er einen Stapel Zeitschriften aus, sodass die Kanten ordentlich aufeinander lagen.

Maxie sah an sich selbst hinunter. »Was wäre ich dann bloß in deinen Augen? Nein, sag's nicht, das war eine rein rhetorische Frage!« Sie drückte sich die Zeigefinger wie Stöpsel in die Ohren.

Doch er kam die paar Stufen der Treppe herauf gehechtet, zog ihre Hände herunter, grinste und meinte: »Du bist perfekt.«

Sie stöhnte leise und stand auf. »Heuchler!«

»Pessimistin!«

»Blödmann.«

»Frau.«

Diese biologisch richtige Feststellung beendete schließlich die Diskussion. Maxie verschwand im Bad und der Brokkoliauflauf im Ofen, und als beide wieder herauskamen, hatte Jacques bereits den Tisch gedeckt und erntete dafür eine spontane Umarmung.

»Geh weg! Such dir einen der vielen alleinstehenden

Männer, ich bin bereits glücklich vergeben!« Er befreite sich gespielt widerwillig aus ihren Armen.

»Ich brauche niemanden, der mich mit beiden Händen ins Unglück zerrt!«

»Es gibt aber auch andere, Maxie«, gab er zu bedenken.

»Auf welchem Planeten? Sag es mir, und ich zieh hin. Ach nee, doch lieber nicht. Köln gefällt mir zu gut, vor allem wegen Freunden wie dir.«

Er stieß die Luft aus. »Du meinst, Männern, die dir nicht an die Wäsche wollen?«

»Nein, ich meine Männer, die Frauen verstehen.«

»Ja, das tue ich natürlich«, bemerkte er selbstzufrieden und hob ihr mit einem großen Löffel eine Portion Auflauf auf den Teller.

Faul räkelte sich Maxie später auf dem Sofa. Den Auflauf hatten sie einträglich geteilt, dabei war es viel zu viel gewesen, und nun lagen sie mit vollen Bäuchen im Wohnzimmer. »Cocooning? Nie gehört. Was'n das?«

»Zu Hause bleiben«, erklärte Jacques ihr träge. Die Tür zur Küche war zugezogen, das Licht dämmerig, auf dem Tisch verströmte eine Kerze einen angenehmen Vanilleduft. Maxie zog die Füße hoch. »Dann bin ich ja so was von trendy! Vor allem mit diesen wunderschön kuscheligen Wollsocken. Ich lass' meine Mama mal welche für dich stricken.«

Er betrachtete seine nackten Füße. »Was hast du denn gegen meine Füße?«

»Nix. Du bist schön von oben bis unten.« Das meinte sie genauso, wie es gesagt hatte.

»Da hast du mich aber noch nicht nackt gesehen. Ich hab kein Sixpack!«

»Welcher Mann hat das schon?«

»Och, da fallen mir sogar welche ein. Olli natürlich auch. Und dein Ex?«

Sie zog die Brauen zusammen. »Hej! Schon vergessen: wir reden nicht über ihn, okay? Vergiss bloß nicht unsere Abmachung! Außerdem hatte er keinen. Und was nützt dir das schönste Sixpack, wenn dich keiner leiden kann.«

»Dann könnt' ich mich aber selbst leiden.«

»Du scheinst mir keine besonders ausgeprägten Minderwertigkeitsgefühle zu haben. Ich mag dich jedenfalls, solange du mir Auflauf bringst und mit mir Steve Martin guckst.« Letzterer organisierte gerade die Hochzeit seiner Filmtochter. Sie kannten den Film fast auswendig, deswegen machte es auch überhaupt nichts aus, dass sie sich weiter unterhielten, was ja ohnehin der eigentliche Grund für ihr Treffen war.

»Du hast ganz schönes Glück mit mir gehabt, Maxie. Stell dir mal vor, du wärst hier eingezogen, und dein Nachbar hätte freitags keine Zeit für dich. Mit wem würdest du dann deine Weinflaschen teilen?«

»Ich würde allein trinken. Ich vertrag was! Ich bin inmitten von Weinbergen groß geworden. Hast du vergessen, was? Ich hab' aber trotzdem Glück mit dir. Du bist wie Lisa, nur-«, verstummte sie abrupt.

»Nur mit Schuhgröße 48.«

»Genau. Das wollt' ich sagen.«

»Ich weiß.«

Sie sahen eine Weile schweigend den Film an. Riesenchaos bei den Hochzeitsvorbereitungen bei Familie Banks: der Brautvater erkannte sein eigenes Haus nicht mehr wieder. Maxie sah irgendwann ein wenig wehmütig aus, also versuchte Jacques sie aufzumuntern. »Wenn du mal heiratest, Maxie, dann dürfen deine Schwäne auch in meiner Badewanne baden, so wie die da.« Er wies mit ausgestrecktem Zeigefinger auf den Bildschirm.

Ihre Miene hellte sich gleich auf. »Ach Jacques, du bist so gut zu mir.«

»Soll ich mich mal um einen passenden Heiratskandidaten kümmern? Oh!« Er setzte sich ganz gerade hin und sah ziemlich begeistert drein. »Ich hätte da sogar jemanden für dich!«

»Lass mal.« Maxie winkte ab. »Ich mach schon selbst. Irgendwann. Dürfte nicht so wahnsinnig schwer sein, unter einer Million Einwohnern was Passendes zu finden, wenn ich die Sache mal angehe.«

»Uuuuh, in der Stadt sind die Dating-Regeln anders«, gab er zu bedenken.

Maxie dachte kurz nach, schüttelte dann aber den Kopf. »Quatsch, Köln ist auch nur ein Dorf.«

»Wir sind eine Stadt!«, protestierte Jacques daraufhin beleidigt. »Das heilige Köln, international, siegreich und stolz. Wir reichen jedem die Hand.« Er streckte ihr träge seinen Arm entgegen. »Und sei es einem Dorfmädchen.«

Sie stöhnte laut auf, während sich vor ihren Augen ›Mr. Bonks‹ mit ›Fronck‹ auseinandersetzte. »Der Busfahrer heute Morgen war offensichtlich kein hilfreicher, edler Kölner. Er hat mich böse beschimpft!«

»Was hast du getan?«

»Ich bin hingefallen!«

»Warum hältst du dich nicht fest? Ah, ich verstehe: Hattest du zufällig deine Gummistiefel an?«

»Ja doch! Sie passen so was von perfekt zu meinem Mantel! Aber das ist doch kein Grund, mich ›Landei‹ zu nennen! Ich war kurz davor, ihm die Packung Mehl über den Kopf zu schütten. Ich hätt's fast gemacht! Ich schwöre es dir!« Sie hob die Faust.

Jacques schüttelte resigniert den Kopf. »Mit Lebensmitteln spielt man nicht.«

»Was ist denn bloß falsch am Dorf? Ich kann einen ganzen Haufen guter Dinge aufzählen, die ich hier vermisse. Zum Beispiel sind die Busfahrer nett!«

Es fuhr aber auch nur alle zwei Stunden ein Bus.

»Wenn denn mal ein Bus fährt.« Jacques strich ein nicht existierendes Staubkorn vom Knie. »Reg' dich nicht unnötig auf«, beschwichtigte er sie. »Du kennst doch die Kölner mittlerweile! Wenn wir in Klischees sprechen, fährt man in der Stadt Porsche, schnell, teuer und laut, und auf dem Land macht man gemütliche Traktorfahrten.«

»Jacques!« Ein Kissen flog Richtung Ohrensessel, verfehlte ihn aber knapp. »Ich bin in meinem ganzen Leben noch nicht Traktor gefahren!«

»Glaub ich dir nicht. Aber auf alle Fälle trägst du Gummistiefel! Keiner, der älter ist als fünf, trägt jemals Gummistiefel!« Bedeutungsvoll blickte er Richtung Flur.

Sie sprang auf, lief aus dem Zimmer und schlüpfte in ihre bunten Stiefel. Dann kam sie zurück ins Wohnzimmer und drehte sich vor ihm hin und her. »Damit wir uns recht verstehen: Nur wegen meiner Schuhe bin ich noch lange kein Landei! In Italien trägt man auch bunte Stiefel und passende Regenjacken! Das ist stylisch, Jacques, damit müsstest doch ausgerechnet du dich auskennen!«

Er bekam sich fast nicht mehr ein vor Lachen. »Vor allem mit Jogginganzug! Dann gib mal ein bisschen mehr aus und kauf dir die richtigen, englischen Wellingtons. Die haben wenigstens Profil!«

»Kann ich mir aber nicht leisten. Und Profil hab ich selber.«

»Putzig sind sie schon«, gab er zu. »Und Profil hast du tatsächlich. Du bist, wer du bist. Ist doch egal, wo du wohnst. Meine Familie ist auch in alle Himmelsrichtungen verteilt. Ich persönlich gehöre aber hier hin. Das hier …«, er breitete die Arme aus, »ist mein Zuhause!«

Sie schleuderte die Stiefel in die Ecke und pflanzte sich wieder aufs Sofa. »Ich mag dich ja nicht enttäuschen, aber eigentlich ist das hier *mein* Zuhause!«, gluckste sie. »Aber ich versteh schon den Punkt. Du bist halt hier aufgewachsen und willst nicht weg. Kölsche Jung, hm?« Sie zog die Knie unters Kinn.

»In diesem Viertel, um genau zu sein! Meine Eltern haben übrigens gerade angefangen, das Haus zu renovieren. Jeden zweiten Tag heißt es ›Jung‹, kannst du mal bitte vorbeikommen, wir können uns nicht über die Farbe der XYZ-Wand einigen!‹ Na ja, ist ja nicht weit, dann geh' ich also hin. Aber bei den ganzen Farbkarten würde ich gern selbst anfangen zu renovieren. Und weil bei meinen Eltern gerade alles Kopf steht, kann mein Bruder nicht bei ihnen wohnen.« Er streckte die Arme lang nach oben aus und dehnte seine Wirbelsäule, bevor er wieder in fast die gleiche gemütliche Sitzposition zurückrutschte.

»Dein kleiner Bruder? Will er denn wieder zu Hause einziehen?«

»Nee, nee, der wohnt doch in Hamburg. Aber wir haben Klassentreffen und er kann es sich einrichten, für ein paar Tage runterzukommen. Und meine Eltern haben das gleich zum Anlass genommen, mal wieder ein Familientreffen zu organisieren.«

»Mooooment mal!« Maxie hob den Zeigefinger. »Klassentreffen? Ihr seid in die gleiche Klasse gegangen? Bist du etwa sitzengeblieben? Du bist doch der Ältere, hast du mir erzählt!«

»Ja«, meinte Jacques grinsend. »Aber nur ein paar Minuten!«

»Du alter Geheimniskrämer! Also gibt es noch so einen gutaussehenden Typen wie dich!«

»Danke für das Kompliment und … ja, gibt es!«

»Und eine Schwester hast du noch, wenn ich mich recht erinnere. Kommt sie etwa auch zum Klassentreffen?«, neckte Maxie ihn.

»Selbstverständlich nicht! Aber zum Familientreffen, zusammen mit Stijn, ihrem Mann. Ein echt netter Kerl, nur über Fußball kann man natürlich nicht mit ihm reden. Er kommt trotzdem mit. Und die vier Mädchen.«

Jacques hatte ihr vor ein paar Wochen schon einmal seine sämtlichen Familienverhältnisse dargelegt, sogar so umfangreich, dass sie einen Stadtplan hatte holen müssen, damit er zeigen konnte, wo seine Tanten und

Onkels wohnten. Eine Kölner Familie, wie sie im Buche stand. Nur seine Geschwister hatte es in die Ferne verschlagen, ein Umstand, unter dem Jacques ein wenig zu leiden schien.

Sie sahen Mr. Banks ein paar Minuten weiter bei seinem Hochzeitsdrama zu. Da fiel Jacques noch etwas ein.

»Ich muss dir doch noch was erzählen: Ich habe mit Olli gewettet, dass er die Namen meiner Nichten wieder alle durcheinander wirft. Das macht er ja ständig.« Er hob sein Glas und prostete ihr zu. »Der Wetteinsatz ist hoch, aber ich bin mir ziemlich sicher, dass ich gewinnen werde!«

Maxie sah ihn von er Seite an. »Um was hast du gewettet?«

»Das wirst du schon sehen, aber ich verrate es dir erst, wenn das Treffen vorbei ist. Wenn Olli verliert, muss er meinen Nichten ein Baumhaus bauen. Ich würde sagen, er kann schon mal die Pläne zeichnen!«

Kapitel 10

Die Strahlen der Wintersonne schienen durch das große Bürofenster und tanzten über den Schreibtisch. Maxie war in Hochstimmung, vor allem, weil sie übers Wochenende noch ihre komplette Liste abgearbeitet hatte. Sogar der eigentlich aussortierte Korbstuhl trocknete jetzt in neuer zartrosa Farbe auf der kleinen Terrasse hinterm Haus.

Olli war gerade in die Werkstatt verschwunden und hatte ihr einen Haufen zerknitterter Zettel hinterlassen, die sie in kleine Stapel sortierte, als ihre Mutter anrief.

»Planänderung!«, fiel Rosie in ihrer unnachahmlichen Art mit der Tür ins Haus. »Du brauchst dich nicht auf den Weg zu uns zu machen. Ich bringe dir Ida und Tim nach Köln!«

»Ach Mami, das ist doch nicht nötig!«

»Doch, so machen wir es. Das hast du übrigens gut gemacht, Mr. Cooper zu mir zu schicken. Er ist ein ganz ruhiger Gast, und er hat mit mir zusammen gekocht, stell dir vor!«

»Oh nein! Sag, dass das nicht wahr ist! Du hast ihn zum Küchendienst abkommandiert?« Maxie kniff kurz die Augen zusammen.

»Entspann dich! Er hat sich selbst angeboten und darauf bestanden, was sollte ich da machen?!«

»Tja, was solltest du da machen …?!«

»Also, lass uns nicht rumeiern, ich bringe dir beide

kurz vor Mittag nach Köln. Freu dich doch einfach, Maxie. Du hast doch sicher noch genug Arbeit!«

Maxie überlegte einen Moment. »Na gut. Darf ich dich dann zum Italiener einladen?«

»Nein, Schatz, ich habe andere Pläne.«

Nach ein paar weiteren Sätzen beendeten sie das Gespräch. Maxie fragte sich nach dem Auflegen nachdenklich, welche Pläne ihre Mutter wohl für den Tag hatte. Rosie war keine leidenschaftliche Shopperin, ganz und gar nicht. Schon nach einer Stunde hatte ihre Mutter schon genug von der Hektik in den meist vollen Geschäften. Hm, das war ja eigenartig. Sie würde sie einfach später fragen.

Am anderen Ende der Leitung legte Rosie ebenfalls den Hörer auf. Es war noch früh am Morgen, und das Haus war noch still. Sie deckte den Tisch und zündete eine Kerze an. Alma schlich um ihre Beine und schnurrte, während Rosie überlegte, ob sie gestern richtig entschieden hatte.

Heute Morgen kamen ihr dann doch erhebliche Zweifel. Konnte sie sich einfach so aufdrängen, um Tim ihre persönlichen Lieblingsplätze zu zeigen?

Vielleicht ging es Maxie zu weit, doch sie würde nichts sagen, aber wie ihr Chef Oliver die Sache sehen würde …? Nun ja, jetzt war sowieso nichts mehr daran zu ändern und wenn unaufschiebbare Besprechungen angesetzt waren und Oliver den Nachmittag geschäftlich verplant hatte, konnte sie selbst ja immer noch einen Rückzieher machen. Den Versuch war es jedenfalls wert. No risk, no fun.

Es war sehr lange her, dass Rosie sich in Gesellschaft eines Mannes so wohl gefühlt hatte. Sie hatte großartige Jahre hinter sich, hatte enge Freunde und natürlich Maxie und Ida, aber …

Und da schneite dieser Mann in ihr Haus. Direkt importiert von den Britischen Inseln, die sie so liebte. Er hatte in ihrem Wohnzimmer gestanden, sie mit seinen unglaublich blauen Augen angesehen und gesagt: »Sie haben es aber sehr gemütlich!« Und ihr Herz hatte angefangen wie wild zu klopfen.

Rosie goss nachdenklich den Teig in die Pfanne zu drei gleich großen Kreisen. Wie sie selbst gesagt hatte: Nicht rumeiern! Dieser wunderbare Mann würde von ihr ein bombastisches Frühstück bekommen, und wenn sie Glück hatte, wenn sie ganz, ganz viel Glück hatte, würde sie noch den ganzen Tag mit ihm verbringen können. Sie musste es nur noch Maxie beibringen …

Es war Mittagspause in der Schreinerei, als Rosie mit ihrer wertvollen Fracht in den Hof fuhr. Maxie zog eilig ihre Jacke über und lief ihnen erwartungsvoll entgegen. Ida flog auch gleich in ihre Arme. Sie hob sie hoch, fragte Tim, ob sein Wochenende gut verlaufen sei und bekam nur positive Resonanz. Beim nächsten Mal werde er wieder dieses B & B buchen, meinte Tim schmunzelnd. Nun gesellte sich auch Oliver zu ihnen, bedankte sich bei Rosie sehr herzlich dafür, dass sie sich so gut um seinen Freund gekümmert hatte, wuschelte Ida durchs Haar und verschwand dann mit Tim im Büro.

Rosie drückte ihrer Tochter einen Kuss auf die Wange. »Da wären wir also wieder!«

»Dass du mir die Fahrt abgenommen hast, war sehr lieb von dir«, meinte Maxie dankbar. Sie setzte Ida wieder ab und knöpfte ihr den Mantel zu.

»Ich habe dir das schon so oft angeboten, aber immer wieder bestehst du darauf, Ida selbst zu bringen oder abzuholen.«

Maxie nickte. »So ergaunere ich mir schließlich immer ein leckeres Mittagessen oder sogar Kuchen! Und außerdem ging es heute ja nicht nur um Ida, sondern auch um Tim.«

Rosie zog sich Wollhandschuhe über, blinzelte gegen die Wintersonne an und wies mit dem Zeigefinger der rechten Hand aufs Büro. »Hör mal, dieser Tim ist wirklich sehr sympathisch. Den kannst du tatsächlich jederzeit wieder bei mir einquartieren!«

»Na ja, wenn ihr nicht wieder zusammen kocht!« Gespielt dramatisch raufte sich Maxie die Haare.

»Er hat es von selbst angeboten!«, empörte sich ihre Mutter prompt, sie habe ihn nicht dazu gedrängt, und heute Morgen habe er ein erstklassiges Frühstück bekommen, ganz wie in einem Hotel!

Maxie lachte ausgelassen. »Das ist mir doch klar, Mami! Du wirst ihn wie einen König behandelt haben, so wie alle deine Gäste. Und zum Frühstück gab es frisch gepressten Orangensaft und einer großen Auswahl an Brot und Käse …«

»Und Pfannkuchen!«, rief Ida dazwischen.

»Auch das war ja klar! Ein Wunder, dass deine Gäste

überhaupt noch das Haus verlassen, aber ich profitiere ja selbst auch immer davon.« Sie wechselte das Thema: »Was machst du denn jetzt, wenn du nicht mit uns zum Italiener gehen möchtest?« Fragend sah sie ihre Mutter an und spürte, wie diese ihren Blick mied. Rosie rückte sich die Wollmütze zurecht, fing an zu summen, öffnete ihre Handtasche und suchte darin herum. »Hm … ich gehe halt mal in die Stadt.«

»Ja, und da machst du was?«

Rosie blieb ihr eine Antwort schuldig, denn in diesem Moment erschienen die Männer wieder. Olli warf Maxie einen bedeutungsvollen Blick zu, den sie nicht verstand. Er konnte sich ein Grinsen nicht verkneifen, verschränkte die Arme vor der Brust und schien allerbester Laune.

Tim knöpfte derweil den Mantel zu und legte seinen Arm fest um Rosies Schultern. »Dann sehen wir uns heute Abend zum Essen, Oliver. Fertig, Rosie? Wollen wir los?«

»Gern, Tim!« Sie legte den Kopf schief, zwinkerte ihrer Tochter zu und flüsterte: »Ist das in Ordnung?«

Maxie nickte mit offenem Mund und sah sprachlos zu, wie Tim ihrer Mutter die Autotür aufhielt, beide nacheinander ins Auto stiegen und dann langsam vom Hof fuhren. Zurück blieben nur ein paar Auspuffwölkchen.

Die Sonne warm im Rücken standen Olli, Maxie und Ida nebeneinander vor der Werkstatt und sahen den beiden nach. Olli gab ein undefinierbares, belustigtes Geräusch von sich und klopfte Maxie fest auf die Schulter, sodass sie zusammenzuckte. »Komm schon, deine Mutter ist erwachsen! Gönn ihr den Spaß.« Dann wandte er sich an Ida. »Was ist, du Wirbelwind … willst du einen Kakao? Und ich glaube deine Mama könnte einen Schnaps vertragen!«

»Mama trinkt nicht, wenn es draußen hell ist!«, meinte Ida trocken und trottete Olli hinterher.

»Dann mache ich heute eben eine Ausnahme«, flüsterte Maxie, machte auf dem Absatz kehrt und folgte den beiden.

Kapitel 11

Er war gerade nach Hause gekommen. Es war dieses Mal eine kurze Reise gewesen und fast alles war nach Plan gelaufen. Die Passagiere hatten sich begeistert bei der Crew verabschiedet, und Matthias sah nun ein paar freien Tagen entgegen. Jedoch hatte er keine Gelegenheit, sich darüber zu freuen, denn hier stand er – aufgebracht mit Blick starr auf die blonde Frau vor ihm – im Schlafzimmer seines Appartements. Das Sonnenlicht brach sich auf den Wellen des Kanals und schickte zuckende Reflexionen durchs Fenster. Sein eigener Koffer stand unausgepackt neben der Tür, und auf dem Bett lag eine Reisetasche, die in aller Ruhe *ein*gepackt wurde.

»Was tust du da, Laura? Das ist doch verrückt!«

»Matthias, jetzt mach bitte keine Szene!«

Er schnappte nach Luft. »Szene?!«

»Ja«, nickte sie lässig. »Du hast doch nicht gedacht, dass ich ewig hier in Hamburg bleibe, während du auf deinem Kahn unterwegs bist!«

»Ich arbeite! Das ist ein Schiff mit mehr als zweitausend Passagieren! Ich habe verdammt noch mal die komplette Veranstaltungstechnik-«

»Ja, ja, ich weiß! Aber ich mag Hamburg nicht einmal besonders. Es ist so deutsch hier!«

Matthias stieß die Luft aus und verdrehte die Augen. »Vielleicht, weil es in Deutschland liegt?«

Laura überhörte die Bemerkung und legte ein Sommerkleid ordentlich in die Tasche. Nun begann Matthias im Zimmer auf und ab zu gehen, seine Emotionen überschlugen sich. Die Souveränität, mit der er selbst die außergewöhnlichsten Situationen zu meistern pflegte, war ihm abhandengekommen. Auf das hier war er am allerwenigsten gefasst gewesen. Die Beziehung war von Anfang an schwierig gewesen, aber dieses Mal war er wirklich bereit, daran zu arbeiten. Er hatte auf dem Weg vom Schiff nach Hause bereits einen Tisch in ihrem Lieblingsrestaurant reserviert. Diese Beziehung sollte funktionieren, trotz seiner häufigen Abwesenheiten. Mit zusammengezogenen Augenbrauen beobachtete er, wie sie als nächstes einen ganzen Stapel Bikinis verstaute.

»Du bist ja auch ständig weg!«, maulte sie.

»Das ist bodenlos unfair!«, brachte er wütend heraus. »Du wusstest von Anfang an, wo ich arbeite. Wir haben oft genug darüber gesprochen. Du hast gesagt, das wäre okay!«

»Verschon mich bitte …« Laura pfefferte ihren Kosmetikbeutel in die Tasche.

»Komm doch mal mit, ich habe dich schon so oft eingeladen. Wir wären mal eine Zeit lang zusammen!«

Laura unterbrach das Packen, warf ihr langes, blondes Haar zurück und stemmte die Hände in die Hüften. Sie sah an ihm hoch. Sie war verdammt hübsch, auch wenn sie jetzt genervt dreinblickte. »Kreidefelsen von Dover? Nicht dein Ernst. Was meinst du, was ich Amsterdam machen soll, Tulpen kaufen? Und in Schottland soll ich Seehunde beobachten? Geht's denn noch? Ich bin noch keine Sechzig! Ich werde meinen Urlaub ganz bestimmt nicht damit vergeuden, in einer Winterjacke mit klappernden Zähnen auf dem Deck herumzustehen und Eisberge anzustarren!« Sie schüttelte den Kopf und sah ihn durchdringend an. »Matthias, ich bin erst fünfundzwanzig. Ich will auch verreisen, aber dorthin wo's warm ist! Hamburg langweilt mich!«

»Du wolltest doch unbedingt zu mir ziehen!«

»Ich habe meine Meinung eben geändert! Ich bin eine Frau! Ich darf das! Kapier's endlich, ich hasse den Norden. Es ist ewig kalt hier, der Sommer dauert nur gefühlte zwei Wochen, die Leute halten einen immer auf Abstand und im Vergleich zu Spanien kann diese Gegend hier echt nicht mithalten. Und ich kann auch nicht darauf warten, dass du Urlaub hast und wir dann eine Woche in den Süden fliegen. Das ist mir zu wenig, verstehst du?«

Er schüttelte unmerklich den Kopf. Nein, er verstand nicht. Also wurde sie deutlicher.

»Ich halte das nicht mehr aus! Ich kann auf einer herrlich warmen Insel im Mittelmeer arbeiten, und die Chance habe ich ergriffen! Punkt!« Sie zog abrupt den Reißverschluss der Reisetasche zu.

»Was ist mit uns, verdammt. Laura, schmeiß doch nicht alles weg! Ich erkenne dich überhaupt nicht wieder!« Er blieb in der geöffneten Zimmertür stehen, ihm stieg die Galle hoch. »Was ist falsch gelaufen im vergangenen Jahr?«

Sie sah den aufgebrachten Mann im Türrahmen kühl an. »Matthias. Das hätte sowieso nicht funktioniert. Das hier ist einfach nicht mein Ding. Ich fand dich ganz süß, aber für eine längere Beziehung reicht es mir nicht.«

Er fuhr sich mit der Hand durch das dichte, dunkle Haar. Sein glatt rasiertes Gesicht war zur steinernen Maske geworden. Sie ließ sich nicht von ihm beeindrucken, obwohl er breitbeinig den Weg versperrte. Sie schlüpfte in ihre Moonboots und griff nach der Reisetasche.

»Sei mir nicht böse, das Leben geht weiter. Und jetzt geh zur Seite, ich will das Taxi nicht warten lassen. Mach's gut, mein Lieber!«

Er musste weichen und sie verließ, ohne zurückzublicken die Wohnung. Er starrte ungefähr eine Viertelstunde auf die geschlossene Tür, ohne sich vom Fleck zu bewegen. Dann drehte er sich langsam um, hängte ein Foto im Flur ab, warf es zu Boden und ging ins Wohnzimmer.

Wieder allein.

Kapitel 12

Ich weiß nicht, ob ich das den ganzen Tag aushalten werde. Mir ist so *heiß*. Und wenn ich an mir runter gucke, kann ich meine Füße nicht sehen.« Sie wandte sich vor dem Spiegel hin und her.

»Wir sehen aber so schön aus! Wie Mama und Kind!«

»Ida, wir *sind* Mama und Kind!«

»Geht's jetzt mal endlich los?« Ida ergriff ungeduldig ihren Rucksack. Ganz vorsichtig bewegten sie sich die schmale Holztreppe hinunter.

»Pass auf, der Nähkasten!«, warnte Maxie noch, als sie unten angekommen waren, doch es war zu spät. Mit einem eleganten Schwung ihrer Kehrseite hatte Ida besagten Gegenstand erwischt, der mit dumpfem Gepolter zu Boden fiel. Bunte Garnrollen und Spulen kullerten über den Wohnzimmerboden und Ida machte ein betretenes Gesicht.

»Alaaf!«, piepste sie.

»Macht nix!«, grinste Maxie. »Hier sieht's sowieso aus wie in einer Schneiderei. Nach einer Explosion von Stoffbomben.« Sie ließen das verwüstete Wohnzimmer zurück, in dem überall bunte Stoffreste, Fäden und Knöpfe herumlagen. Vorletzte Woche hatte Maxie zwei bequeme Clownhosen genäht und seitdem keine Zeit zum Aufräumen gehabt. Aber die Arbeit hatte sich gelohnt, denn seit Weiberfastnacht hatten sie die neuen Hosen fast jeden Tag getragen. Heute jedoch, am Rosenmontag, war der

Tag der Kängurus. So traten sie vor die Haustür und zogen sich im wahrsten Sinne das Fell über die Ohren, um sich gegen die morgendliche Winterkälte zu schützen. Maxie brauchte mehrere Versuche, um die Haustür zu schließen, denn das Ende ihres dick gepolsterten Schwanzes hatte sich unbemerkt in den Türspalt gemogelt. Das fing ja schon gut an!

»Jetzt wo wir draußen sind, ist es auch nicht mehr so heiß«, stellte Maxie zufrieden fest, als sie Hand in Hand auf die Straßenbahnhaltestelle zusteuerten. »Bleib' bitte immer an meiner Hand, Ida. Es werden mindestens hunderttausend Zillionen Menschen unterwegs sein.«

»Ich kann ja in deinen Beutel springen, Mami!«

»Lauf mal besser selbst, dann bist du heute Abend wenigstens müde, und ich bekomm' dich endlich mal früh genug zum Schlafen, du Monster!« Kichernd standen sie an der Haltestelle, und Maxie fühlte sich, als sei sie ebenfalls sechs Jahre alt.

Am Chlodwigplatz spuckte die übervolle Bahn sie aus. Im bunten Strom von Karnevalisten trudelten sie über den Bahnsteig und trafen dort gleich zwei Familien, mit denen sie heute verabredet waren. Ida hüpfte zwischen Fritzie, einem Funkenmariechen und zwei sehr kleinen Zauberern, den Zwillingen, deren Namen sich Maxie nie merken konnte. Wie putzig es aussah, wenn ihr Schwänzchen bei jedem Schritt hin und her schwang!

»Schau, da drüben ist es schon!«, rief Fritzies Mutter, die wie ihr Mann als Indianer verkleidet war. In der Wohnung ihrer Gastgeber wartete eine wahre Menschenmeute, laute Karnevalsmusik und ein unbeschreibliches Frühstück. Jeder hatte etwas mitgebracht, und Maxie stellte gleich die selbstgemachten Brioches dazu. Sobald ihre Hände frei waren, drückte man ihr auch schon einen Kaffeebecher in die linke und ein Sektglas in die rechte. Ab diesem Moment verging die Zeit wie im Flug und bevor sie sich versahen, standen alle bis in die Haarspitzen gut gelaunt in der Wintersonne am Straßenrand und warteten gespannt auf zehn Uhr.

Nur noch wenige Minuten.

Noch drei …noch zwei …noch eine: Die Fanfaren ertönten an der nahen Severinstorburg. Maxie war derart ergriffen, dass sich eine kleine Freudenträne aus ihrem Auge stahl. Ihre Lippen ließen sich einfach nicht verschließen. Sie musste so sehr lächeln, dass ihr die Gesichtsmuskulatur schmerzte. Schulter an Schulter standen sie hinter der Absperrung und Maxie zog in regelmäßigen Abständen Ida am Kragen zu sich, damit sie nicht zwischen den anderen Knirpsen verloren ging. Gleich neben ihr stand das Indianerpärchen und auf der anderen Seite kehrte ihr ein Mann den Rücken zu, da er zu einer Gruppe Polizisten gehörte, die sich um eine Bierkiste herum versammelt hatten. Natürlich waren es keine *echten* Gesetzeshüter, sondern amerikanische Cops, wahrscheinlich eine Au-Pair-Polizisten- Hundertschaft, grinste Maxie in sich hinein.

Sie wischte sich einige verirrte Locken aus der Stirn, die sich vorwitzig aus der Fellkapuze hervorwagten, mit dem Ergebnis, dass nun zwei lange lockige Strähnen genau über ihrem linken Auge herabbaumelten. Sie schob die Kapuze vom Kopf, band ihre Haare erneut zum Pferdeschwanz und hob sich das Kängurufell wieder über die Ohren. Der Au-Pair Cop gleich neben ihr hatte sich mittlerweile herumgedreht und verfolgte jede ihrer Bewegungen mit erstauntem Gesichtsausdruck.

Was hatte der denn wohl gedacht? Etwa dass das Fell echt sei? Haha, Typen gab's! Sie zuckte mit den Schultern und lächelte ihn an. Er lächelte zurück und zeigte mit dem Kinn auf Ida. »Gehört das kleine Känguru zu dir?«

»Ja, wir sind aus dem Zoo ausgebrochen«, erwiderte Maxie gespielt ernst.

»Die ganze Strecke hergehüpft!«, staunte er nicht schlecht. »Dann bist du ganz schön gut trainiert.«

»Bestens!«, log sie ihn frech an.

Er blieb dicht neben ihr stehen. Nun ja, Polizeipräsenz war ja auch ein nicht zu unterschätzender Aspekt im Karneval! Und unterhalten konnte man sich auch noch mit ihm. Eine Bemerkung gab die andere und immer wieder blickten sie die Straße hinunter, auf der sich langsam der Zug mit Fußgruppen und Wagen auf sie zuschob. Ida hüpfte wie ein Gummiball auf und nieder, der Ausleih-Cop klebte nun fast an Maxies Fell, was aber kaum von Bedeutung war, denn hier standen überhaupt alle Jecken – zu beiden Seiten der Straße – hinter den Absperrungen dicht an dicht und bunt in bunt. Und alles war in Bewegung. Alle wippten. Alle schunkelten. Das Indianer-Ehepaar wurde leicht abgetrieben. Maxie stand nun zwischen einem Schotten und dem Cop, es war ja so international! Tausende Menschen in bunten Kostümen, ausgelassene Stimmung, herrlich! Die Zugleitung mit dem ersten Motivwagen war bereits in Sichtweite, ALAAF aus Flüstertüten, dahinter die Blau-Weißen Funken im historischen Fahrzeug. Maxie schunkelte mit der Menge, sang, lachte und behielt dabei immer ihr kleines Känguru im Auge. »Mama, guck mal, die Pferde!«, rief Ida begeistert, ihr Gesicht ein einziges Strahlen. Ob die Pferde selbst ebenso begeistert waren, war nicht auszumachen, denn die Musik war ganz schön laut.

Ganz in der Nähe hatte der WDR die Kommentatoren-Kabine aufgebaut und so sah sich Maxies nordeuropäischer Nachbar plötzlich von Angesicht zu Angesicht mit einem dicken Mikrofonkopf. Die Reporterin trug Lockenwickler und musste aufgrund des Geräuschpegels regelrecht schreien. »Na, von welchem Clan kommst du denn, du Schotte?«

»MacSchmitz!«, schrie er zurück »Echt kölsches Tartan!« Und damit hob er seinen Schottenrock hoch. Die Kamera hielt voll drauf! Mit angehaltenem Atem ließ Maxie, so wie alle anderen, die das mitbekommen hatten, den Blick von seinem herausfordernden Gesichtsausdruck abwärts gleiten, über seinen etwas weniger gut trainierten Torso und den Bund des Kilts auf die Körperstelle, die eigentlich Mrs. MacSchmitz vorbehalten bleiben sollte … und atmete erleichtert aus.

Er trug Radlerhosen!

Da hatten die Zuschauer des Öffentlich-Rechtlichen grad nochmal Glück gehabt!

Maxies Leibwache zur Rechten ließ die ganze Zeit über nicht von ihr ab. Sie ertappte ihn immer wieder, wie er sie mit ungewöhnlich ernstem Gesicht musterte.

»Ich kenn dich irgendwoher«, meinte er nach einer Weile.

»Ja klar«, konterte sie. »Standardspruch am Rosenmontag, was?« Ein Bonbonregen veranlasste sie, die Köpfe einzuziehen. Eines prallte hart auf Maxies Nasenrücken, autsch! Der Cop legte augenblicklich den Arm um sie und zog sie für einen kurzen Moment schützend an sich, sodass Maxies Nase gegen seine Brust drückte. Dann ließ er sie wieder los. Peinlich berührt stammelte Maxie ein ›Danke‹ und rieb sich die schmerzende Stelle, ohne darauf zu achten, dass sie sich dabei die Schminke aus dem Gesicht rieb.

Der Karnevalszug stockte, der Fanfarenzug genau vor ihnen trötete, was die Lungen hergaben, und Ida, Maxie, ihr Cop, der Schotte, die Indianer und überhaupt alle sangen und tanzten mit, soweit das Auge reichte, so cool!

Der Polizist ergriff Maxies Hand und tanzte mit ihr trotz mangelnden Platzes immer im Kreis auf der Stelle.

»Gehst du mit uns rüber zum Neumarkt?«, wollte er wissen.

»Verlockend, aber danke nein!«, winkte sie ab. »Wir sind schon eingeladen!« Ihre Hand kreiste einen unbestimmten Radius Menschen ein, die zu ihrer Gruppe gehörten.

»Schade, Mensch!«, meinte er mit ehrlichem Bedauern.

Er war nett! Richtig nett! Nicht zu aufdringlich und sehr unterhaltend! Seine Freunde drängten ihn zum Aufbruch, und er zog mit ihnen ab. Maxie sah ihm bedauernd nach, bevor sie sich wieder dem Geschehen zuwandte. Sie war bereits heiser, aber das störte sie kein bisschen. Und als sie gerade aus voller Kehle in das gerade angestimmte Lied einstimmte – ein altes Karnevalslied, das nun wirklich *jeder* kannte, der am Mittelrhein aufgewachsen war (sogar Ida sang mit) – packten sie zwei starke Arme über die Absperrung hinweg.

»Ej, Olli!«, presste sie atemlos hervor.

»Alaaf, Maxie! Hast du Spaß?«, fragte er proforma, steckte ihr ein Sträußchen Blumen in den Halsausschnitt, Ida eine Tafel Schokolade in den Beutel und eilte auch schon weiter, zurück zu seiner Garde, die sich mit dem Zug langsam weiter voran schob.

Maxie schwebte förmlich über dem Boden vor Glück. So war das: Entweder liebte man es, oder man hasste die fünfte Jahreszeit. Aber wie konnte man das hier nur hassen?! Maxie hatte kein Verständnis für Jacques und sie bedauerte so sehr, dass Lisa nicht dabei sein konnte! Früher waren sie immer zu Weiberfastnacht mit dem Zug nach Köln gefahren, um hier mitzufeiern. Lange her!

Eine Musikgruppe war noch nicht vorbei, da ertönte bereits die nächste, selbstverständlich mit einem anderen Lied, sodass es schien, dass die Melodien sich einander nachjagten und permanent regnete irgendetwas auf sie alle herab: Konfetti, Bonbons, Strüßjer (die üppige *eine* Blume mit Grünzeug), Pralinen, Orangen. F-a-n-t-a-s-t-i-s-c-h!

Karneval war wie die brodelnde Mitte der Erdkugel, die von Frühling bis Herbst aber auch nur fast unbemerkt blieb, und im Winter wie heiße Lava an die Oberfläche schoss. Ein Energiekick – Adrenalin und pures Glück!

»Hätzlich Willkumme in dä Stadt met K, Schallalalala …!«, schrie sie mehr als sie sang mit Freudentränen in die Augen.

Und urplötzlich war er wieder an ihrer Seite, ihr Polizist. Sein Arm lag lässig um ihre Schulter, von seinen Kumpels war weit und breit niemand zu sehen. Er blieb lange, bis sein Handy klingelte und sein Blick unentschlossen zwischen Maxie und dem Display hin und her wanderte. Zu einem Entschluss gekommen, zog er Maxie an sich und vergrub seine Nase fast in ihrer Fellkapuze, um ihr zu sagen, was unter der lauten Musik um sie herum sonst untergegangen wäre. »Ich hoffe, wir sehen uns nochmal wieder. Du bist wirklich ein süßes Känguru. Geh nicht zurück in den Zoo! Nimm das hier!« Und er steckte ihr etwas in den Beutel.

»Mama!«, protestierte Ida energisch, als sie sah, wie der Polizist ihre Mutter umarmte.

Dann ließ der Cop sie allein, aber nicht, ohne sich noch zweimal umzudrehen. Und wieder sah Maxie ihm nach. Dieser Tag hatte eindeutig ein mega Karma, oder?!

Gleich nachdem er fort war, wurde Maxies Aufmerksamkeit durch ein Zupfen an ihrem Kostüm abgelenkt. Sie wirbelte herum. Michi aus der Schreinerei stand mit einer Querflöte an der Absperrung.

»Alaaf, Maxie!«

»Alaaf, Michi, guck mal ich bin auch hier!«, schrie Ida ihn an und er lachte.

»Hej, du Stropp!«, rief er und zog ihr im Spaß die Kapuze über die Augen.

»Maxie, könntest du das hier für mich aufbewahren?«

Er drückte ihr eine Schachtel Pralinen in die Hand. »Bitte nicht essen, die sind für meine Freundin!«

Maxie nahm sie rasch entgegen und er lief weiter, nachdem er ihr eine Kusshand zugeworfen hatte, reihte sich in die Formation seines Musikvereins und setzte die Querflöte an die Lippen. So, und wer würde sie nun als nächstes am Kostüm zupfen? Köln war doch wirklich ein Dorf!

»Du kennst auch jeden, was?«, rief Mark, der Indianer, der sich mittlerweile wieder in der Reihe genau hinter ihr eingefunden hatte und ihr Konfetti vom Kopf wischte.

Seine Frau verdrehte die Augen. »Wenn du nicht immer auf Dienstreisen wärst, würdest du auch mehr Leute kennen.« Sie zwinkerte Maxie zu.

Irgendwann näherte sich der Wagen von Bauer und Jungfrau, gezogen von einem Traktor, der Räder im Format von Kleinwagen hatte. Stattlicher Bauer, eine alles andere als zierliche männliche Jungfrau, Strüßjer segelten auf sie herab. Der Schotte steckte Maxie eine Piccoloflasche Sekt zu, die ihm vom Wagen herunter gereicht worden war. Weiter mit dem prächtigen Wagen von Prinz Karneval, das Volk tobte, der Prinz strahlte, winkte mit beiden Armen seinem Volk zu, streckte hin und wieder die Faust stolz in die Luft, für jeden ein sichtbares Zeichen, dass dieser Tag die Erfüllung eines Traumes für ihn war. Er war so stattlich, elegant und lebensfroh und transportierte das Lebensgefühl Karneval in unvergleichlicher Weise, dass man den Blick nicht abwenden konnte.

Das Dreigestirn: in diesen Tagen Herrscher über – und

eine Liebeserklärung an – die Stadt Köln! Genau wie diese ganze Veranstaltung, eine emotionsgeladene Liebeserklärung an das Leben!

Ein allerletzter Bonbonregen, wie ein abschließendes Feuerwerk, der krönende Abschluss des Rosenmontagszuges! So schön! So unglaublich schön!

In der allgemeinen Aufbruchstimmung um sie herum, angelte eine Hand nach Maxie. »Kommt mit, wir feiern alle in der Wohnung weiter!« Gesagt, getan, und so tanzten sie über Konfetti, Kronkorken und Bonbonpapierchen durch's Gewühl.

Am Abend erst schleppten sich ein großes und ein kleines, müdes Känguru zurück in das schmale Haus in der ruhigen Wohnstraße etwas abseits vom Stadtzentrum und zogen erschöpft die Tür hinter sich zu. Zwei Piccolos, drei Orangen, eine Pralinenschachtel, Schokoladentafeln, ein paar Bonbons und ein Bierdeckel – ›Nick‹ und eine fast nicht lesbare Telefonnummer – das war der Inhalt von Maxies Kängurubeutel. Sie lächelte geschmeichelt, legte den Bierdeckel ins Bücherregal und öffnete eine der kleinen Sektflaschen. Dann wickelte sie sich die langen Fellärmel um die Hüfte und fiel aufs Sofa, heiser, müde und mit einem warmen Glücksgefühl im Bauch.

Ida legte sich in voller Montur auf den Fußboden. Zwei schlichte Baumwolltaschen mit Süßigkeiten, Taschentüchern und dem, was sonst noch so geworfen worden war, lagen neben ihr und Maxie wusste nicht, wer vollgestopfter mit Süßem war: die beiden Taschen oder ihre Tochter.

»Wenn ich groß bin, werd ich auch mal Prinz. Das war so schön, Mami!«, seufzte sie.

Maxie nickte, unwillig sich noch irgendwie weiter zu bewegen. »Mir ist ja so *heiß*!«

Kapitel 13

Raus mit dir!« Maxie wedelte mit ihrer Zeitschrift einen Zitronenfalter zurück in den Garten, wo sich die Morgensonne durch die zartgrüne Hecke über die Wiese ergoss. Das zweiflügelige Holzfenster schloss sich knarzend, sodass Maxie sich am liebsten die Ohren zugehalten hätte. »Kännchen Öl gefällig?«

Rosie sah nicht auf, sondern studierte eingehend die Bewertungen von Gartengeräten vor ihrer Nase. »Nicht für mich, vielen Dank«, murmelte sie.

Ein üppiges Sonntagsfrühstück stand auf dem Tisch, und noch in Pyjamas und dicken Socken, jede einen Porzellanbecher in der Hand, blätterten beide zufrieden in Gartenzeitschriften. Ida hatte sich bisher nicht blicken lassen.

»Ich sollte mir einen Hochentaster zulegen. Ich bin es langsam leid, mir immer einen auszuleihen. Da kommt mit dem Entaster immer gleich der Besitzer mit, das ist mir unangenehm.«

»Ist doch praktisch!«

»Ja, aber das ist auch anstrengend. Dann wird ein Baum nach dem anderen geschnitten und ich kann keine Pause einlegen, und am Abend liegt die ganze Wiese voller abgeschnittenem Holz. Ich würde mir bei solchen Aktionen gern die Zeit selbst einteilen.«

»Sei nicht undankbar, Mutter«, rügte ihre Tochter sie.

»Nenn mich nicht ›Mutter‹!«

»Sei trotzdem nicht undankbar und sei froh, dass jemand für dich die Arbeit übernimmt. Du musst nicht immer alles allein bewältigen.«

»Like mother, like daughter!« Rosie zog die Augenbrauen hoch, ohne ihr Gesicht von der Zeitschrift abzuwenden.

»Vergiss es, Mutter«, zwitscherte Maxie. »Ich bin jung und unverbraucht.«

»Wenn du mich noch einmal ›Mutter‹ nennst, ist das die längste Zeit dein Zuhause gewesen.«

Sie schlug im Spaß mit dem Gartenheft nach Maxie, die reaktionsschnell ihr eigenes hochriss und sich wehrte. Sie lieferten sich einen Luftkampf, bis die Lampe wackelte und eine Tasse umfiel. Rosie fischte nach einem Tuch und warf es über den Tisch. Schuldbewusst tupfte Maxie den Tee von der Tischplatte.

»Nicht schlimm, Kind, ich hab ja angefangen«, grinste Rosie. »Sag mal, habt ihr eigentlich nochmal von diesem netten Briten, gehört? Ich frage mich, wie es ihm geht. Ihr habt doch ein gemeinsames Projekt mit ihm, so war es doch?!« Sie trug einen ganz und gar unschuldigen Gesichtsausdruck zur Schau, während sie sich in aller Seelenruhe Marmelade auf eine Scheibe Knäcke strich.

Maxie versuchte ernst zu bleiben, aber es gelang ihr nicht. »Ich weiß genau, das ›Projekt‹ interessiert dich nicht so sehr, wie du vorgibst! Du fragst doch aus einem anderen Grund …und jetzt sag's mir!«

»Was soll ich sagen?« Rosie biss krachend in ihr Knäcke.

»Sag, dass du an Tim interessiert bist! Das ist doch genau dein Typ! Ich kenn' dich doch …«

Rosies Wangen verfärbten sich nur leicht, doch Maxie entging es nicht, und es amüsierte sie nur noch mehr. Sie legte den Kopf schief und klärte ihre Mutter auf: »Ich hatte ihm deine Handynummer gegeben! Ich dachte, das sei in deinem Sinne. Nachdem ihr beiden in die Stadt abgedüst seid, dachte ich sogar, du hättest sie ihm selbst schon gegeben. Willst du mir etwa sagen, dass er sich kein einziges Mal in den vergangenen Wochen gemeldet hat?«

Rosies Augen weiteten sich, und sie vergaß, dass sie die Unschuld vom Land spielen wollte. »Wirklich? Das habe ich nicht gewusst, ich hatte mich selbst nicht getraut, ihm gleich meine Nummer zu geben!« Sie schüttelte bedauernd den Kopf. »Er hat sich nicht bei mir gemeldet …ich dachte … es wäre nett gewesen …wir hatten doch so viel gemeinsam, hatte ich den Eindruck«, schloss sie. Für einen kleinen Moment hatte sie ihre Gefühle nicht ganz unter Kontrolle.

Maxies Hand legte sich beruhigend auf ihre. »In der Schreinerei hat er sich auch selten gemeldet. Vielleicht hat er einfach nur viel um die Ohren. Das wäre doch auch eine Erklärung für sein Schweigen, was meinst du?« Aufmunternd sah sie ihre Mutter an.

»Ja, mag sein«, gab Rosie zu. »Es wäre trotzdem nett gewesen, wenn er angerufen hätte. Ich komme mir jetzt richtig albern vor! Er war sicher nur höflich, und alles andere habe ich mir nur eingebildet.«

»Mami, du bist niemals albern! Und du hast dir sicher auch nichts eingebildet. Er wird sich schon melden. Da war doch irgendwas zwischen euch, das hab' ich doch gemerkt! Und sonst hätte er ja auch nicht nach deiner Nummer gefragt.«

Die Tür knarzte und Ida schlurfte herein, ihren Teddy unter dem Arm und Alma im Schlepptau, wenn auch in sicherer Entfernung.

»Wer kommt denn da?« Rosie sprang auf, um ihre Enkelin zu umarmen und auf diese Weise von sich selbst abzulenken. »Na, gut geschlafen, du kleine Nachtschwärmerin? Hast Du mit deiner Mama gestern lange gefeiert?«

Ida nickte eifrig. »Ich war länger auf als die Kinder von der Lisa und dabei sind die schon in der Schule!« Sie grinste und offenbarte dabei ihre neueste Zahnlücke. »Und ich habe auf das kleine Baby von Lisas Schwester aufgepasst. Das hat aber fast die ganze Zeit geschlafen« Sie rutschte auf die Bank am Esstisch und ließ sich ein Frühstücksbrot schmieren. Das Thema ›Tim‹ war somit erst einmal abgehakt.

Später – nach einem kleinen Rundgang durch den Garten – packte Maxie ihre Tasche ins Auto und das Kind auf den Kindersitz. Sie verstaute einen halben Kuchen, Blumenzwiebeln und – erde und sogar noch einen frisch gepflückten Blumenstrauß in einer alten Zinkwanne, die sie im Schuppen aufgetan hatten. Erst dann machte sie sich auf den Weg nach Köln, wo nach dem ganz entspannten Wochenende in Meerberg nun wieder die Maschinerie des Alltags anlief.

Jedoch machte Ida Maxie gleich am Montag dieser Woche einen dicken Strich durch die Rechnung, indem sie mitten in der Nacht ihren rosa Prinzessinnen-Mülleimer vollkotzte. Als die Übelkeit nachließ, zog Maxie ihr einen frischen Schlafanzug über und trug sie in ihr eigenes Schlafzimmer. Im Bett ihrer Mutter kuschelte sich Ida unter die noch warme Decke und schlief sofort wieder ein. Erst eine halbe Stunde später schlüpfte Maxie selbst neben ihrer Tochter ins Bett. Es war bereits kurz nach Mitternacht. Die leisen Geräusche der Waschmaschine und ihre eigenen kalten Füße ließen sie noch lange wachbleiben.

Olli erklärte sich morgens sofort bereit, einige Dateien per E-Mail zu schicken. »Dann könntest du schon mal die Rechnungen prüfen. Jacques kann dich heute Mittag ablösen, wenn du willst. Mir käme es ganz gelegen, wenn du dann ein, zwei Stunden im Büro wärst«, meinte er.

»Was wird Jacques denn sagen, wenn wir ihm so spontan den Tag verplanen?«

Olli überlegte nicht lange. »Er wird sagen, dass er froh ist, dass er dir mal helfen kann.«

Und so übernahm Jacques am Mittag das Staffelholz. Er kam mit Zwieback unter dem Arm nach der Schule angerauscht.

»Na, du kleine Patientin?«, begrüßte er Ida. Begleitet von deren Gekicher suchte er nach den kleinen ›Kotzviren‹, wie er es nannte, unter ihren Armen, in ihren Ohren und der Nase, nur um festzustellen: »Ich kann nichts mehr finden, die hast du sicher schon in die Flucht geschlagen. Und du hast schon wieder Farbe im Gesicht!«

Maxie lächelte Jacques dankbar zu. »Du bist so ein Schatz, dass du so schnell einspringen kannst!«

Er quittierte es mit einem zufriedenen Grunzen und meinte, er sei heilfroh, dass er ihr endlich einmal helfen könne. Mit der Fußspitze schlug er den umgeschlagenen Teppich zurück. »Aber du weißt sicher, dass dich das einen Kuchen kostet?!«

»Du bekommst zwei!« Sie packte die Arbeitstasche so voll, dass der Reißverschluss nicht mehr schloss.

Jacques sah ihr zu. »Du bist also schon fleißig gewesen! Kein Wunder, dass Olli so begeistert von dir ist.«

Sie lächelte ihm zu. »Wenn es Ida schlechter gehen sollte, wirst du dich dann melden?«

Jacques nickte beruhigend. »Das mach ich. Ehrlich gesagt, sieht deine Tochter fitter aus als du.«

Kräftiger Regen setzte ein, als sich Maxie auf den Weg zur Arbeit machte. In der Straßenbahn blickte sie aus dem Fenster auf Menschen, die mit eingezogenen Köpfen und hochgezogenen Kragen vorbeieilten. Sie lehnte den Kopf an die kühle Scheibe und ihr fiel ein, dass Olli vorhin die Reaktion seines Partners fast wortwörtlich vorausgesagt hatte. Es musste wirklich schön sein, wenn man sich so vertraut war, dass man die Gedanken des anderen erraten konnte. Ihre Nachbarn waren das perfekte Paar. Neid lag Maxie fern, aber wenn sie für sich selbst eine Beziehung gewünscht hätte, dann eine wie diese.

Kapitel 14

In der Schreinerei erwartete Maxie ein kleines Chaos. Über den Fußboden verteilt befanden sich gleich vier Eimer, in denen sich Regenwasser sammelte. Der Schreibtisch war in eine trockene Ecke geschoben worden. Auf dem Dach ertönten dumpfe Tritte.

Da platzte auch schon Olli ins Büro und begrüßte sie mit einem erleichterten: »Gut, dass du da bist!« Er zog sich die Jacke über und klemmte sich Zeichnungen unter den Arm.

»Die Papiere auf deinem Schreibtisch haben einen kapitalen Wasserschaden, musst du wahrscheinlich nochmal ausdrucken. Ich hab' heute Morgen schon was erledigt, aber schau das lieber nochmal durch. Ruf mich bitte unbedingt an, wenn wir etwas zu besprechen haben. Yo Michi!«, pfiff er in die Werkstatt.

Michi erschien wie der Blitz. »Chef?«

»Sei so nett und hilf hier beim Aufräumen, ich muss zu einem Termin.« Mit den Fingern der Rechten formte er einen Telefonhörer. »Ihr erreicht mich mobil!«

Dann schnappte er sich Schlüssel und Handy und verschwand, nur um kurze Zeit später wieder an die Tür zu klopfen, ohne jedoch zu öffnen. »Denkst du daran, die Anlieferung der Fichtedielen auf Donnerstag zu verschieben?!«, rief er dumpf durch die Scheibe.

Maxie nickte und scheuchte ihn mit wedelnden Handbewegungen fort.

»Na komm, Michi«, meinte sie aufmunternd. »Lass uns mal den Schreibtisch wieder an seine Stelle rücken, den Rest mach ich dann selbst.«

Und noch einmal öffnete sich die Tür. »Wisst ihr, mir fällt gerade ein, dass ich die Auftragsbestätigung für die Langenfelds nicht ausgedruckt habe.«

»Für wen?«

»Für Liesenfelds.«

»Wer sind die Liesenfelds?« Maxie wusste nur zu genau, wen er meinte, und Michi, der es natürlich auch wusste, stand erwartungsfroh neben ihr.

»Die mit dem Carport und dem blauen Porsche!«, meckerte Olli ungeduldig. Er kratzte sich am Kopf. »Lisberg?«

Michi hielt es nicht länger aus. »Anke und Ralf Liesenthal.«

»Sag' ich doch!« Olli drehte sich auf dem Absatz herum und war schon wieder auf dem Weg nach draußen. »Kümmerst du dich drum, Maxie?«

»Mach ich!«

»Und frag mal nach, ob der Lieferant die Lasur schneller schicken kann.«

»Ja, und du, denk an deinen Friseurtermin um vier.«

Mit wehenden Fahnen verließ Olli nun *endlich* das Gelände, und Maxie widmete sich sehr konzentriert ihrer Arbeit, bis sich hinter ihr jemand vernehmlich räusperte, sodass sie zusammenfuhr. Der Dachdecker schlug seine nasse Baseballkappe aus und grinste über ihre Schreckhaftigkeit. »Alles wieder dicht da oben, die Eimer kannste wegräumen! Ich bring Olli die Rechnung zum Training mit.«

Der Computer kaute an einem Update herum, daher nahm sich Maxie einen Keks und kochte Kaffee. Vorsorglich blieb sie bei der Kaffeemaschine stehen. Noch während sie ihre Tasse füllte, schlenderte Michi mit wissendem Lächeln herein, wartete kurz, bis sie die Hand vom Kannengriff gelöst hatte, streckte den Arm aus und verschwand schnell wie der Teufel mit seiner Beute in die Werkstatt. Dort erschollen zwei Pfiffe, und gleich darauf erstarben die Maschinengeräusche. Ein tägliches Ritual, das mit Leidenschaft gepflegt wurde, aber immer überließen sie Maxie die erste Tasse. Kerle!

Die Woche war und blieb anspruchsvoll. Volle Auftragsbücher hielten das ganze Team auf Trab, und auch Maxie blieb jeden Tag bis zur letzten Minute. Nun war schon wieder Donnerstag. Und was für einer! Ein schneller Blick auf die Uhr, höchste Zeit, um Ida vom Kindergarten abzuholen! Rasch packte sie zusammen, verabschiedete sich und legte im olympischen Kurzsprint die Strecke zur Straßenbahn zurück. Von einem Bein aufs andere tretend wartete sie auf ihre Bahn, die mal wieder irre voll war. Der Sprint zur Bahn hatte Spuren hinterlassen: Mehrere Haarsträhnen kitzelten sie während der ganzen Fahrt an der Nase. Nur zwei Stationen später hechtete sie an den anderen Fahrgästen vorbei aus der Bahn und rannte Richtung Kindergarten, wobei ihr die große Handtasche wie eine Eisenkugel gegen das Bein schlug. Nach Atem ringend erreichte sie ihr Ziel, wo sie bereits erwartet wurde, und zwar von zwei hochgezogenen Augenbrauen, die zum Gesicht von Idas

Erzieherin gehörten. Die junge Frau war in makellos lässigem Sportstyle gekleidet und hielt das letzte ihrer verbliebenen Schützlinge an der Hand.

»Frau Engel, heute sind Sie ja wirklich früh dran! Wir hätten dann noch fünf Minuten Zeit gehabt bis zur Teambesprechung. Sie hätten sich nicht so hetzen müssen. Ida ist mal wieder die Letzte.« Sie übergab ihr das Kind, das sich nicht im Mindesten vom Sarkasmus der Erzieherin beeindruckt zeigte. »Sie haben ja morgen noch einmal die Chance, pünktlich zu sein«, murmelte Miss Sporty noch, bevor sie die Tür des Kindergartens abschloss.

»Mami, wie siehst du denn aus?« Ida sah an ihrer abgehalfterten Mutter hoch und runzelte die Stirn.

»Ich hatte es halt so eilig, zu dir zu kommen!« Maxie zog den Saum des Shirts wieder dorthin, wo er hingehörte und ihre Tochter eng an sich. »Wenn wir auf dem Weg jemandem begegnen, den wir kennen, sagst du bitte, deine Mami hätte gerade eine Fliegerbombe entschärft, ok?«, flüsterte sie.

»Warum?«, flüsterte Ida zurück.

»Weil ich es sage! Jetzt komm, Engelchen, lass uns endlich nach Hause gehen!«

Einmal zu Hause, schmiss sich Maxie in das übergroße Sweatshirt, das vor Jahren einmal Lisas Mann Lennart gehört hatte. Oh, das war so kuschelig! Lisa hatte dieses Kleidungsstück gehasst und kurzerhand beim Schrottwichteln an Maxie vererbt. Die Farbzusammenstellung war in der Tat fragwürdig, aber Maxie liebte den Pulli leidenschaftlich. Ein glücklicher Seufzer entfuhr ihr … endlich Daheim!

Ida erzählte vom Kindergartentag und zeigte ihr ein mit Filzstift aufgemaltes Tattoo einer Katze auf dem Unterschenkel. Sie lief zu ihrem Kindergartenrucksack und zauberte ein verknittertes Rundschreiben hervor. Sie erzählte in einem fort von ihren Freunden, von den Spielen und den Bildern, die sie alle gemalt hatte, und in der Küche kippte sie schließlich auf dem Boden geräuschvoll eine Sammlung wertvoller und ganz besonderer Steine aus.

Maxie liebte diese kleinen Momente jeden Tag. Ihre ›Mädchen-WG‹ war etwas ganz Besonderes, und sie wusste, sie würde ewig dankbar dafür sein, dass sie ohne Probleme diese Arbeitsstelle, eine neue Wohnung und verlässliche Freunde gefunden hatte. Und natürlich, dass Ida das alles so einfach mitgemacht hatte. Das Leben war echt schön!

Und trotzdem war sie jetzt erst mal hungrig, ebenso wie Ida, deren erste Frage ohnehin tagtäglich, sobald sie nach Hause kam, war, was es denn zu Essen gäbe. Im Kühlschrank herrschte jedoch kalte, gähnende Leere.

»Ich hatte leider keine Zeit einzukaufen. Was hältst du von Cornflakes mit Milch?«

Ida war nicht wählerisch, sie war zu sehr damit beschäftigt, die Steine zu zählen und einzeln zur Bewunderung hochzuheben. Maxie setzte sich zu ihr auf den Küchenboden und sah ihr beim Sortieren zu.

»Hej Schatz!« Sie strich ihr sanft durch das rote Haar. Das Mädchen sah auf und legte ihr einen herzförmigen, weißen Stein in die Hand. »Mami, ich hab' dich lieb! Den Stein hab' ich für dich gefunden!«

Maxie zog sie zu sich heran, konnte aber das Gleichgewicht nicht halten und kippte langsam mit dem Kind in den Armen hintenüber, bis sie auf dem Rücken lag wie ein Käfer, wollte sich wieder hochkämpfen, doch Ida setzte sich unsanft auf ihren Bauch. Sie fingen an, sich gegenseitig zu kitzeln und lachten, bis ihnen alle Bauchmuskeln schmerzten. Nach Luft ringend zog Maxie Ida schließlich auf die Beine.

Einige Minuten später saßen sie friedlich nebeneinander auf dem großen Sofa und aßen ihre Cornflakes. Trocken. Denn die Milch war in den letzten Tagen irgendwann sauer geworden.

Kapitel 15

Etwas später am gleichen Abend, noch immer auf Strümpfen, ließ sich Maxie ziemlich erledigt an ihrem Schreibtisch nieder. Nur morgen noch, dann war Wochenende! Und die nächste Woche würde ganz sicher etwas ruhiger werden. Gedankenverloren sah sie die Post dieser Woche durch, als das Telefon genau vor ihrer Nase unverschämt laut klingelte.

»Hallo Maxie«, kam eine gut gelaunte Stimme von Pelles Mutter vom anderen Ende. Durfte man um diese Uhrzeit überhaupt noch so laut sprechen? Sicherlich, denn es war ja erst kurz nach sieben. »Denkst du an den Termin in der Grundschule? Erster Elternabend … Spannung! Tadaa! Jetzt ist es endlich soweit! In einer dreiviertel Stunde hole ich dich ab!« Maxie legte auf und war sauer auf sich selbst. Wieso war ihr der Termin durchgegangen?

Mist.

Mist, Mist, Mist!

Zuhause bleiben war keine Option, sie brauchte einen Babysitter!

Also straffte sie ihre Schultern, sprang in die Gummistiefel, öffnete die Terrassentür und sah zum Nachbarhaus. Ah! Licht schien durch die Fenster und die Tür nebenan war nur angelehnt. Vielleicht hatte sie Glück! »Jacques!!?! Olli!!?!«, rief sie hoffnungsvoll. Der kurze Verbindungsweg durch die frischgrünen Sträucher war schnell zurückgelegt. An der flachen Treppe krallten sich die Dornen der Rosensträucher in ihr farbenfrohes Riesensweatshirt, doch sie riss sich los.

»Was ist los?« Sie sah nur Jacques' dunklen Schopf und die fragenden Augen am Fensterbrett im ersten Stock. Sein Kopf schien sie mit einem kurzen Wink hereinzubitten. Der Einladung folgend stieß Maxie also die Terrassentür auf und legte gleich los: »Ich könnte mal Hilfe gebrauchen! Ihr sagt doch immer, ich soll fragen!«, rief sie die Treppe hinauf.

»Ich hab' den Elternabend total vergessen! Wäre Olli vielleicht heute Abend zu Hause? Dann könnte ich Ida beruhigt schlafen lassen. Hörst du mich eigentlich? Jacques?!?«

Seitlich von ihr flog krachend die Zimmertür auf. Und da stand er mit einem Handtuch um die Hüften als einziger Bekleidung.

Maxie machte einen Satz rückwärts.

»AAARRGGH, wo kommst du denn jetzt her?« Ihr Blick wanderte schnell von den nackten Füssen die langen Unterschenkel hinauf zu den Knien, glitt über das Saunatuch, das knapp unter dem Bauchnabel endete, über die kräftigen Hände, die auf der schmalen Hüfte eingestemmt waren. Seine Bauchmuskeln nahmen für den Bruchteil einer Sekunde ihre volle Aufmerksamkeit in Anspruch. Seine breite, mit Tropfen bedeckte Brust hob und senkte sich schwer und die trainierten Oberarme zuckten in Alarmbereitschaft.

Yay, er war wirklich gut in Form! Er hatte also *doch* ein Sixpack!

Hoffentlich hatte er ihren kurzen Check nicht bemerkt. Doch als sie seinen Gesichtsausdruck registrierte, rutschte ihr das Herz in die Kniekehlen. Oh doch, das hatte er! Und es schien ihn nicht glücklich zu machen. Voll peinlich!

Er funkelte sie an.

»Kann man nicht mal seine Ruhe haben, was soll denn dieser verdammte Aufstand?!« Er musterte sie, als sähe er sie zum ersten Mal. Ihre Haare, aufgetürmt zu einem undefinierbaren Irgendwas, der Pulli, der bis zu ihren Knien reichte, verziert mit einem abgerissenen Dornenast, Gummistiefel.

Er sah an ihr herunter. »Herrgott, was machst du hier?«

Maxie runzelte die Stirn. *Verdammter Aufstand?!?* Hatte er ihr nicht bedeutet, sie solle reinkommen?

»Entschuldige Jacques …äh, kannst du dich beamen?« Sie zeigte verdutzt ins obere Stockwerk. »Warst du nicht …. sag mal, bist du mir böse?«

Hatte sie hier bei einem *Schäferstündchen* gestört? Oh Gott! Das musste es wohl sein! Doch bevor die Peinlichkeit der Situation sie überwältigte, fiel ihr etwas an ihm auf. Sie trat einen Schritt auf ihn zu und ignorierte, dass er gerade zu einem Satz angehoben hatte. »Ich bin nicht-«

»Was ist das denn bitte?«, schnitt sie ihm das Wort ab. »Was hast du getan!?! Ist *das* etwa dein Wetteinsatz bei Olli? Hat er also doch alle Mädchen auseinanderhalten können? Oh Mann, du hast doch echt nicht mehr alle Tassen im Schrank, du dämlicher Kerl! Das wirst du wochenlang bedauern!« Kopfschüttelnd sah sie ihn an. »Du warst doch so stolz auf deinen schönen Bart!« Gleichermaßen entrüstet wie fasziniert starrte sie auf sein glattrasiertes Kinn.

»Darf ich mal erfahren, was du überhaupt hier machst? Das ist schließlich nicht deine Wohnung!«, grollte er gefährlich leise.

»Äh, ich-« Also doch ein Schäferstündchen.

»Und außerdem, ich bin nicht-«

»Moooment mal!«, unterbrach sie ihn ein weiteres Mal. »Wer hat denn eben ›Komm rein‹ genickt?«, verteidigte sie sich trotzig.

Er rollte die Augen. »Willst du mir jetzt mal zuhören?«

Es kam jedoch nicht zu einer Erklärung, denn er fixierte über ihre Schulter hinweg einen Punkt an der Treppe, und ein Schauer lief Maxie eiskalt die Wirbelsäule herab. Wenn dort Olli stand, und wenn er ebenso wütend auf sie war, konnte sie gleich morgen ihre Papiere abholen. Dann war's das mit der Arbeitsstelle und der Wohnung. Nichts Gutes ahnend drehte sie sich um, doch auf der Treppe stand nicht Olli, sondern Jacques, vollkommen bekleidet, blendend aussehend und nicht im mindesten verändert.

Ihr wurde schwindelig und sie sah zurück zu der entblößten und verstummten Erscheinung vor ihr. Schlecht gelaunt wie ein Fußballer nach verlorenem Endspiel starrte der nasse Jacques ohne Bart – ach ja, und ohne Hosen – sie an.

Unbewusst verschränkte sie die Hände ineinander wie ein kleines Schulkind.

»Was wolltest du gerade sagen?«, wandte sie sich so freundlich wie möglich an ihr halbnacktes Gegenüber, doch er schwieg und biss sauer die Zähne aufeinander, sodass seine Kiefer markant hervortraten.

Sie versuchte es noch einmal. »Und du wolltest gerade was sagen …?« Unsicher drehte sie sich noch einmal um, wo Jacques mit Bart und vollständiger Bekleidung nun einen Lachkrampf nicht mehr zurückhalten konnte. Albern kichernd schaffte er es schließlich, einen ganzen Satz zu formulieren: »Darf ich vorstellen? Mein Bruder Matthias … Matthias, das ist Maxie von nebenan!«

Kapitel 16

Noch immer lachend hielt sich Jacques am Treppengeländer fest und rang ordentlich nach Luft. »Na los, ihr beiden, gebt euch schon die Hand!«

»Aber der hat doch gar nichts an?!?«, piepste Maxie mit plötzlicher Schüchternheit.

»Besser als Gummistiefel jedenfalls!«, herrschte Matthias sie an, machte aber einen taktvollen Schritt rückwärts und streckte den rechten Arm lang aus. »Meine nicht vorhandene Kleidung schien dich eben nicht zu stören. Nackte Männer beschimpfen kannst du anscheinend ganz gut!« Sein Ton war ruhiger geworden, aber die Zornesfalten legten sich nur langsam. »Und was ist das überhaupt für ein hässliches Zelt, das du da trägst?«

Maxie überhörte die Beleidigung ihres Lieblingspullovers und schlug schützend die Arme um den Oberkörper. »Aber ich dachte doch, du seist Jacques!«

»Aha, so ist das also!«, meinte dieser amüsiert. »Bei mir wär's dir wohl egal gewesen, wenn ich in nichts als einem Badetuch vor dir erschienen wäre?«

»Ja natürlich!«, platzte es spontan aus ihr heraus. Mit heißem Gesicht blickte sie von einem zum anderen und suchte händeringend nach einem unverfänglichen Thema. Sie war doch nicht auf den Mund gefallen!

«Äh, Jacques und Matthias? Also ehrlich, wer lässt sich denn so eine Namenskombination für Zwillinge einfallen?«

»*Johannes* und Matthias!«, stellte letzterer klar und freute sich über ihren verwirrten Gesichtsausdruck. »Ach, du wusstest gar nicht, dass er Johannes heißt?« Er wandte sich seinem Bruder zu, der sich auf einer der unteren Treppenstufen niedergelassen und langsam seine Fassung zurückgewann. Dieser zuckte die Schultern, sein Gesicht ein Ausdruck reinsten Vergnügens.

Matthias wischte sich eine nasse Haarsträhne aus der Stirn und schickte sich an zu gehen. »Wenn ich hier nicht mehr gebraucht werde, dann ziehe ich mich jetzt an.«

Die plötzliche Realisierung ihrer dringlichen Lage durchfuhr Maxie wie ein Blitz. Mit beiden Händen fuhr sie sich in die Haare und sah aus wie eine Interpretation von Helena Bonham Carter. »Ahhh, Mist! Deswegen war ich ja überhaupt rübergekommen! Die Grundschule hat einen Infoabend …«

»Ich weiß, ich bin praktisch auf dem Weg«, unterbrach Jacques.

»… jaaaa, aber ich hab's vergessen und ich werde gleich abgeholt und Ida ist allein, und ich dachte, Olli wäre vielleicht zu Hause!«, stammelte Maxie zerknirscht.

Jacques schüttelte den Kopf. »Er ist noch bei einem Kundentermin. Aber Matthias könnte doch aufpassen!«

Sein Bruder kam noch einmal zurück, als er seinen Namen hörte und sah beide wartend an.

»Der Nackte!?!?!?«

Genervt blickte Matthias zur Zimmerdecke und kommentierte ihren Ausruf nicht. Die Wassertropfen auf seiner Haut waren inzwischen getrocknet, er verharrte im Türrahmen, jeder Zoll ein Modellathlet. Maxie musste sich hart konzentrieren, um ihren Blick auf Augenhöhe zu halten.

Jacques erhob sich von der Treppenstufe und strich sich immer noch hochamüsiert die Hosenbeine glatt. »Tja, Hase, ich garantiere dir, er trägt nicht gewohnheitsmäßig Badetücher. Deine Wahl beschränkt sich auf zwei Optionen: Entweder du bleibst heute zu Hause, oder mein Bruder hilft dir aus der Klemme.«

Er nahm sie beiseite und legte ihr den Arm um die Schultern. Leise und bestimmt sprach er auf sie ein. »Maxie, das kannst du ruhig annehmen. Der hat heute sowieso nichts mehr vor. Er kann sich bei dir ins Wohnzimmer setzen und warten, bis du wieder zurück bist. Du bist doch nur um die Ecke!«

Matthias nickte zustimmend. Sie wägte ab. Ihr blieb nur noch wenig Zeit, bis Marita vor der Tür stehen würde, also gab sie zögernd nach. »Oookay … dann … danke für das Angebot.«

Wie aufs Stichwort drehte Matthias sich um und ließ den Türrahmen leer zurück. Jacques drückte ihre Schulter sanft und schob sie zur Gartentür. »Richtige Entscheidung! Dann geh jetzt schnell und zieh' dich um. Einen ersten Eindruck macht man nur einmal.«

»Den hab' ich doch jetzt schon hinter mir.« Mit hängenden Schultern stapfte sie hinaus auf die Terrasse. Doch das hatte Jacques nicht gemeint.

»Ich meinte die anderen Eltern, die du gleich treffen wirst. Die Pulli-Stiefel-Haar Kreation ist durchaus verbesserungsfähig.«

Und so stand Maxie ein weiteres Mal an diesem Abend

vor dem Kleiderschrank, trennte sich schweren Herzens von Lennarts Zelt und wählte einen smaragdgrünen Blazer; in Kombination mit ihren Locken sehr frühlingshaft und energiestrotzend, wie sie mit zufriedenem Blick in den Spiegel feststellte.

Matthias' Stimme ertönte in der unteren Etage und sie bekam noch mit, wie sich seine Augen unmerklich weiteten, als sie auf dem Treppenabsatz erschien. Was hatte er denn jetzt schon wieder?! Na gut, sie sah vielleicht ein bisschen aus, wie aus einem Werbespot der irischen Fremdenverkehrszentrale, aber geschenkt!

Er selbst trug Jeans, teure Turnschuhe und ein Polohemd. Das dunkle Haar war zwar noch feucht, aber ordentlich gekämmt. Und er roch gut. Auch wenn das nichts zur Sache tat.

»Schuhe aus?«, fragte er und riss sie damit aus ihrer Duftstudie.

Fast hysterisch zeigte Maxie auf die auf dem Boden verteilten Malstifte und Steinchen aus der Kindergartentasche. »Lass mal, das wird nicht nötig sein. Tja, danke übrigens, dass du mir heute hilfst.«

Er nickte unverbindlich und sah sich um. Und schon wieder war es an Maxie, rot zu werden. »I-i-ich hatte heute nicht mit Besuch gerechnet. Normalerweise ist es aufgeräumter in meinem Wohnzimmer.«

»Kein Ding. Ich hatte vorhin auch nicht mit Besuch gerechnet. Dann wären wir quitt.« Er sah auf die Uhr. »Dann lass uns mal improvisieren. Am besten gibst du mir zuerst deine Mobilnummer, und dann wäre es wohl sinnvoll, mich kurz bei deiner Tochter vorzustellen. Je nachdem, wie sie auf mich reagiert, kannst du dich immer noch anders entscheiden und bleiben.«

Gute Idee! Sie fischte in ihrer Handtasche nach dem Telefon. So schnell hatte sie sich auch noch nie bereit erklärt, ihre Nummer herauszurücken, aber etwas Besseres fiel ihr im Moment auch nicht ein.

Anders als ihre Mutter erkannte Ida sofort das Offensichtliche. »Zwingelinge!«

Matthias gab ein tiefes, melodisches Lachen von sich. »Du bist ja ganz schön schlau! Ich bin Matthias.«

»Wieso kenn' ich dich nicht?«

»Ich bin nur zu Besuch nebenan. Heute Abend hätte ich Zeit und Maxie möchte gern deine Lehrer kennenlernen. Ich könnte aufpassen, dass dich niemand klaut, bis deine Mama wieder zurück ist. Bist du mit unserem Plan einverstanden? Sag es ganz ehrlich …«

Ida nickte gnädig und hielt ihm ein dickes Buch hin. »Das ist okay, aber nur, wenn du mir eine Geschichte erzählst!« Sie schälte sich aus dem Bett, schaltete die Märchen-CD aus, krabbelte zurück und entließ ihre Mutter mit einem huldvollen: »Mami, du kannst gehen«

Und an Matthias gewandt meinte sie leise und mit ernstem Blick: »Du kannst ganz schön froh sein, dass du sie eben nicht gesehen hast. Meine Mami hat heute eine Bombe geschärft«, woraufhin er nur eine Augenbraue hob und bedeutsam nickte.

»*Ent*-schärft!«, stellte ihre Mutter selbstbewusst klar, drehte sich um und verließ das Zimmer.

Als Maxie sich nach dem Elternabend von Pelles Mutter verabschiedete, hielt diese sie noch einen Augenblick zurück.

»Wart' mal, ich wollte dir noch etwas erzählen. Wir sind uns nicht so ganz sicher, ob Pelle wirklich im Sommer hier zur Schule gehen wird.«

»Was sagst du da, Marita, wieso denn nicht?«, fragte Maxie verständnislos.

»Wir werden möglicherweise umziehen, wegen Eriks Arbeit, weißt du. Ist noch nicht in Stein gemeißelt, aber ich wollte, dass du Bescheid weißt.«

Maxie schluckte. »Das ist aber traurig. Ach Mensch, wie schade! Ida wird am Boden zerstört sein.« Hoffnungsvoll fügte sie hinzu: »Aber vielleicht bleibt Ihr ja doch, hm?«

»Ja.« Marita seufzte. »Vielleicht. Das wäre super. Geh rein, ich sehe wie müde du bist. Wir sprechen ein anderes Mal darüber.«

An der Haustür versuchte Maxie im Dämmerlicht, das Schlüsselloch zu treffen. Keine Frage, der Abend war sehr informativ gewesen, aber sie hatte den Eindruck, dass ihr Kopf einfach nicht groß genug war, um all die Informationen, die schon die ganze Woche auf sie eingeprasselt waren, noch aufzunehmen. Und die Nachricht, dass die Andersons umziehen würden, hatte ihr den Rest gegeben. Das war entschieden der Tiefpunkt der Woche. Nichts und niemand könnte da noch einen draufsetzen. Sie wusste nicht, wie sie sich darin täuschen sollte.

Noch bevor der Schlüssel im Schloss war, schwang die

Tür auf, und Matthias sah auf sie herab. Sie richtete sich auf. »Danke!«, sagte sie so würdevoll es ging und trat ein.

»Na, alles gut?« Matthias sah sie fragend an.

»Ja danke. Ganz schön viel Input!« Sie massierte sich mit den Zeigefingern die Schläfen. »Hör mal, ich möchte mich entschuldigen, dass ich vorhin so unfreundlich gewesen bin. Ich konnte doch nicht ahnen, dass du nebenan zu Besuch warst, ich dachte wirklich, du seist Jacques. Ihr seht euch so wahnsinnig ähnlich! Ich war total verwirrt!«

»Ich auch, ich dachte immer ›Maxie‹ wäre ein Kerl!«

»Wie kommst du denn bloß darauf?« Sie lachte, als wäre das die abwegigste Vorstellung überhaupt. »Naja, also das war echt nett von dir, mir zu helfen.« Sie ließ sich aufs Sofa fallen und seufzte tief. Matthias wandte ihr den Rücken zu und musterte eingehend die Reihe von Familienfotos an der Wohnzimmerwand. »Gern geschehen«, meinte er, ohne sich umzudrehen. »Und angesichts der Situation – ich stelle mich auch nicht gerne jemanden vor, ohne Hosen anzuhaben. Da musste ich wohl deinen ersten Eindruck von mir schnellstens korrigieren.«

»Wie lief's denn hier?«

Er löste seinen Blick von den Bildern und kam herüber. »Ida ist schnell eingeschlafen, aber erst nachdem sie mich ausgefragt hatte. Ich kam mir vor wie beim Vorstellungsgespräch.« Er überlegte kurz und zeigte unentschlossen auf die Küchentür. »Wenn du magst, koch ich dir noch einen Tee.«

»Lieber nicht, ich bin echt erledigt, vielleicht kann ich

dich Samstagmorgen zum Frühstück einladen? Als Dankeschön?!?«

»Hört sich gut an, du musst dich aber nicht bedanken. Ich fahre morgen sowieso wieder nach Hamburg zurück. Aber wenn du einen guten Rat von mir annehmen willst, dann entschleunige dein Leben. Und zwar gründlich. Olli war nach der Arbeit kurz hier und hat mir erzählt, was du alles zu jonglieren versuchst.«

»Das ist nicht so viel, wir sind ja nur zu zweit-«

Er unterbrach sie. »Olli sagt, du gehst den ganzen Tag arbeiten. Aber gerade jetzt, wo dein Kind in die Schule kommt, braucht sie jemanden, der für sie da ist, und der genug Zeit hat, wenn sie Schwierigkeiten mit dem Lesen und Rechnen hat oder sich nicht eingewöhnen kann.«

Was bitte ging *ihn* das an?!? Sie hatten noch nicht mal ein Bier miteinander getrunken, und schon schickte er sich an, ihr Leben zu organisieren? »Ich bin mir sicher, dass ich Ida genug Zeit widmen kann, denn ich kann auch von zu Hause aus-«

»Nein, lass mich ausreden! Es ist für manche Kinder ganz schön hart. Da wird schon mal gemobbt, und die Lehrer nehmen nicht viel Rücksicht, wenn die Klassen groß sind und einer nicht mitkommt.«

Tss, was bildete sich dieser Typ eigentlich ein? Aber er war anscheinend immer noch nicht am Ende.

»Und du selbst brauchst auch jemand, der dich unterstützen kann. Überleg' mal, ob du nicht bei deiner Familie besser aufgehoben bist. Der Punkt ist, solche Situationen wie heute werden noch öfter kommen, wenn du nichts änderst.«

Das war ja wohl die Höhe! Der war eindeutig im falschen Film!

»Na, wärmsten Dank auch!« Sie quälte sich aus dem Sofa hoch, richtete sich mit letzter Kraft auf, streckte ihren Rücken und sah ihm fest in die Augen, wobei sie leider nach oben sehen musste, was taktisch extrem schlecht war. Sie musste Haltung bewahren und kratzte alle Freundlichkeit zusammen.

»Das ist supernett, dass du dir Sorgen machst, aber vollkommen unnötig. Es ist alles gut geplant, und mein Kind ist glücklich und was mich betrifft: Ich denke, ich komme wirklich gut allein klar.«

Matthias presste die Lippen aufeinander, nickte und ging zur Terrassentür. Kurz bevor er verschwand, wandte er sich nochmal um. »Kann sein. Vielleicht stimmt das, was du sagst. Aber auch wenn du in deinem hübschen Blazer ganz schön energisch aussiehst: Allein mit Kind in einer Millionenstadt geht dir irgendwann die Puste aus. Das garantiere ich dir. Denk mal drüber nach.«

Und fort war er.

Maxie war fassungslos.

Was für'n arroganter Dreckskerl!

Kapitel 17

Sie lag fast bewegungslos, nur ein paar Strähnen lösten sich in der Nacht aus den Spangen und der Lippenstift fiel ihr aus der Jackentasche zu Boden. Im Dämmerlicht der Wohnzimmerbeleuchtung lag sie noch immer in Blazer, Jeans und Sneakers auf ihrem Sofa, als der Morgen anbrach.

Die Vögel zwitscherten, und draußen fiel ein Fahrrad scheppernd um. Autos schoben sich durch die schmale Einbahnstraße. Nebenan schlug das erste Mal die Haustür, als Oliver in aller Frühe das Haus verließ. Eine Stunde später schlug die Nachbartür zum zweiten Mal, und Jacques machte sich auf den Weg zur Schule.

Maxie erwachte, weil etwas Weiches ihre Lippen entlangfuhr. Sie öffnete widerwillig die Augen einen kleinen Spalt und sah Ida in ihrem pinken Schlafanzug vor dem Sofa stehen. Das Mädchen hielt sich die Hand vor den Mund, die Augen zugekniffen.

»Mami, du siehst so lustig aus!«, stellte sie fest, kletterte aufs Sofa und setzte sich rittlings auf Maxies Beine, die steif und kalt waren. »Ich hab' dich geschminkt!« Stolz zeigte sie den Lippenstift.

Maxie rappelte sich auf, bis sie saß und sah an sich herunter, dann auf die Uhr. So schnell es eben ging schwang sie daraufhin die Beine vom Sofa und stand auf. Und sackte augenblicklich ein. Das widerliche Kribbeln ignorierend, das die wiederkehrende Durchblutung anzeigte, robbte sie auf allen Vieren Richtung Telefon.

»Oliver, es tut mir so leid, ich habe verschlafen!!!«, überfiel sie ihn, ohne ihm auch nur einen guten Morgen zu wünschen.

»Morgen Maxie!«, rief er laut, um die Geräusche der Kreissäge zu übertönen. »Es ist gerade mal acht!« Da ging ihm auf, was für einen Trumpf er in der Hand hielt. »Ach nee, warte mal, Frau Engel, die nie was vergisst und mich von Termin zu Termin scheucht, hat mal verschlafen?! War's denn noch ein schöner Abend mit Matthias?«

Jedes Wort schien ihm auf der Zunge zu zergehen, denn sowohl im Vergleich zu Jacques als auch zu Maxie, war er der ewige Verlierer, was Pünktlichkeit und Ordnungssinn anging. Nicht, dass ihm das irgendetwas ausgemacht hätte, aber wenn das Schicksal ihm so willig in die Hand spielte, wollte er sich offensichtlich die Zeit nehmen, das ausgiebig zu genießen.

Maxie konnte förmlich durch den Hörer *sehen*, wie er feixte. »Pfui, bah, würg!!!«, entgegnete sie ihm auf seine Anspielung bezüglich Matthias. »Dieser arrogante Kotzbrocken? Der hat nur wenige Stunden nachdem wir uns kennengelernt haben, versucht, mir mein Leben zu erklären. Okay, na gut, er hat mir aus der Patsche geholfen, aber ich frage dich, wie kann der Kerl so aus der Art schlagen? Der ist das genaue Gegenteil seines Bruders! Und wenn er der letzte Mann auf dieser Erde wäre: Nie würde ich mit dem freiwillig einen ganzen Abend verbringen!«

»Da habe ich wohl in ein Wespennest gestochen«,

lachte Olli. »Lassen wir das. Du könntest mir einen Gang nach Hause ersparen, dann wäre uns beiden geholfen. Wir bekommen heute unseren neuen Kühlschrank! Halt einfach die Stellung und lass den Lieferanten in unsere Küche. Er konnte sich nicht auf eine genaue Uhrzeit festlegen, und ich kann ja nicht stundenlang aus der Schreinerei weg, um auf ihn zu warten. Tust du mir den Gefallen?«

»Ähhh, ja klar«, meinte Maxie zögernd, nicht, weil sie lange überlegen musste, sondern weil sie ein schlechtes Gewissen hatte.

»Klasse, der Schlüssel ist im … nein, unter der …« Eine betretene Pause folgte.

»Ich weiß schon, wo der liegt. Ist die Wohnung leer, oder laufen noch handtuchbehangene Blödmänner darin herum?«

»Hahahah, das war ne Nummer, was? Schade, dass ich das nicht selbst miterleben konnte!«

»Das ist keine Antwort auf meine Frage, Chef!«

Am anderen Ende schmiss sich Olli vor Lachen fast weg. Maxie hätte ihm den Hals umdrehen können. Männerhumor!

»Die Luft ist rein! Wenn du aber sein Handtuch haben möchtest …«

»Ist gut jetzt, ja?«

»Sorry, ja, ist gut. Maxie, es wäre mir wirklich geholfen, wenn du diese Sache für mich übernehmen könntest. Jacques macht mich kalt, wenn ich das nicht organisiert bekomme.«

»Gut, super, dann komm ich eben danach ins Büro.«

»Bleib da. Du könntest vielleicht den Kühlschrank noch auswischen, wenn er angeliefert wurde, dann hast du mir schon weitergeholfen. Jacques kann ihn dann später einräumen.«

»Muss er nicht erst mal einen Tag stehen?«

»Wer, Jacques?«, fragte Olli verwirrt und offensichtlich nicht mehr ganz bei der Sache.

»Der Kühlschrank!«

»Besprich das mit Jacques, ich weiß ja nicht, was er nach der Schule einkaufen geht. Irgendwas davon muss sicher auf Eis gelegt werden.«

»Solange es nicht eure Beziehung ist!«

Olli lachte. »Das wär 'ne schöne Beziehung, die an einem Kühlschrank scheitert.«

»Ich würde es nicht riskieren!«

»Ich auch nicht. Ich häng' an dem Pedanten. Also abgemacht? Hilfst du mir?«

»Klar! Und falls du noch andere Aufgaben zu vergeben hast, ruf mich an!«

»Hab' ich nicht. Geh schon mal ins Wochenende, du hast es verdient! Und Maxie-«

»Ja?«

»Überleg dir nochmal, ob du das Handtuch haben möchtest!« Er legte auf.

Maxie heulte auf, musste dann aber doch lachen. Den Hörer in der Hand sah sie über die Schulter zu Ida, die sich in den Teppich eingerollt hatte und sie wie eine Frühlingsrolle mit Augen anstarrte.

»Kind, mit Männern muss man sehr viel Geduld haben.«

Ida nickte. »Spielst du mit mir?«

Kapitel 18

Könntest du gleich mal rüberkommen?«, ächzte Maxie einige Tage später in ihr Handy, das sie zwischen Schulter und Kinn eingeklemmt hatte.

»Gern, du hörst dich ja an, als ob du gerade ein Kind zur Welt bringen würdest!«

Maxie zog milde überrascht die Augenbrauen hoch. »Entschuldige mal, mein Lieber, woher weißt du, wie man sich *dabei* anhört??«

»Meine Schwester kann sehr anschaulich beschreiben. Und das hat sie gleich vier Mal getan. In den schillerndsten Farben, wenn ich das mal so sagen darf. Das prägt sich ein, auch wenn du das gar nicht willst! Also, was gibt's?«

Ein lauter Schrei ertönte, Poltern und Stille am Telefon.

»Maxie?!? Was ist los?!!!« Acht Sekunden später flog die Terrassentür auf, und Jacques stand alarmiert im Wohnzimmer seiner Nachbarin.

»Hast du dir was getan?«

»Natürlich nicht! Aber ich bin echt sauer, blöder Schrank!« Sie boxte gegen den unteren Regalboden.

Der Länge nach ausgestreckt lag Maxie auf dem Fußboden im Durchgang zur Küche. Das Bücherregal hing schräg im Türrahmen fest und hatte Fotos, Bücher und Zettelchen über seine Besitzerin regnen lassen.

Jacques' Blick wanderte zwischen der am Boden liegenden Maxie und der auf der Küchenarbeitsplatte sitzenden Ida hin und her. Ida zog den Kopf ein und streckte die Hände weit von sich. »Ich bin nicht schuld, ich durfte nicht helfen!«

»Wie kann das sein?!?«, rief derweil ihre Mutter und stöhnte gequält auf.

»Wie kann was sein?« Jacques fischte zwei Hefte vom obersten Regalboden, die herunterzurutschen drohten.

»Na DAS!« Sie machte eine weit ausholende Handbewegung und deutete vage auf ... das Universum.

»Bei der Arbeit gelingt mir einfach ALLES. Na ja, bis auf, sagen wir mal, wenige Kleinigkeiten. Aber grundsätzlich habe ich die Dinge doch ganz gut in der Hand. Und zu Hause ist es SO!« Mit einer heftigen Armbewegung deutete sie auf das Chaos um sich herum. »Nix klappt! Alles geht schief und .... Aaarrrrrggghh!« Ein entnervter Laut drang aus ihrer Kehle.

»Es kann ja nicht immer alles funktionieren. Selbst bei dir nicht. Komm, jetzt steh erst mal auf!« Er streckte dem Literaturopfer die Hand hin, die jedoch trotzig ignoriert wurde. Seufzend arbeitete Maxie sich auf die Knie und sammelte lahm einige der ebenfalls aus dem Regal gefallenen Bilderrahmen auf, die glücklicherweise heil geblieben waren. Leise fluchte sie vor sich hin.

Jacques half ihr. »Ist gut jetzt, hör mal auf mit den Kraftausdrücken.« Beschwichtigend strich er ihr über den Oberarm, wofür er ein genervtes »Ach, Mensch!« erntete. »Ich wollte doch *nur* das Regal vom Wohnzimmer in die Küche schieben, aber sieh! Es scheint ein Millimeterchen zu groß zu sein. Ist im Türstock stecken geblieben! Undankbares, blödes Möbelmiststück!« Noch einmal schlug sie danach, zog schmerzverzerrt die Hand zurück und zog sich selbst dann vollends hoch.

Jacques schüttelte verständnislos den Kopf. »Weißt du, heute Abend wäre Olli zu Hause gewesen, wir hätten dir den Schrank zu zweit im Nullkommanichts durch die Tür geschoben. Aber Madame fragt ja nicht! Da würde dir ja ein Zacken aus der Krone brechen.« Er tippte ihr mit dem Zeigefinger leicht auf den Scheitel.

Sie schlug den Finger weg, erwischte ihn aber nicht. »Ich hab' doch gefragt!«

»Nur zu spät. Geh mal weg da.« Er schob Maxie wie einen leeren Karton zur Seite und packte mit beiden Händen das Regal.

»Ich hätt's beinahe allein geschafft«, maulte Maxie.

»*Zuerst* fragen wäre aber schlauer gewesen!«, wurde sie belehrt.

»Ich bin nicht schuld! Ich durfte nicht helfen!«, kam es wieder aus der Küche.

»Du bist sowieso nicht schuld! Deine Mutter ist manchmal einfach zu dämlich.«

Sie kippten das Regal gemeinsam noch ein wenig mehr und dann ließ es sich bequem durch den Türrahmen und an seinen neuen Bestimmungsort schieben. In diesem Moment brummte das Mobiltelefon in Jacques' Hosentasche. »Gehst du mal bitte ran? Ich kann grad nicht loslassen!«, bat er.

Maxie zögerte und schielte tatenlos auf Jacques' Kehrseite.

»Los, mach schon! Das ist ein Anruf, auf den ich gewartet habe, bevor ich dich hier vom Boden auflesen musste. Es ist dringend!« Er sah sie bittend an. »Du hast ja wohl keine Skrupel?«, grinste er über die Schulter. »Oder etwa doch?«

»Was, ich? Skrupel?« Maxie zog das Handy mit spitzen Fingern aus seiner Hosentasche und sah auf dem Display ein bekanntes Profil. Sie stöhnte innerlich auf und nahm dann den Anruf widerwillig an. Wenn ein Tag einmal beschissen lief, dann hatte man aber auch das große Los gezogen! Resigniert ergab sie sich in ihr Schicksal.

»Hallo Matthias!«

»Wo ist Jacques?«, kam eine dunkle und entnervend ruhige Stimme vom anderen Ende.

»Der kann grad nicht, hier ist Maxie.«

»Die Frau mit den Gummistiefeln!«

Maxie verzog säuerlich das Gesicht. »Exakt, die Frau mit den Gummistiefeln!«, gab sie ätzend zurück.

»Was macht er denn, dass er dir sein Telefon überlassen hat?!?«

»Er befestigt mein Bücherregal an der Wand!«

»Wie ritterlich! Das ist ja ein gutes Werk! Hast du viele Bücher?«

Sie hätte schreien können. »Frauen lesen in deiner Vorstellung wohl nicht, was?«

»Doch schon! Kochbücher zum Beispiel.« Auch wenn er Hunderte von Kilometern entfernt war, wusste sie genau, wie er amüsiert seine Mundwinkel hob und was das mit seinem Gesicht machte. Und genau das machte sie noch wütender.

»Mann, Mann, Mann! Was glaubst du, was du bist?

Die Elite der Menschheit? Ich könnte die Wände hochgehen, wenn ich sowas höre! Nur weil du supercool aussiehst, bist du noch lange kein verdammtes Genie!«

»Ich sehe supercool aus?«

Hatte sie das etwa gesagt?!

Shit!

»Bleib du mal schön auf dem Teppich!«, empfahl sie ihm. »Der äußere Schein trügt oft. Nicht jeder Adonis ist ein Sympathieträger.«

»Auf den Mund gefallen bist du jedenfalls nicht«, stellte er trocken fest.

»Ja, das Glück habe ich wenigstens«, gab sie bissig zurück. Dann verabschiedete sie sich übertrieben höflich. »Dein Bruder übernimmt jetzt gleich. Vielen Dank für die angenehme *Konversation*. Ich habe leider Besseres zu tun«, führte sie gestelzt aus. »Ich hätte da noch das ein oder andere Kochbuch zu sortieren. Fall doch jemand anderem auf die Nerven!« Sie nahm das Telefon vom Ohr und rief laut nach Jacques, dabei bemühte sie sich nicht, das Telefon mit der Hand abzudecken. »Beeil' dich! Dein elitärer Bruder verlangt nach dir!«

Der Gerufene übergab Ida den Akkuschrauber mit einem strengen Warnhinweis und nahm Maxie das Telefon aus der Hand. Dabei schüttelte er verständnislos den Kopf. »Was hast du nur mit ihm? Er ist doch ein netter Kerl!«

Maxie blies sich eine Haarsträhne aus dem Gesicht und schwieg grimmig, während Jacques sich abwandte, um mit dem *netten Kerl* zu sprechen. »Die Karten sind da, Innenraum. Olli und vier von den Jungs gehen auch mit!«

Maxie wollte nicht mithören, denn ein Gespräch unter Brüdern ging sie nichts an. Und wenn es Matthias betraf, dann wollte sie schon gar nichts darüber wissen! Sie zwang sich tief durchzuatmen, stapfte zu Ida in die Küche und drückte ihr einen fetten Kuss auf die Stirn. »Lust, einen Kuchen mit mir zu backen, Ida?«

Diese ließ sich langsam von der Küchenarbeitsplatte gleiten. »Welchen denn?«

»MARMORkuchen.«

»Warum heißt der eigentlich so?«

»Marmor ist ein sehr, sehr harter Stein!«

»Und warum heißt der Kuchen wie ein Stein, Mami?«

»Weil man ihn nach Leuten werfen kann, die man nicht leiden kann!«

»Versteh ich nicht …«

»In zehn Jahren verstehst du es sicher.«

Irgendwann zwischen Wiegen und Rühren kam Jacques zu ihnen zurück.

»Er fragte, ob du immer so unwirsch bist.«

»Unwirsch?!? Was ist das denn für ein antiquierter Ausdruck?«

»Er hat nicht *genau* diese Vokabel benutzt. Ich habe es jetzt einfach mal netter formuliert!«

»Jacques, dein Bruder ist der hochnäsigste, unverschämteste und überheblichste Kerl, den ich je in meinem Leben getroffen habe!«

»Und ich dachte, der wäre was für dich!«

»Ich glaube du scherzt!«

Jacques stöhnte. »Oh Mann, Maxie. Du backst dir am besten einen Kerl!«

»Ich glaube, das geht nicht.« Sie öffnete mit dem Ellbogen die Kühlschranktür und sah kurz hinein. Dann schubste sie die Tür wieder zu. »Keine Eier mehr.«

»Ich verstehe nicht, wie anspruchsvoll Frauen sind. Aber lass es mich mal von deiner Warte aus sehen.« Er verharrte einen Moment schweigend. »Nein, das kann ich nicht. Was auch immer er gesagt hat, du hast es sicher in den falschen Hals bekommen.«

Maxie war dabei gewesen, Mehl in die Schüssel zu sieben, hielt inne und drehte sich aufgebracht um. Dass sie dabei immer noch das Sieb mit dem Mehl in der Hand hielt, was nun weiter auf den Fußboden rieselte, ignorierte sie, sauer wie sie war.

»Ich hab’ nur einen Hals, und das ist ganz bestimmt nicht der falsche! Er hat doch tatsächlich die Stirn gehabt zu bezweifeln, dass ich Bücher lese! Gut, er wird mit Sicherheit eine riesige Bibliothek da oben in Hamburg haben!«

»Nein, das hat er ganz und gar nicht! Ich würde eher sagen-«

»Hej, ist mir sowas von egal!«, schnitt sie ihm brüsk das Wort ab. »Wenn dein Bruder genauso wie du wäre, dann würde ich auch gern mit ihm telefonieren, er könnte freitags hier mit uns rumhängen, und wenn du drauf bestehst, würde ich ihn sogar heiraten und fünf Kinder mit ihm bekommen. Aber er ist nicht so wie du, also zwing mir nicht nochmal ein Gespräch mit ihm auf. Nichts gegen deine Familie, aber Matthias ist der Ausreißer, was Benehmen und Freundlichkeit angeht!«

»Hm, dann ist er wohl vom Briefträger!«, meinte Jacques bekümmert. Er seufzte theatralisch und ließ sich auf den Küchenstuhl fallen. »Kaffee?«

Und damit wurde das Gesprächsthema gewechselt und Matthias war vergessen. Maxie ahnte in diesem Moment jedoch nicht, wie schnell sich das ändern sollte.

Kapitel 19

Nach zögerlichem Start hatte sich der Sommer herangeschlichen, und nun tummelten sich bei wolkenfreiem Himmel und angenehm warmen Temperaturen wahre Menschenmassen zu beiden Seiten des Rheinufers. Die Schlange am Eiswagen wurde immer länger, und die sonnenbeschirmten Tische der Restaurants und Kneipen gerade hier – am Fuße des Doms – waren voll besetzt.

Ida hüpfte auf der Wiese zwischen den vielen Sonnenanbetern von Gänseblümchen zu Gänseblümchen. Sie hatte bereits eine beachtliche Zahl an Blumen geköpft, die Stiele so kurz, dass sie ihr immer wieder aus der Hand fielen. Nicht weit entfernt saßen Lisa und Maxie auf der warmen Mauer, die Sonnenbrillen auf der Nase und ein kaltes Getränk in der Hand, das sie sich aus einer der nahen Kneipen besorgt hatten.

»Das war voll anstrengend!«, jammerte Lisa erschöpft.

»Du hast wenigstens für dich selbst eingekauft. Schau dir meine Tüten an: Das ist alles nur für Ida!«

»Zieht denn deine Ida schon BHs an?!?« Lisa blickte über den Rand ihrer Sonnenbrille.

»Ach Mensch, die Unterwäsche ist doch der pure Notkauf. Unter Sommertops muss man schließlich ordentlich angezogen sein. Wir können heute Abend mal Cocktails mixen und über meinen Kleiderschrank herfallen. Ich brauche dringend deine Expertenmeinung zu meiner Garderobe.« Sie bückte sich, hob eine edle

Papiertüte vom Boden auf, löste die Samtschleife und fuhr mit den Fingern leicht über die Spitze des blauen Balconette BHs.

Lisa protestierte: »Ich bin Floristin und keine Stilikone!«

»Ich brauche nur deine ehrliche Meinung zu meinen Kleidern. Zu eng, zu lang, zu unmodisch, zu langweilig, du weißt schon, der übliche Saisoncheck. Das wirst du wohl hinkriegen! Es ist so cool, dass du bei mir übernachtest! Jetzt haben wir endlich mal so viel Zeit, wie wir wollen!«

Sie seufzte mit Blick auf den Inhalt der Tüte. »Und das hier ist für die nächsten Monate mal wieder die einzige Investition in dieser Richtung. Eigentlich habe ich kein Budget für sowas.«

»Hm?« Lisa war kurz abgelenkt gewesen, weil Ida ihr das Zwischenergebnis ihrer Blumenjagd in die Hand drückte.

»Wenn ich schon sparen muss, dann an Dingen, die sowieso niemand sieht. Lass es uns beim Namen nennen: Randolf hat mich in der Überzeugung zurückgelassen, dass wir in einer Welt ohne Männer alle viel zufriedener wären. Und ich sollte ihm dankbar sein. Ich *bin* zufriedener!«

»In einer Welt ohne Kerle würden wir alle zehn Kilo mehr wiegen! Das kannst du nicht wirklich wollen! Ich will meinen Mann jedenfalls nicht hergeben!«

»Nee, Lisa. *Du* hast ja auch ausgesprochenes Glück gehabt!«

»Und *du* solltest aufhören, alle Männer nach Randolf zu beurteilen«, riet ihr ihre Freundin gutmütig.

Maxie schüttelte den Kopf. »Tu ich gar nicht! Aber mein Bedarf ist für die nächsten Jahre gedeckt.«

»Mach einen Haken an die Geschichte. Das Leben ist viel zu schön. Such dir mal was Jüngeres, der Trend geht zum Toyboy. Wo wir gerade davon sprechen ... sieh dich doch mal um!«

Lisa sah über die Wiesen auf eine Gruppe junger Männer, die einen Junggesellenausstand feierten. Maxie folgte ihrem Blick. Synchron legten beide die Köpfe schief und beobachteten die Gruppe mit zusammengekniffenen Augen.

»Na, die Damen, auf Männerfang?«, ertönte hinter ihnen eine bekannte Stimme, und sie schraken zusammen.

»Jacques!«, schrie Ida und rannte ihn fast um. Maxie und Lisa machten ihm großzügig Platz.

»Ich wusste nicht, dass du heute auch shoppen gehst! Zeig her, was hast du gekauft?« Maxie scannte seine Einkaufstüten. »Sicher wieder Zeug, das dich unwiderstehlich aussehen lässt. Du bist wirklich ein Verlust für die Frauenwelt.«

»Nur ein paar Klamotten für die Schule und ein paar Wanderschuhe, nichts wildes.« Sein nachlässiger Ton strafte seinen erwartungsvollen Gesichtsausdruck Lügen. Er zeigte bereitwillig ein modisches Hemd, ein extrem schickes Shirt und Wanderschuhe, die auch als kleine Boote durchgegangen wären. Gespannt wartete er auf eine Reaktion und als er wohlwollendes Nicken sowohl von Maxie als auch von Lisa erntete, packte er die Einkäufe glückselig wieder zurück in die Tüten.

»Und da kommt Mattis!« Ida zeigte begeistert auf die langen Treppen, die vom Dom herabführten.

»Na prima!«, entfuhr es Maxie und schaute an Jacques vorbei, wo dessen Bruder mit federndem Schritt die Stufen herunterkam und auf sie zu hielt. Da war er also wieder, zuverlässig zurückgekehrt wie eine Erkältung im Herbst. Stirnrunzelnd beobachtete sie, wie er näherkam und zermarterte sich das Gehirn, wie sie ihn begrüßen sollte. Oder sollte sie gar nicht mit ihm reden, sondern nur kurz nicken? Oder musste sie mal schnell neue Getränke holen gehen? Oder aufs Klo?

Lisa pfiff leise durch die Zähne. »Na, was kommt denn da? Das ist dann wohl die Entschädigung für die Frauenwelt!«, kommentierte Lisa und sah ihre Freundin und Jacques nacheinander an. »Oder?«

»Ach Lisa, dazu muss ich dir noch was erzählen.«

»Ja!«, wurde Maxie unterbrochen, und Jacques Tonfall hätte nicht hämischer sein können. »Die beiden sind bei ihrer ersten Begegnung auf Tuchfühlung gegangen … auf Handtuchfühlung!« Er lachte dreckig; Maxie verdrehte die Augen und schlug nach ihm.

»Waaas?« Lisa verstand nicht ganz.

»Vergiss es einfach«, raunte Maxie ihr zu.

Matthias stieß gut gelaunt zu der kleinen Gruppe am Flussufer und ließ sich zwischen seinem Bruder und Lisa auf der Mauer nieder. Diese erhob sich unter dem Vorwand, sich ein bisschen die Beine vertreten zu müssen und ließ sich schon kurze Zeit später zu Maxies freier Seite wieder auf der Mauer nieder, sodass ihre Freundin nun genau neben ihrem erklärten Widersacher saß.

Ida unterhielt sich währenddessen mit Jacques. »Guck doch mal!« Sie schüttete zwei Einkaufstüten zu ihren Füßen aus und bewunderte selbst all die bunten Gegenstände, die allein für sie gedacht waren, ein Umstand, der selten genug vorkam. »Alles für die Schule!«

Im Überschwang stolperte sie über die Füße ihrer Mutter. Maxie fing sie auf, stieß dabei aber an die Dessoustüte, die prompt umfiel und mehr als eine Handbreit blauer Spitze preisgab. Schnellstens bückte sie sich danach, da stieß sie auch schon hart mit Matthias zusammen, der ebenfalls danach hatte greifen wollen. Leider verfehlte Maxie ihr Ziel, hielt sich den Kopf und sah mit zusammengekniffenen Augen und roten Ohren zu, wie Matthias die Wäsche wieder ordentlich im Inneren der Tüte verstaute.

Er konzentrierte sich ausschließlich auf Ida: »Sag mal, du Floh: Kannst du eigentlich schon Schleife binden?«

Sie nickte, band etwas ungeübt die Bändel zusammen und präsentierte schon kurz darauf das Ergebnis. Matthias wuschelte ihr über das Haar und ohne ein weiteres Wort über den Inhalt zu verlieren, händigte er Maxie die Tüte wieder aus.

»Geht's mit dem Kopf?«

Sie wischte sich über die schmerzhafte Stelle, an der sich bereits eine kleine Beule bildete, ließ sich aber nichts anmerken. »Alles okay. Mit dir bin ich ja Kummer gewohnt.«

Lisa starrte Maxie mit offenem Mund an und formte dann ein hingehauchtes: »Was tust du da? Das ist doch ein Traumtyp!« Maxie schüttelte vorsichtig den Kopf, was so viel wie ›Kein Bedarf!‹ heißen sollte.

Die Männer hatten davon nichts mitbekommen, denn der Junggesellenausstand setzte etwas weiter unten am Ufer zu einem Fußballspiel an, das –dem hohen Alkoholgenuss der Teilnehmer geschuldet – entsprechend unterhaltend war.

»Ihr beiden seht euch ja wirklich verblüffend ähnlich. Werdet ihr nicht ständig verwechselt?«, wandte sich Lisa an Matthias.

»Ich wohne in Hamburg, wir tauchen nicht so oft gemeinsam irgendwo auf«, klärte Matthias sie auf.

»Verstehe. Bist du denn länger hier zu Besuch?« Sie warf kurz den Kopf zu Maxie herum und signalisierte ihr, was sie vorhatte. Ihre Mission als Kupplerin hatte begonnen, und das bedeutete, dass sie zunächst einmal so viel wie möglich über den unbekannten Zwilling erfahren wollte. Maxie schüttelte warnend den Kopf. Aber Lisa musste sich gar nicht bemühen, denn nun gab zwischen den Brüdern ein Wort das andere.

»Jacques hat mir eine Konzertkarte organisiert und-«

»... ein Gästezimmer angeboten!«, beendete sein Bruder für ihn den Satz, ohne den Blick von dem lautstarken Fußballspiel abzuwenden. »Ich hoffe, wir halten es eine Woche lang zusammen aus. Er ist nämlich ein Chaot!«

»Und du hast einen unausstehlichen Ordnungsfimmel!«, konterte Matthias.

»Wenn ich es nicht mehr mit dir aushalte, dann schicke ich dich zu unseren Eltern ins Straflager, da kannst du dann beim Renovieren helfen!«

Matthias stieß ihn flegelhaft in die Seite. »Komm schon, du bist doch froh, dass ich hier bin!«

Jacques wandte nun doch den Kopf zu ihnen herum und setzte eine Leidensmine auf. »Ertragen muss man, was der Himmel sendet, Unbilliges erträgt kein edles Herz!«

Maxie lachte. »Goethe?«

»Schiller, Wilhelm Tell!«

Matthias deutete Erbrechen an.

Jacques betrachtete ihn mitleidig von der Seite. »Du bist so ein Bildungskrüppel, Bruder!«

»Man muss nicht immer das Salz in der Suppe suchen!«, entgegnete dieser.

»Was ist das jetzt für ein Spruch?!?«

Matthias stand von der Mauer auf, schob sich die Sonnenbrille auf die Stirn und sah hochmütig auf ihn herab. »Philip Lahm hat das gesagt, ich kenne auch Zitate! Also, ich glaube zumindest, dass er das gesagt hat.«

»Wer is'n Philip Lahm?«, fragte Ida.

»Fußballspieler!«

Da Matthias den Anfang gemacht hatte und bereits stand, rüsteten sich nun langsam alle zum Aufbruch. »Kommt doch heute Abend zum Essen zu uns, ihr drei Mädels! Olli hat einen Haufen irrer Leute aus der Karnevalsgesellschaft zum Grillen eingeladen, da wäre ich ganz froh, wenn zum Ausgleich ein paar vernünftige Menschen dazukämen«, bat Jacques. Maxie war noch dabei, sich eine Ausrede einfallen zu lassen, da sagte Lisa schon zu.

»Wir kommen gerne! Und wir bringen Cocktails mit!« Sie sah Maxie auffordernd an. Maxie nickte resigniert.

»Sehr gut! Das wird ja ein volles Haus. Matthias,

wenn so hoher Damenbesuch kommt, müssen wir uns erst noch schön machen, damit wir nicht so banausig aussehen. Kommt doch gegen sechs rüber zu uns … am besten aber durch die Vordertür, und vorher ordentlich klingeln!«, zwinkerte er Maxie zu.

Kapitel 20

Gegen sechs waren Lisa, Ida und Maxie partyfertig. Da sie ausschließlich Fassbier erwarteten und sich auf keinen Fall um ihre Cocktails bringen lassen wollten, klimperten nun mehrere Flaschen in einem Korb und kündigten ihre Ankunft an. Olli, der gerade den Grill mit Kohlen befüllte, sah auf und verbiss sich ein Grinsen. »Almabtrieb?«

Ächzend platzierte Maxie den Korb vor seinen Füßen und rieb sich den Unterarm. »Das sind die Zutaten für einen Zaubertrank.«

»Hast du etwa gedacht, wir hätten keinen Alkohol im Haus?«

»Doch, doch! Aber mit Kölsch lässt sich kein Zaubertrank mixen!«

»Kommt drauf an.«

Sie tippte ihm auf die Brust. »Du hast ja keine Ahnung, was wir Mädchen mit einem Schluck Wodka zaubern können, gell Lisa?«

»So ist es! Schön ruhig habt ihr es hier! So viel Garten hätte ich mitten in Köln gar nicht vermutet!«, lobte Lisa.

Olli folgte ihrem Blick. »Wenn wir die Parzellen der beiden Häuser nicht zusammengelegt hätten, wäre das auch nicht machbar gewesen. Jacques hat den Garten hier allein geplant, es ist sein Verdienst … ich habe nur nach seinen Plänen gearbeitet!«

»Ihr habt ja sogar ein Gewächshaus!«

»Das ist weniger für Pflanzen als für die Sonnenliegen. Jacques wollte unbedingt einen Wintergarten haben. Das Glashaus ist der Kompromiss.«

»Aber ein schöner Kompromiss mit den Ramblerrosen, die darüber wachsen.«

»Ah, Maxie hat schon erzählt, dass du Gärtnerin bist.«

»Das ist Maxies Mutter schuld. Sie hat mich damit angesteckt.«

»Da kann man sich Schlimmeres fangen«, meinte Olli schmunzelnd.

Praktisch im Minutentakt trafen nun weitere Gäste ein. Der Garten füllte sich, und während sich die Männer hauptsächlich um den Grill herum versammelten, belegten die Frauen das weit geöffnete Gewächshaus mit Beschlag und erklärten es kurzerhand zur Cocktaillounge. Sie saßen auf den langen Liegen aufgereiht wie die Hühner auf der Stange, was ihnen so manchen Kommentar von ihren Männern einbrachte.

»Behaltet eure Kommentare doch bitte für euch, wenn ihr morgen Frühstück von uns haben wollt!«, rief Marita.

»Je nachdem, wann wir heimkommen, Schatz, brauch ich gar kein Frühstück!«, quittierte ihr Mann und hob ein Glas hoch.

»Eher wohl eine Schüssel am Bett und eine Kopfschmerztablette«, raunte sie den anderen Frauen zu, lächelte aber unverbindlich Richtung Grill. »Kenn' ich schon!«

Egal wie viele Kölschstangen auch aufgefüllt wurden, der steinzeitliche Trieb, die Familie mit Essen zu versorgen, funktionierte. Das Grillgut wurde von den Jungs sogar bis zur Cocktaillounge geliefert, und es gab keinen Grund für Beanstandungen. Als die Dämmerung hereinbrach, flackerten in jeder Ecke des Gartens weiße Laternen auf und tauchten alles in ein traumhaftes Licht. Die Kinder hatten den einzigen kletterbaren Baum erobert. Hin und wieder überfielen sie ihre Mütter, um sich eine Umarmung oder ein Getränk abzuholen, bevor sie wieder unter viel Getöse ausschwärmten.

»Ganz schöner Männerüberschuss hier!«, raunte Lisa ihrer Freundin ins Ohr.

»Na, woran *das* wohl liegen könnte?«, antwortete Maxie ironisch.

»Nein, das glaube ich nicht. Da ist vielleicht jemand für dich dabei! Du erinnerst dich: Projekt Toyboy?« Lisa nickte bedeutsam.

»Die sind viel zu alt, um Toyboys zu sein. Die sind doch alle mindestens in unserem Alter.«

»Umso besser! Leg los, Alte!«

Maxie kniff sie in den Arm. »Ich geb' dir gleich ›Alte‹. Du bist drei Monate älter als ich.«

»Aber glücklich verheiratet!«

Maxie legte ihren Kopf auf Lisas Schulter. »Worum ich dich manchmal beneide.«

Sie prosteten einander zu und leerten die Gläser, während sie dem Gespräch der anderen Frauen amüsiert zuhörten, Lisa ein paar Neuigkeiten von Zuhause zu berichten hatte, und sie gar nicht bemerkten, wie die Zeit verging.

»Darf ich dich mal grad' allein lassen, Lisa? Muss mal zwei Flaschen Sekt organisierten.«

»Klar, geh du!«

Maxie schlenderte gut gelaunt zurück Richtung Haus. Auf halbem Weg erhielt sie unerwartet eine Eskorte, bestehend aus einem sehr lässigen rothaarigen Ed-Sheeran-Double und einem blonden Brad-Pitt-Verschnitt, die sich bei ihr einhakten. Wie auf Kommando fingen beide an zu reden.

»Wer bist du denn eigentlich?«

»Du bist also Maxima!«

»Ach› Maxima heißt sie, woher weißt du das denn wieder?«

»Lass sie doch mal selbst reden!«

Maxie schüttelte sie lachend ab. »Maxie, hi! Und wer seid 'n ihr so?«

»Knacki!«, sagte Brad Pitt.

»Nick«, meinte Ed und hakte sich wieder ein.

»So, so, und ihr schwingt mit Olli das Tanzbein, was?«

»Ich mach Musik!«, klärte sie Brad Pitt auf. »Ach ja, da fällt mir ein, ich wollte ja meine Gitarre holen.« Er zischte ab ins Dunkel. Maxie sah ihm hinterher. »Wofür is'n Knacki die Abkürzung?«

»Das ist sein Nachname. Knack. Marcel Knack.«

Nick blieb ihr erhalten und klebte an ihr, als sei sie elektrisch aufgeladen. Maxie besann sich wieder auf ihre Mission, Sektnachschub zu organisieren, stieg die zwei Stufen zur Terrasse hoch und ging ins Haus, Ed Sheeran wie ein siamesischer Zwilling neben ihr. »Und wofür is ›Nick‹ die Abkürzung?«

»Für Nick.«

»Das' ja einfach.«

Kompliziert hätte sie auch nicht mehr auf die Reihe bekommen. Sie lehnten bequem an der Küchenarbeitsplatte und unterhielten sich eine Weile. Er hatte mittlerweile den Arm um ihre Schultern gelegt. Wie's aussah, hatte sie einen Verehrer. Vielleicht sollte sie die ganze Männer-Boykott-Story nochmal überdenken. So ein starker Arm war nicht zu verachten. Irgendwie war der ganze Abend doch besser als die geplante Modenschau allein mit Lisa. Und dieser Erdbeerflip ….

Von der Terrassentür kam ein dunkles Räuspern. »Maxie!?« Mann-oh-Mann, noch'n Kerl in der Bude!

Matthias musterte Nick, der leider in diesem Moment den Arm von Maxies Schultern gleiten ließ, und fragte in fast beiläufigem Ton: »Was machst du denn hier?«

»Ich lern' Maxie noch besser kennen«, gab dieser unumwunden zurück und Maxie kicherte albern. »Unsere erste Begegnung war zu kurz. Obwohl Maxie da auch tierisch gut ausgesehen hat!« Das es eigentlich nicht die erste Begegnung mit Maxie war, verschwieg er. Sie hätte sich ohnehin nicht an ihn erinnern können.

Matthias wurde grau im Gesicht. »Ihr kennt euch?«

»Schon länger.«

»Hä? Wir kennen uns?« Maxie zog die Stirn kraus und schlagartig fiel ihr ein, wo sie ihn schon einmal gesehen hatte. »Ich glaub's nicht: Der Polizist!«

»Er ist Arzt!«, fiel Matthias ein.

»Nee du, der war ein Polizist, als ich ein Känguru war!« Maxie sah von einem zum anderen und dann zu einem Paket auf Matthias' Schultern, das anfing, sich zu bewegen.

»Wie viele Cocktails hast du schon hinter dir?« Matthias' Augen verengten sich.

»Genau, Matthias, ich war mal Polizist!« Nick kam näher und betrachtete Pelle, der wie ein Sack Mehl über Matthias' Schulter hing. Und der Sack Mehl hatte ein aufgeschlagenes Knie. »Kann ich was tun?«

Da preschte Ida durch die Tür. Sie hatte Blätter im Haar, ihr Kleid war das komplette Gegenteil von strahlend sauber, und sie warf wie eine Glucke sorgenvolle Blicke zu ihrem Freund, der in schwindelerregender Höhe über Matthias' Schulter baumelte, nicht besonders leidend aussah, sondern eher den Stunt hoch über dem Boden genoss.

»Mama, der Pelle is' vom Ast gerutscht!«

Matthias ließ den Patienten vorsichtig von der Schulter gleiten und räusperte sich vernehmlich.

»Wir brauchen weder Arzt noch Polizist, sondern nur ein Pflaster. Das Känguru kann uns doch da sicher aushelfen, oder?«

Maxies Locken wippten vor und zurück, als sie nickte und sich vor Kichern fast nicht mehr einbekam. Nick tippte sich an die Schläfe und trollte sich. »Wenn eine OP gewünscht ist, ruft mich!«

»Mama, war das der, der dich geknutscht hat?«

Drei fragende Augenpaare ruhten auf Maxi. Eines davon sah auf sie herab und verfügte über sehr, sehr eng zusammen gezogene dunkle Augenbrauen und eine steile Stirnfalte.

»Wir ham doch nicht geknutscht!«, nuschelte sie. Jedenfalls nicht soweit sie sich erinnern konnte. Rosenmontag lag ja schon etliche Monate zurück! Wie sollte man sich daran noch erinnern können? Sie suchte geschäftig ein Pflaster. Dass man sich aber auch für jede kleine Begebenheit im Leben rechtfertigen musste!

Beim Desinfektionsspray biss Pelle zwar hart die Zähne zusammen, aber dann war's auch schon wieder gut. Maxie strich dem Unfallopfer nochmal über den Kopf, dann entwischten die Kinder wieder hinaus in den Garten und ließen sie zurück, allein mit Matthias und mit dessen steiler Stirnfalte. Huh! Reden! Sie musste jesst was sagen! Aber was, wenn sie ihn vor Wochen noch hässlich verflucht hatte? Nun gut, verdientermaßen. Er kam ihr ja irgendwie immer blöd daher. Aber was zum Geier hatte diese Feier an sich, dass sie sogar Matthias – Geier, Feier! Das war ja lustig! Geier – Feier – Geier – Feier.

Washatteerda auf der Brust? Hm?

Sie hob die Hand und fuhr mit dem Zeigefinger die Konturen der dunklen Flecken nach, die sich auf seinem Hemd abzeichneten.

»Du bist voll!«, stellte er wenig liebenswürdig fest.

Sie ignorierte die Feststellung. »Pelles Knie hat dein Hemd vollgekleckert. Komm mal mit in die Küche, dann versuch ich, das raus zu waschen.«

Sie hielt ein Küchentuch unter eiskaltes Wasser und bearbeitete damit die Stelle auf dem Hemd, was Matthias sich wortlos gefallen ließ. Seine Augen ruhten auf ihrem konzentrierten Gesicht und es schien ihm nichts auszumachen, dass sein Hemd sehr dankbar jeden Tropfen des Wassers aufsaugte und sich relativ schnell ein riesiger Wasserfleck auf seiner Brust breitmachte, unter dem sich seine Brustwarzen klar abzeichneten. Bisschen kälteempfindlich, der junge Mann! Maxie stieß die Luft aus.

»Shit, jesst guck mal, wie das aussieht! Ziehstu am besten mal aus.« Ihre Finger fuhren zum obersten Knopf, um ihm zu helfen, aber seine Hand schnellte hoch und schloss sich um ihr Gelenk.

»Vorsicht! Wenn du mir das Hemd vom Leib reißt, verbarrikadiere ich die Tür und werfe dich aufs Sofa. Du hast keine Gardinen! Das könnte ziemlich peinlich für uns beide werden.«

»Ich will deine Inschtinkte nicht herausfordern!«

»Besser so.«

Sie zog eine Grimasse. »Issja nicht so, als hätt ich dich noch nie mit nacktem Oberköpper gesehn.«

»Ausgerechnet heute würde mir aber ›angezogen‹ besser gefallen.«

»Weichei.«

Er grinste. »Ich will die Situation nicht ausnutzen.«

»W-a-a-a-i-c-h-a-a-i!″, kicherte sie. «Upsi, da fällt mir ein, ich muss doch noch Sekt organisieren.« Sie warf das Tuch achtlos in die Spüle und öffnete den Kühlschrank. »Was macht Hambursch?«

Warum grinste der immer noch? Was war wohl hier so lustig?

»Steht noch, jedenfalls als ich vorgestern losgefahren bin. Bisschen leiser als hier.«

»Olli hat mir eben gesagt, dasser eigentlich nur'n gemütliches Grillen geplant hatte, aber das da draußen isja ne ausgewassene Sommerparty!«

Er grinste immer noch. Warum grinste der immer noch?

»Die ganze alte Gang ist da. Ich hab' ein paar von denen ewig nicht gesehen! So viele Bekannte hab' ich in Hamburg nicht.«

Sie stieß ihn einen Tick zu heftig in die Seite und er verzog kurz das Gesicht. »Bissu einsam? Aber du arbeitest doch aufm Schiff, da läufman doch ständig jemandem übber die Füße.«

»Warst du schon mal auf dem Meer?«

»Ja«, gab Maxie knapp zurück. »Fähre nach England.«

Sie brachen beide in Gelächter aus. Was war der denn heute so gut drauf?

»Wenn du dich für Seereisen interessierst, kann ich dir gerne ein paar Bilder zeigen. Wir fahren Routen bis ganz hoch in den Norden.«

»Wasn falsch am Süden?«

»Nix. Da war ich auch schon.«

Er schwieg einen Moment, bis ihm eine Idee kam. »Weißt du was, ich bin die ganze Woche noch nebenan, ich habe jede Menge Fotos vom Nordkap gespeichert. Sag einfach Bescheid, wenn du sie sehen möchtest, dann sehe ich auch zu, dass ich anständig gekleidet bin«, meinte er augenzwinkernd.

Sie sah ihn abschätzend an. Immer widder die olle Handtuchgeschichte, sie konnte es jetzt bald auch nicht mehr hören. Das war doch schon so lang' her ... Schwamm drübber! Was hielt sie überhaupt in der Hand? Ach ja! Sie musste doch die Sektflaschen draußen abliefern. Aber es war so nett, sich hier mit Matthias zu unterhalten. Die Mädels konnten auch noch einen Schlag warten.

»Klar möchtich die Fotos sehen! Ich sammle Reiseführer, also die Bücher natürlich, keine Personen!« Sie schüttelte den Kopf über sich selbst. Verdammte Cocktails! Wenn sie nicht aufpasste, merkte er sicher, wieviel sie wirklich schon intus hatte. Also Konnnnzentration! »Ich hab' sogar im Reisebüro gearbeitet, bevor ich hierhin gezogen bin. Und wenn ich sozusagen einen Reisebericht aus erster Hand bekomm', dann sachichnischt nein.«

Ach ja, Bilder gucken wär schon schön!

»Mir wär' aber lieber du könntest hier zu uns rübber kommen, dann kann Ida pünktlich ins Bett. Sollenmer mal morgen Abend sagen?«

Er zog einen Mundwinkel nach oben und nickte.

»Supa! Ich müsste dann auch mal langsam den Sekt rausbegleiten.«

Er verließ mit ihr zusammen das Haus und zog die Terrassentür hinter sich zu. Das verdammte Grinsen nahm er mit raus, nahm ihr im Gehen die Flaschen aus der Hand und begleitete sie bis zum Gewächshaus, wo er mit Gejohle begrüßt wurde. Lisa schlug vor Entzücken die Hände gegeneinander und warf Maxie eine Kusshand zu. Dann drückte sie Matthias einen Longdrink in die Hand und tatsächlich – erst nachdem er in aller Ruhe das Glas geleert hatte – stand er wieder auf und löste, wie hieß er noch – ach ja ›Knacki‹ – an der Anlage ab und änderte die Musikrichtung von Karneval auf rockige Tanzmusik.

Es dauerte nicht lange und sie tanzten im gedämpften Licht der Lampions zu Toto, U2 oder Sunrise Avenue über die Wiese, Lisa und Marita sogar ohne Schuhe. Man konnte es nicht verleugnen: Die Feier war ein voller Erfolg.

Voller noch waren zu später Stunde einige von Ollis Tanzkumpanen, die von ihren Frauen irgendwann gewaltsam von den Stehtischen entfernt werden mussten. Aber die Mehrzahl half noch beim Aufräumen, und Lisa und Maxie waren weit nach drei Uhr froh, dass sie nur durch die Tür und die Treppe hinauf stolpern mussten, um dann todmüde und cocktailfröhlich in die Betten fallen zu können. Lisa gähnte herzhaft und nicht gerade leise.

»Hin und wieder mag ich diesen Rummel ja, abber morgen bin ich erst mal froh, wenn ich in mein beschauliches Leben zurückfahren kann. Mir tun die Füße voll weh, das war vielleicht'n langer Tach …und mein Rücken.«

»Tja, City-Girls sind gaaanz schön taffff!«, meinte Maxie schläfrig.

»Ach Maxie … Ich hoff' doch, dass du irgendwann widder zurück zu mir komms, schvermiss' dich doch so!«

»Ich dich auch. Aber ich musste doch mal weg, weissu doch!«

»Klar, weissich doch, Maxie.«

Kapitel 21

Am nächsten Abend klopfte es verhalten an der Terrassentür. Ida sprang vom Fußboden auf, um zu öffnen und hielt gleich den Zeigefinger vor die Lippen. »Leise! Ich guck Sandmännchen!«, befahl sie.

Matthias nickte ernst.

Maxie – oben auf dem Treppenabsatz – sah, wie er seine Turnschuhe an der Tür zurückließ, sein Tablet und eine Flasche Wein vorsichtig daneben ablegte und sich ganz selbstverständlich im Schneidersitz neben Ida auf den Holzboden setzte. Matthias schien nicht so viel Wert auf Sitzmöbel zu legen wie andere Mitglieder seiner Familie. Er hatte sie noch gar nicht bemerkt, und so nahm sie sich einen kleinen Moment, um diese Idylle in ihrem Wohnzimmer zu betrachten.

Die eine im Schlafanzug, der andere in Jeans und Kapuzenpulli sahen die beiden aus wie Kindergartenfreunde, mal ganz abgesehen von den ungleichen Größenverhältnissen. Voll konzentriert verfolgten beide das Kinderprogramm. Ida schob ihm schweigend, und ohne den Blick von der Mattscheibe abzuwenden, ihre Kakaotasse zu. Er griff danach, ebenfalls ohne die Augen vom Bildschirm abzuwenden, und stellte sie auf den niedrigen Beistelltisch. Die beiden umgab eine Aura von Frieden und Harmonie.

Wie unerwartet. Der angriffslustige, hochnäsige und frauenverachtende Bruder ihres besten Freundes hatte gestern Abend eine ganz andere Seite von sich gezeigt. Schöner Abend gestern. Sie konnte sich nur nicht mehr an alles erinnern. Aber egal, es war grandios gewesen! Das hatte Lisa ihr heute Morgen beim gemeinsamen Frühstück nochmal bestätigt.

Und was Matthias anging, so hatte dieser anscheinend die gleichen Qualitäten wie Jacques und Olli. Ehrenhafte Männer und Freunde, denen man blind vertrauen konnte. Wie hatte sie sich so in ihm irren können! Es kam ihr ohnehin vor, als ob sie ihn schon viel länger kannte, als sie es in Wirklichkeit tat, aber das war wohl eher der Tatsache geschuldet, dass er seinem Bruder einfach so unglaublich ähnlichsah. Frappierend!

Die Treppe knarzte, und er sah auf.

»Die Partykönigin.« Er grinste von einem Ohr zum anderen.

Maxie verdrehte belustigt die Augen.

»Da geht man *einmal* aus sich raus …!«

»Menno Mami! Kann ich hier mal zu Ende gucken?«, maulte ihre Tochter, und die beiden verstummten, bis der Sandmann auf seine abendliche Reise zurück ins Land der Träume verschwand. Danach verschwand auch Ida, jedoch nicht ohne Matthias um eine Gutenachtgeschichte anzubetteln, einer Forderung, der er nur allzu gern nachkam. Da hatten sich zwei gefunden! Maxie hörte sie in der oberen Etage herumalbern und folgte dann ein paar Minuten später.

»… und die Königin stapelte sieben Matratzen und sieben Eiderdaunendecken aufeinander und darauf sollte die Prinzessin schlafen. Unter die unterste Matratze legte die alte Königin aber eine kleine Erbse!« Oh mein Gott, wie süß von ihm, sich solche Mühe zu geben! Er las nicht, er spielte die Geschichte vor! Maxie schlüpfte leise ins Zimmer, gab ihrem Mädchen einen Kuss, zwinkerte dem gestikulierenden Matthias dankbar zu und huschte ebenso schnell wieder hinaus aus dem Zimmer. Im Bad beseitigte sie Zahnpastaspuren im Waschbecken, wobei sie sich unschlüssig im Spiegel betrachtete. Diese Locken! Sie sah aus wie ein Wischmopp! Also griff sie zur Bürste, legte sie aber nur einen einzigen Atemzug später entschieden wieder zurück. Das hier war ja schließlich kein Date!

Als sie zurück schlich, kam Matthias ihr bereits entgegen und hielt einen rosa Gegenstand in der Hand.

»Sie hat mir ihr Freundebuch gegeben!«, amüsierte er sich. »Ich fühle mich geadelt!«

Wenig später hielt er die Weinflasche hoch, sodass sie das Etikett sehen konnte und sah sie fragend an. Maxie zögerte nicht ohne Grund.

»Nur ein einziges Glas«, stimmte sie zu. »Und ab morgen trinke ich nur noch Wasser! Das kann so auf keinen Fall weitergehen!« Sie ließ sich selig auf dem Sofa nieder. »Danke, dass du Ida vorgelesen, oder besser ›vorgespielt‹ hast!«

»Da hab' ich wohl ein bisschen übertrieben«, grinste er reuevoll und drehte den Korkenzieher in die Flasche. »Du machst das hier genau richtig mit Ida!«

»Wie willst du das denn beurteilen?«

»Ich habe dich gestern beim Fest beobachtet.«

»Beim Cocktailtrinken?!?«

»Nein, wie du dich um sie kümmerst. Ist dir nicht aufgefallen, wie sie dich immer wieder ansieht, wenn sie spricht, um zu sehen, ob sie deine Rückendeckung hat? Du hörst ihr zu und nimmst sie ernst. Und sie vergöttert dich!«

»Das dauert nicht lange. Mit dreizehn wird sie mich wahrscheinlich dahin wünschen, wo der Pfeffer wächst«, bügelte Maxie die Sache ab, fühlte sich aber trotzdem ziemlich geschmeichelt. Sie wusste ja gar nicht, dass man so viel Positives über sie herausfinden konnte, wenn man sie beim Feiern beobachtete! Na, dann wollte sie ihn mal nicht unterbrechen!

»Jacques hält große Stücke auf dich, und eure Freitagabende scheinen ja legendär zu sein!«

Mit einem sanften *Plopp* löste sich der Korken aus der Flasche.

»Jacques hat von mir erzählt? Na, hoffentlich nicht alles, was er weiß!«

»Sicher nicht. Zum Beispiel nicht, warum du allein bist mit Ida.«

Diese beiläufige Bemerkung, die eher eine Frage war, kam relativ unvermittelt. Und ganz schön unerwünscht! Nein, Jacques kannte den wahren Grund nicht! Es war auch keine erzählenswerte Geschichte. Sie war Mutter, suchte Arbeit und zog nach Köln. Fertig. Jacques hatte nie im Detail nachgefragt. Und jetzt sollte sie ausgerechnet Matthias von ihrer größten Niederlage erzählen? Einen Augenblick überlegte sie, was sie antworten sollte, wodurch eine unangenehme Pause entstand.

Was sollte sie tun?

Nächste Woche würde er wieder weit, weit weg in Hamburg sein, oder sogar noch viel weiter weg auf irgendeinem Schiff. Was schadete es schon, wenn sie ihm erzählte, was er wissen wollte?! Sie lehnte sich in die weichen Sofakissen und musterte ihn. Er hatte etwas Vertrautes und war doch trotzdem fremd. Es war – sie suchte nach einem Vergleich – als wenn man einem Tagebuch etwas anvertraute. Nein, in diesem Fall wohl eher einem Psychologen, und auf der Couch saß sie ja schließlich auch schon. Na toll!

»Warum ich allein bin? Weil man sich besser nur auf sich allein verlässt!«, brach es aus ihr heraus.

Er schwieg abwartend. Dann gab sich Maxie einen Ruck. »Na gut, du hast es so gewollt. Dann erzähle ich dir mein spektakuläres Leben, aber nur die Kurzfassung: Ich habe Randolf auf einem Dorffest bei uns in Meerberg kennengelernt. Es hat nicht lange gedauert und wir sind zusammengezogen.«

Matthias setzte sich auf dem Boden, lehnte sich mit dem Rücken an den Sessel und streckte die Beine lang aus. Sie hielt den Kelch ihres Glases mit beiden Händen fest wie eine magische Kugel, in der sie in eine andere Zeit blicken konnte. »Wir waren nicht verheiratet, weißt du. Ida war ziemlich am Anfang unserer Beziehung auf die Welt gekommen, und ich wollte nicht bloß heiraten, weil ich schwanger war. Aber das war alles gar kein Problem, alles war perfekt. Für mich fühlte es sich jedenfalls so an.«

Ja, so hatte es sich wirklich angefühlt. Trügerisch perfekt. Aber das würde ihr nicht noch einmal passieren. Sie würde sich nie wieder so blenden lassen!

»Randy war zwar ständig beruflich unterwegs, aber ich liebte es so, wie es war. Viel Freiheit, mein Job, und die Wochenendbeziehung. Mir hat nichts gefehlt. Meine Mutter wohnte gleich um die Ecke, und Lisa, meine beste Freundin, hast du ja gestern kennengelernt. Und in unserem Dorf fühlte ich mich einfach wie in einem Nest. Jeder kannte jeden und ich war gut aufgehoben. Randolf kam zwar nicht aus Meerberg, aber ihm gefiel es dort. Er meinte immer, es sei, als wenn man fünfzig Jahre in die Vergangenheit reist, obwohl das gar nicht stimmt. Alles cool bei uns zu Hause, nur halt viel familiärer als in so 'ner riesigen Stadt. Na ja, wir waren glücklich zusammen. Letztes Jahr wollten wir dann heiraten. Der Zeitpunkt fühlte sich einfach richtig an.«

Der Wein kreiste im Glas und reflektierte das Licht der kleinen Lampe neben dem Sofa. Matthias hörte ihr schweigend zu. Seine braunen Augen waren auf sie gerichtet und erfassten, wie es schien, jede ihrer Gefühlsregungen.

Wie bekloppt war sie, diesen Seelenstriptease hinzulegen? Aber wie bekloppt war es gewesen, sich überhaupt mit Randolf einzulassen? Manchmal bezweifelte sie, dass sie überhaupt einen Funken Verstand in sich hatte. Aber nur in sehr, sehr dunklen Momenten. Wie diesem zum Beispiel. Sie schluckte und schwieg wieder. Wie hatte sie sich bloß in diese Situation gebracht?

Matthias drängte sie nicht, und so verharrten beide in Stille, er in ruhigem Abwarten, sie versunken in ihr

Leben, wie es noch vor gar nicht so vielen Monaten gewesen war. Die Erinnerung kam zurück, und als sie zum Sprechen anhob, war ihre Stimme belegt. Erst nach mehrmaligem Räuspern war ihre Stimme wieder klar, wenn auch leise.

»Lisa wollte für unsere Hochzeit den Blumenladen ausräumen. Große Fenster hat unser und alter Schafstall und einen ganz rustikalen Steinboden. Was hätten wir da schön tanzen können! Und wir hatten natürlich Freunde eingeladen, das Essen war bestellt, mein wunderschönes Kleid hing schon im Schrank, Wildseide und ein langer Tüllschleier. Eine Freundin meiner Mutter hatte es für mich genäht. Ich war so stolz darauf! Und für Ida hatte ich ein passendes Kleidchen ausgesucht … es ist jetzt ein bisschen kurz geworden. Das war das Sommerkleid, das sie gestern beim Fest getragen hat. Ich war froh, dass sie es jetzt doch wenigstens einmal tragen konnte!«

»Sie sah sehr süß aus«, bestätigte ihr Matthias.

»Ja, nicht wahr?« Sie setzte sich auf und wappnete sich, denn Tränen stiegen ihr in die Augen und die Stimme wackelte bedenklich. Matthias stand in einer fließenden Bewegung vom Boden auf und hob sich neben sie. »Du musst nicht weitererzählen, ich wollte nicht, dass du mir irgendwelche Geheimisse erzählst, ich habe nicht nachgedacht, sorry …«

Aber jetzt musste es raus. Sie war in der Vergangenheit gefangen, und sie konnte sich nur freikaufen, wenn sie sprach. Also erzählte sie weiter. »Tja, wie das so ist. Die klassische Geschichte: Ich kam an einem Samstagmittag mit Ida nach Hause. Ich hatte sie vom Spielen abgeholt.

Als sich die Haustür öffnete, merkte ich schon, dass irgendwas falsch war. Ich wusste damals nicht gleich, was es war. Ich ging mit Ida in die Küche, aber dort war er nicht. Ich rief nach ihm und ich hatte ein ganz komisches Gefühl, dass ich etwas übersehen hatte. Es war so still, dabei hätte er irgendwo sein müssen! Ich lief durch das ganze Haus und hatte Ida immer noch an der Hand. Aber er war nicht da. Nirgendwo! Wie vom Erdboden verschluckt! Und dann wusste ich, was ich übersehen hatte: Seine Autoschlüssel hingen nicht am Schlüsselbrett und das Auto stand nicht mehr im Carport. Und wie zur Bestätigung stellte ich fest, dass alle seine Sachen verschwunden waren. Im Bad, im Büro, im Schlafzimmer. So, als hätte es ihn nie gegeben! Ich war entsetzt! Aber ich durfte es Ida nicht spüren lassen, sie war doch noch so klein!«

Maxie wischte sich kurz mit den Ärmeln ihrer Jacke durchs Gesicht, um die Tränen aufzuhalten, die ihr die Wangen herunterliefen. Sie warf einen bangen Blick die Treppe hinauf, aber die Kinderzimmertür war geschlossen. Matthias legte ihr sanft den Arm um die Schultern, ohne dass Maxie es registrierte. Ihre Stimme war mittlerweile nicht mehr als ein heiseres Flüstern, sie erlebte jeden Moment ein zweites Mal.

»Ich habe angefangen zu singen, um Ida abzulenken. Wir haben ganz laut gesungen. Ich weiß gar nicht mehr was. Und ich öffnete eine Zimmertür nach der anderen, um festzustellen, dass wir allein waren. Wir waren allein! Es kam mir vor, als sei er mit meinem Leben und mit meiner Zukunft einfach abgedampft. Zwei Wochen vor unserer Hochzeit. Zwei Wochen …ich stand vor einem Trümmerhaufen! Ohne Warnung, ohne Krieg. Es lag alles in Schutt und Scherben. Von einer Minute auf die andere.« Sie schüttelte ungläubig den Kopf.

Und wieder schwieg sie eine Weile, während sie vor ihrem inneren Auge sich selbst mit Ida an der Hand in ihrer alten Wohnung stehen sah und dieses elende Gefühl im Magen spürte, das sie an diesem Samstag in Meerberg gespürt hatte, und das sie nicht verlassen hatte bis zu dem Entschluss, alles hinter sich zu lassen und fortzuziehen. Wobei es sich tatsächlich jedoch nur um fünf Tage gehandelt hatte.

»Was war falsch?«

»Hm?«, schniefte sie und sah auf. Sie spürte den leichten Druck seiner Hand auf ihrer Schulter.

»Was war falsch gewesen, als du an dem Samstag nach Hause kamst? Was du nicht gleich erkannt hast?«

»Dieser Geruch. Es war ein Parfum, widerlich süß. Nicht meins!« Sie schüttelte sich. »Ich hab's jetzt noch in der Nase, wo ich darüber spreche. Ich glaub' ich muss kotzen, wenn ich das noch ein einziges Mal riechen muss.« Sie stützte die Ellbogen auf die Knie, ihr Gesicht verschwand in ihren Händen.

Matthias nickte schwer.

»Er hat mir nur einen Brief zurückgelassen, in dem er sich noch nicht einmal entschuldigt hat. Kein einziges ›Sorry‹ oder ›Tut mir leid‹. Nur ein – weiß nicht – ein Fünfzeiler?! Er schrieb, er hätte sich eine neue Existenz aufgebaut. Ich solle ihn gar nicht erst suchen, weil er eine neue Partnerin habe. Ein Treffen sei für alle Seiten nur peinlich. Ein Kind würde ihn anketten, und er wolle noch etwas vom Leben haben.«

Sie wandte Matthias den Kopf zu, sah ihm in die Augen, Tränen liefen ihr unaufhörlich die Wangen herunter. »›Peinlich‹ war ich ihm. Ich konnte ihn noch nicht mal zur Rede stellen und ihm sein ›Peinlich‹ um die Ohren hauen!« Tausendmal hatte sie sich in der Zwischenzeit die richtigen Worte dafür zurechtgelegt. Aber die Gelegenheit war nie gekommen.

»Verstehst du? Einen blöden Brief und den Hausschlüssel hat er dagelassen. Das ist so bitter! Er hat das von langer Hand geplant! Er hat mich glücklich vor mich hin träumen lassen, während der Blödmann – wer weiß wie lange schon – Pläne für ein Leben nach mir schmiedete! Ich war so blind. Oder so blöde. Ist ja egal, fängt ja beides mit ›bl‹ an.« Sie machte eine wegwerfende Geste.

»Er hat mich gar nicht geliebt, aber was am schlimmsten ist … er hat Ida im Stich gelassen und ist auf Nimmerwiedersehen abgehauen!« Ihre Stimme brach, und das ganze Leid, das sie damals gefühlt hatte, die Verlorenheit, die Demütigung und die Wut, schwappte über sie hinweg und nahm sie mit.

Matthias hielt sie in den Armen, während sie weinte und immer wieder versuchte, ihre Fassung zurückzugewinnen. Nach einer halben Ewigkeit waren keine Tränen mehr übrig.

»Es tut mir leid, dass ich dir keine wahnsinns-spektakuläre Geschichte erzählen konnte«, schniefte sie. »Ich hab' sie nicht mal zusammen erwischt, so wie man das aus Büchern kennt. Er war einfach nur weg.«

Matthias schüttelte unmerklich den Kopf. »Er hat dich verletzt.«

»Ja, das hat er.« Maxies Muskeln schmerzten wie nach einem Marathon, doch tief in ihrem Inneren spürte sie die Erleichterung. Sie hatte damals nicht geweint. Dazu hatte sie einfach keine Zeit gehabt. Ihr Herz war schlicht eingefroren gewesen. Es war an der Zeit, jemandem die ganze Geschichte zu erzählen, und mit den Worten waren endlich – nach so vielen Monaten – die Tränen gekommen. Niemand hatte bisher erfahren, wie sie an diesem Tag bis ins Mark erschüttert gewesen war, wie sie versucht hatte, trotz des niederschmetternden Gefühls des Verlustes die Fassade aufrecht zu erhalten, wie sie die furchtbare Wahrheit in ein Märchen verpackt der kleinen Ida erzählt hatte, und wie entsetzlich demütigend es gewesen war, das Fest abzusagen, das Hochzeitskleid zu verkaufen, die Pläne zu zerreißen und trotzdem irgendwie weiter zu existieren und zu funktionieren. Das hatte sie mehr als ein Jahr lang für sich behalten und nach ihrem Umzug nach Köln – der nebenbei ihr letztes Erspartes gekostet hatte – einfach weggesperrt, als wäre es niemals wahr gewesen.

»Ich hasse diesen Typen, Maxie.«

»Lieb von dir ...«

Kapitel 22

Rosie trat aus der Haustür, strich über den Stoff ihrer Leinentunika und wartete ungeduldig, bis der Land Rover stand und Tim ausstieg. Fasziniert stellte sie fest, dass er nichts von seiner Anziehungskraft verloren hatte. Ihr Herz legte noch eine Schlagzahl zu und pumpte das Blut mit Hochdruck durch ihren Körper. Sie fühlte sich so lebendig!

»Welcome back to Meerberg!«, rief sie mit strahlenden Augen.

Er küsste sie zur Begrüßung auf die Wange. »Das ist ja so viel besser als telefonieren, Rosie! Ich habe mich so auf dich gefreut, dass mir die Strecke gar nicht so lang vorkam. Was gibt es Neues bei dir?«

»Nichts! Wie immer!« Und das war die Wahrheit. Ihr Leben verlief in einem gleichmäßigen Rhythmus. Sie genoss die gelegentlichen Besuche ihrer Tochter und ihrer Enkelin, und sie arbeitete gern im Blumenladen, traf Freunde und genoss die mehr oder weniger regelmäßigen Fahrten zu den großen Flohmärkten in Holland und Belgien, die sie für Lisa mehr als gern erledigte. Aber dies hier, diese Bekanntschaft mit Tim, war etwas aufregend Neues! Seit er sie angerufen hatte, um ihr mitzuteilen, dass er nach Deutschland kommen würde, hatte sie sich gefühlt wie ein junges Huhn, konnte nicht stillsitzen, oder sich auf eine Sache konzentrieren. Dieser Besuch bedeutete ihr sehr viel mehr, als Tim es jemals erfahren würde.

»Magst du Tee oder Kaffee?« Sie standen in der Küche, als wären nicht mehrere Monate vergangen, seit sie sich das erste Mal gesehen hatten.

»Tee bitte. Ich habe oft an dich gedacht!«, meinte er mit einem lausbübischen Blick, den Rosie mit einem Zwinkern quittierte.

»Na, da wäre ich ja nicht draufgekommen! Deine Anrufe sind der Höhepunkt meines Tages. Ich war schon drauf und dran, mich in den Flieger zu setzen und in die Cotswolds zu kommen, dann hättest du mir nicht alles so ausführlich beschreiben müssen. Herzlichen Glückwunsch nochmal zu deiner süßen Enkeltochter!«

»Sie ist einfach wunderbar, so winzig. Sie sieht aus wie ihre Mutter, als sie ein Baby war!«, meinte er stolz, wartete kurz ab, bis Rosie das heiße Wasser in die Kanne gefüllt hatte, und zog sie dann zu sich heran. »So, du hast dir also überlegt, in die Cotswolds zu kommen?«, raunte er. »Wenn du nicht aufpasst, Rosie, dann nehme ich dich Ende der Woche einfach mit nach Hause.«

»Pass gut auf, was du mir vorschlägst ...«, warnte sie ihn leise.

»Da mach dir bitte keine unnötigen Sorgen«, flüsterte er zurück, schob seine Hand unter ihr Kinn, hob es an und küsste sie sanft auf den Mund.

Er wusste es doch! Er wusste, was er ihr bedeutete!

Sein Kuss war weich und seine Hand lag auf locker auf dem unteren Teil ihres Rückens. Durch den dünnen Leinenstoff fühlte sie die Wärme seiner Haut. Oh ja, er wusste *eindeutig*, was er ihr bedeutete!

»Lass uns Tee trinken und dann wäre ich dankbar für

einen Spaziergang, ich brauche dringend Bewegung!«, schlug Tim vor, nachdem er sie ausgiebig geküsst hatte.

In strahlendem Sonnenschein führte sie der Weg ins Dorf, wo sie kurz auf dem Marktplatz verweilten, der von den ehernen Mauern der Burg dominiert wurde. Dann traten sie durch das große dunkle Holztor in den kopfsteingepflasterten Innenhof. Unter den Schirmen des Burgcafés fand sich kein einziger freier Platz mehr. Die Tagestouristen genossen die urige Atmosphäre, und ihre Gespräche und gelegentliches Lachen plätscherten wie ein Bach zu ihnen herüber. Fachwerk, gemischt mit groben Steinmauern, rote Fensterläden und eine wuchtige Treppe im Burghof, gaben eine filmreife Kulisse her.

Stolz sah sich Rosie um. »Das ist meine alte Schule! Meine Maxie hat ebenfalls gern hier gelernt, aber vor ein paar Jahren wurde das Gebäude zu klein und die Schule ist umgezogen. Seitdem wird nur noch der untere Teil genutzt, wie hier, das Café.« Sie deutete zu einem der Seitenflügel. »Diesen Saal kann man für Veranstaltungen mieten, ab Mai finden hier öfters Hochzeiten statt. Ich muss ehrlich sein, ich trauere der Schule hinterher. Das ist auch ein Stück meiner Lebensgeschichte, das mit dieser Burg verbunden ist.« Sie lächelte wehmütig. Er legte den Arm um ihre Schultern und küsste sie auf die Schläfe.

»Ich verstehe das«, sagte er schlicht, während seine Augen immerzu umherwanderten. »Kann man hineingehen?«

»Normalerweise nicht, aber wenn man zu den Landfrauen gehört, schon. Wir betreiben hier das Café. Warte, ich hole uns die Schlüssel!«

Sie verschwand und tauchte kurze Zeit später mit einem klimpernden Schlüsselbund und zwei Pralinen wieder auf. Die eine schob sie Tim in den Mund, in die andere biss sie selbst voller Genuss. Dann führte sie ihren Gast zu einer niedrigen Holztür und sie betraten das Innere der Burg, deren dicke Mauern die Kühle gespeichert hatten, dass Rosie Gänsehaut bekam. Tim bemerkte es und legte ihr seine Jacke um die Schultern.

Rosie führte ihn Treppen hinauf und herunter, durch niedrige Räume und lange Korridore und den West-flügel, der die Zimmer der Internatsschülerinnen be-herbergt hatte, bis zu einem großen Saal in der zwei-ten Etage. Hier endete die Führung. Die hohen Bögen des Deckengewölbes verschafften dem Raum Luft und Leichtigkeit. Aus den Fenstern blickte man hinunter auf die Sonnenschirme des Cafés. Es roch nach Holz und Parkettwachs. Was dem ganzen Ensemble jedoch fehlte waren Möbel. Als sie sich unterhielten, hallten ihre Stim-men von den Wänden wider.

»Warum wird dieser Raum nicht für Hochzeiten ge-nutzt, er scheint mir ideal?!«

Rosie nickte. »Das ist der schönste Raum der Burg, aber der Boden muss an einigen Stellen erneuert werden und die Küche ist zu weit weg.«

Tim nickte bedächtig. Dann machten sie sich auf den Weg zurück in den Hof. Hier wies Rosie auf einen schmalen Durchlass in der Mauer und zog Tim mit sich, bis sie ganz ins Dunkel des Schattens eingetaucht waren.

»Dies ist übrigens die wichtigste Stelle überhaupt!«, klärte sie ihn auf.

Sie legte ihre Arme um seinen Hals und küsste ihn.

»Ich verstehe, warum«, antwortete Tim und schien es überhaupt nicht eilig zu haben, die versteckte Passage zwischen den dicken Mauern zu verlassen.

»Wem gehört die Burg?«, fragte Tim später, als sie die das Gebäude von außen umrundeten und bei den Pferdekoppeln angekommen waren.

»Der Gemeinde. Hier kochte das Leben. Das war eine private Mädchenschule und die meisten Schülerinnen kamen aus Diplomatenkreisen, als Bonn noch Hauptstadt war. Das Internat war teuer, aber der Schulbesuch war für uns erschwinglich, wir gingen ja mittags nach Hause. Ich erinnere mich, dass der Reitstall hier sich nie bemühen musste, Hilfe zu bekommen. Die Jungs rissen sich um die freien Stellen. Hier war vielleicht was los …« Rosie schmunzelte gedankenverloren. »Ohne diese Schule ist das Dorf ganz schön bieder geworden.«

»Ich finde einige der Dorfbewohner ganz und gar nicht bieder …«, bemerkte Tim jedoch und blinzelte ihr zu.

»Ich weiß gar nicht, wie du das meinst!«, gab Rosie scheinheilig zurück.

Sie spazierten an einem weiteren kleineren Stall vorbei.

Tim blieb unvermittelt stehen. »Das Gebäude ist in bemerkenswert gutem Zustand.«

»Klar! Hier leistet ja auch jeder seinen Beitrag. Der Landfrauenverein führt das Café, die Feuerwehr veranstaltet im Dezember einen historischen Weihnachtsmarkt und die Einnahmen des Weinfestes fließen ausschließlich in den Erhalt der Burg. Sie steht mitten im Dorf, wir wollen sie ja nicht verrotten lassen! Hin und wieder kommen Filmteams und mieten das Gelände. Ach so, und bis zum nächsten Jahr muss die Schule noch ihre Miete zahlen, das ist ein ganz schöner Batzen Geld.«

»Was ist ein Batzen?«

»Es bedeutet ›viel‹.«

»Euer Dorf ist sehr hübsch! Und die Gegend wunderbar zum Wandern oder Radfahren. Was hältst du von der Idee, ein kleines Wellnesshotel in der Burg einzurichten. Die Nähe zur Stadt ist unbezahlbar. Pferde – das ist wie bei mir zu Hause ein Garant dafür, dass Familien kommen – und die Räume scheinen einigermaßen gut aufgeteilt.«

Rosie stieß die Luft aus. »Das wäre ein großer Gewinn für die Gemeinde!«

»Dann lass uns doch mal mit dem Bürgermeister sprechen! Und ich rufe Oliver in der Schreinerei an. Er wollte doch unbedingt ein Hotel eröffnen, mal sehen, was er von unserer Idee hält.«

Tim nahm Rosie bei der Hand. »Dann haben wir ja die nächsten Tage etwas, worüber wir uns unterhalten können. Aber jetzt komm, das alte Gemäuer kann warten, ich habe mich mit jüngeren Dingen zu befassen. Lass uns zurück zum Haus gehen!«

Schmunzelnd ließ sich Rosie von ihm weiterziehen.

Kapitel 23

Am folgenden Tag erwachte Maxie mit einem meterdicken Schädel. Sie schlug die Augen auf und stöhnte, als sich die Erinnerung häppchenweise einstellte. Ein Fotoabend ohne Fotos. Der Abend war komplett für den Eimer gewesen, armer Matthias!

Und sie hatte ihm von Randolf erzählt. Die Erinnerung an ihn hatte sie vor vielen Monaten so sorgsam in meterlange Lagen Packpapier eingewickelt, mit Kordel umwickelt, in Luftpolsterfolie eingeschlagen und in irgendeine Umzugskiste verstaut, wo sie verrotten sollte. Nur, dass sie nicht verrottet war. Sie war zwar gut verpackt gewesen, aber keinen einzigen Tag gealtert. Was für ein Desaster!

Verlassen zu werden war nicht das Ende der Welt. Es passierte jede Minute tausendmal auf der ganzen Erde. Es gab weiß Gott schlimmere Dinge als das. Aber jedes Leben hatte nun mal seine eigenen Katastrophen und für ihr bis dahin behütetes Dasein war es das Schlimmste, was sie sich hatte vorstellen können. Liebe weg, Leben weg, Zukunft weg.

Matthias hatte ihr geduldig zugehört anstatt schreiend davonzurennen. Das war schon mal ein Pluspunkt für ihn. Er hatte sich als wahrer Freund erwiesen. Und sie hatte ihm zum Dank seinen Pullover vollgeheult.

Sich zu erinnern hatte wehgetan. Sie hatte Randolf mit ihren schönsten Flüchen belegt. Matthias musste denken, sie sei in der Gosse groß geworden! Dann war sie so verzweifelt gewesen, dass sie die Schuld auf sich selbst schob. Sie war ja so langweilig. Und so einfältig. Ihre Haare zu wuschelig, ihre Nase zu klein, ihr Po zu dick. In diesem Stadium war Matthias entschieden eingeschritten. Selbstzermarterung war wirklich, wirklich gefährlich. So wie Wunschdenken, nur umgekehrt. Und plötzlich steht man da und ist tatsächlich einfältig, nur weil man in einer dunklen Minute mal kurz darüber nachgedacht hat. Pling! Und schon bist du doof. Ja, das war übel. Gut, dass Matthias sie davor gerettet hatte!

Hoffentlich konnte sie auf seine Verschwiegenheit zählen! Nein, er würde sicher nichts weitererzählen. Ganz sicher nicht. Nicht, wenn er auch nur ein kleines bisschen seinem Bruder ähnelte, dem sie eigenartigerweise nie etwas von Randolf, dem Betrüger, erzählt hatte.

Sie setzte sich im Bett auf. Einen einzigen Abend war sie im Selbstmitleid zerschmolzen. Netto waren es aber nur dreieinhalb Stunden gewesen. Sie hatte sehr effektiv alles Elend ihrer vereitelten Hochzeit in diese kurze Zeit gepackt. Kein schlechter Schnitt! Sie verneigte sich selbst vor dieser sportlichen Leistung, und Matthias würde schon bald fünfhundert Kilometer weit weg sein. Mindestens!

Sobald sie ihre Kopfschmerzen los war, konnte sie dieses Kapitel abhaken, sich auf die Gegenwart konzentrieren und die Vergangenheit wieder ruhen lassen. Kaffee erst mal, viel Kaffee! Am besten so stark, dass der Löffel darin stehen blieb …

Schon nach der ersten Tasse kehrten die Lebensgeister zurück, ihre Entschlossenheit, ihr Selbstbewusstsein und unbändiger Wille nicht aufzugeben. Tag 1 nach der Krise konnte beginnen. Power on!

Erst nach zwei weiteren Tagen, sie lud gerade die Einkäufe aus ihrem klapperigen, kleinen Auto, sah sie ihre Nachbarn wieder. Das Männertrio, eine fleischgewordene Jeanswerbung aus dem Kino, bog um die Ecke. Oliver in der Mitte, je ein Zwilling an jeder Seite. Staubige Schuhe, schmutzige Jeans und lässige T-Shirts, die aus der Hose hingen, Sonnenbrillen auf der Nase. Maxie sah ihnen entgegen. Was für ein Bild! Der Traum einer jeden Frau kam da auf sie zu. Zeitlupe! Das hätte noch gefehlt!

»Na, ihr Helden, wo kommt ihr denn her?« Es war eigentlich mehr eine rhetorische Frage gewesen, da sie von Oliver wusste, dass die Renovierungen im Hause Klein zu Ende gingen, aber Jacques ließ es sich nicht nehmen zu antworten.

»Wir waren bei meinen Eltern.« Er sah so absolut untypisch staubig aus, es hätte nur gefehlt, dass er an einem Grashalm gekaut hätte.

Olli hob gleich zwei Wasserkästen auf einmal aus dem Auto und trug sie ins Haus. Als er vorbeiging zog eine satte Note Männerschweiß unter Maxies Nase her.

»Hej, Olli, ich kann die Kisten selbst reintragen!«, rief sie.

»Mami lass doch, Olli ist so stark!«

»Genau ›Mami‹, lass uns ruhig mal anpacken«, grinste Jacques und griff nach einer Brötchentüte, die er vom Rücksitz des Wagens fischte.

»Ist gut für den Bizeps«, fügte Matthias hinzu und verschwand ebenfalls mit einer Wasserkiste im Haus, umgeben in einer Wolke äußerst maskulinen Geruchs, der Maxies Gehirn für einen Bruchteil einer Sekunde lahmlegte.

»Ich kann das –«

»A L L E I N E«, kam es dumpf aus dem Haus zurück.

Sie seufzte, ergriff den Einkaufskorb mit den restlichen Besorgungen und ihr Kind und folgte ihnen. In der Küche lehnten die Zwillinge am Tisch und stahlen sich Erdbeeren aus dem Obstkorb. Olli stand breitbeinig mitten in der Küche, wie immer einen kurzen Bleistift hinters Ohr geklemmt. Die Sonnenrille hatte er hoch auf die Stirn geschoben. Er sah zur Decke. Irritiert folgte Maxie seinem Blick.

»Ah, du siehst dir meine Lampe an! Die ist ein bisschen schief, was? Da hat sich die Schraube gelöst und die Lampe kam mir ein Stück entgegen. Auf jeden Fall brennt das Licht jetzt nicht mehr.«

»Ich hol mal Werkzeug, dann bring ich das in Ordnung.« Matthias drückte sich eng an ihr vorbei. Wieder erwischte Maxies Nase diesen intensiven Geruch von getaner Arbeit und einem gewissen Etwas.

»Das brauchst du nicht!«, rief sie ihm mit erstickender Stimme hinterher. »Ich bin nur noch nicht dazu gekommen!«

»Mann Maxie, lass dir doch einfach mal helfen!« Olli schüttelte den Kopf. »Ich hab' ja wohl noch keine Frau gesehen, die so stur ist.«

»Das sind die Weiber vom Land«, kam es vom Küchentisch.

Jacques kassierte einen bitterbösen Blick für diese fiese Bemerkung.

Olli sah sich weiter um, prüfte, ob das Fenster richtig schloss, indem er es ein paar Mal hintereinander öffnete und wieder verschloss, und ging weiter zur Terrassentür, um dort die gleiche Prozedur zu wiederholen. »Wie dem auch sei, Matthias repariert das gleich. Hast du sonst noch Baustellen? Das ist eine einmalige Chance, du hast gleich drei willige Arbeiter zur Hand. Jetzt oder nie …«

»Dann nie.«

Ida griff nach ihrer Hand. Zwei große Kinderaugen sahen zu ihr herauf. »Mami …«

»Aaah, ja. Wir haben fürs Kinderzimmer eine kleine Leselampe gekauft. Die könnte vielleicht jemand an die Wand montieren?«

»Na, geht doch«, kam es von hinten aus dem Türrahmen, wo Matthias jetzt mit ein paar Werkzeugen in der Hand aufgetaucht war. »Hat das wehgetan?«

Maxie schüttelte zwar den Kopf, vermutete jedoch, dass sie für die drei durchschaubar war wie eine Glasscheibe. Tja, an Strom hatte sie sich nie herangetraut, deswegen waren die beiden Lampen auf ihrer TO-DO Liste immer weiter nach hinten gerutscht, und insgeheim war sie nun riesig froh, dass ihr jemand diese Arbeit abnahm.

Matthias stieg dann auch gleich auf einen Stuhl, um sich der Sache anzunehmen, und Ida pflanzte sich natürlich mitten auf den Küchentisch, um ihm Werkzeug anzureichen. Griff Matthias nach oben, rutschte sein

Shirt ein Stück hoch und legte oberhalb der Gürtellinie den Ansatz seines Sixpacks frei. Maxie bot all ihre Konzentration auf, um den Blick abzuwenden, nur um festzustellen, dass Jacques sie längst im Fokus hatte. Er schmunzelte, verlor aber kein Wort und mit hochroten Ohren wandte sie sich ab, um Wasser aufzusetzen.

»Für mich aber keinen Kaffee, ich muss noch Papierkram erledigen.« Mit diesen Worten verabschiedete sich Olli und verschwand nach nebenan.

»Und ihr beiden?«

»Nach der Arbeit.«

»Gern, während er arbeitet!«

Maxie verkniff sich eine passende Bemerkung, dafür hatte Ida etwas anzumerken: »Mattis du stinkst!«

Der Angesprochene griff gedankenverloren nach dem Saum seines Shirts, zog es hoch und wischte sich die Stirn ab. »Das tut mir leid, Ida.«

Hals über Kopf floh Maxie aus der Küche und stellte einen Kaffeebecher krachend auf den Beistelltisch im Wohnzimmer, wo Jacques sich gerade in den Sessel fallen ließ.

»Streng genommen müsste ich mich auf die Zeugniskonferenz vorbereiten, aber zehn Minuten hab' ich wohl noch.« Nichts anderes hatte Maxie erwartet.

Sie druckste herum. »Euer Fest am Wochenende war richtig schön!«, bemerkte sie, unsicher, ob Matthias seinen Bruder über ihren kleinen Nervenzusammenbruch am Abend nach der Party informiert hatte. Sie hoffte inständig, dass er die Klappe gehalten hatte.

Glück gehabt ... Jacques schien überhaupt nichts zu

ahnen, sondern erging sich in den Erinnerungen an die Feier, die er bereitwillig mit ihr teilte.

»Ja, das war echt mal was! Hast du mitbekommen, wie Knacki sich die Gitarre geschnappt und gesungen hat?«

»Also eigentlich nicht! Ich weiß nur, dass es im Glashaus irre lustig war, und dass wir irgendwann getanzt haben. «

»Du hattest aber auch ganz schön getankt!«

»Leider wahr. Ich kann mich auch nicht mehr an alles erinnern.«

»Nein? Mann, du hast auf dem Biertisch gestanden und gestrippt!«

»WAAAS?«

»Nein, nein, war bloß ein Scherz«, winkte er ab. »Du hast dich nur an Olli rangeschmissen.«

»WAAAS?«

»Beruhige dich, war auch ein Scherz. Mensch, du weißt ja fast gar nichts mehr!«, amüsierte sich Jacques.

»Ich nehme an, es gibt auch gar nichts Außergewöhnliches, an das ich mich erinnern müsste, du ziehst mich doch bloß auf.«

»N'Filmriss hast du trotzdem.«

Sie zuckte mit den Schultern. »Ich habe mit fast allen Männern getanzt, nur nicht mir dir, mein lieber Jacques, das weiß ich jedenfalls noch!«

»Das kann gut sein. Ich …«

»Der tanzt nicht!«, kam es aus der Küche. »Kann ich nach oben gehen und mir die Lampe ansehen?«

Ida sprang auf. »Darf ich sie dir zeigen? Komm mit! Die

ist rosa und hat weiße Blumen drauf und die liegt …« Sie verschwand plappernd die Treppe hinauf.

Jacques beobachtete seine Nachbarin aus seinem bequemen Sessel heraus.

»Olli hat recht. Du solltest dir viel öfter mal helfen lassen. Du meinst immer, du müsstest alles allein erledigen, aber es ist verdammt noch mal nicht nötig. Wie oft müssen wir dir eigentlich unsere Hilfe anbieten?«

Maxie schloss kurz die Augen. Es war ja nicht so, als wenn Jacques ihr das zum ersten Mal sagte. Also wiederholte sie, was sie auch die anderen Male geantwortet hatte, nur ein wenig eindringlicher: »Wenn ich mal wirklich, *wirklich*, in einer Notlage bin, dann rufe ich dich an. Versprochen! Und bis dahin bist du mir immer für einen gemütlichen Abend oder auf einen Kaffee willkommen. Genauso wie Olli und dein Bruder. Ihr seid die besten Kumpel, die man haben kann.«

»Einer von uns dreien wäre glaube ich gern mehr als ein Kumpel …«

»Ist er auch. Er ist mein Chef!«, bog Maxie die Sache ab.

»Ich meinte doch etwas ganz anderes.«

»Ich weiß ganz genau, was du meinst, Jacques, lass gut sein. Ich habe ein Kind-«

»Ich weiß.«

»..keine Zeit, und was entscheidend dazu kommt, jedes Vertrauen in die Männer dieser Welt verloren.« Sie beugte sich vor und sagte nachdrücklich: »Ich brauche keinen Mann, sondern einen Helden, alles andere kann ich allein!«

»Du vergisst vielleicht eine wesentliche Sache in Liebesbeziehungen!«

»Geschenkt! Mein Held muss mich erst mal aus den wilden Klauen des Schicksals errettet haben. Er muss nicht nur meine, sondern auch Idas Liebe gewinnen und vor mir niederknien, und wenn er mir dann die Frage aller Fragen stellt, werde ich ihm zuerst ein Wahrheitsserum einflößen, damit ich weiß, ob er es auch wirklich ehrlich meint. Ehrlich ›ehrlich‹, verstehst du? Ich will schließlich nicht meine Gefühle an jemanden verschwenden, der sie am Ende mit den Füßen tritt. Wie du siehst: Ein unlösbarer Fall.«

»Siehe da, im Grunde bist du also nur ein romantisches, kleines Mädchen.«

»Wir sind alle nur romantische, kleine Mädchen, Jacques. Du auch! Es hat aber schließlich nicht jeder einen Olli.«

»Wie wahr!« Eine kleine Pause entstand.

»Dabei hat Olli ganz einfach nur an meiner Haustür geklingelt und gefragt, ob ich ihm eine Bohrmaschine ausleihen könnte.«

»Du. Eine Bohrmaschine. Für Olli.«

»Ja, ganz unromantisch also. Er sagte, er habe seine in der Schreinerei vergessen.«

»Das passt schon eher zu ihm!«

»Ist doch vollkommen egal. Man muss doch nur einen Aufhänger finden. Die Bohrmaschinengeschichte gefällt mir jedenfalls besser, als wenn er mit einem Kuchen vor meiner Tür gestanden hätte!«

Maxie prustete los. »Ja, das wäre so ganz untypisch für ihn gewesen!«

»Siehst du, er ist sich treu geblieben. Man muss nicht gleich den Superhelden raushängen lassen, um das Herz eines Menschen zu gewinnen. Man muss sich einfach so zeigen, wie man ist. Also Hase, sollte dein Traumprinz nicht gerade einen hautengen blauen Neoprenanzug mit einem ›S‹ auf der Brust vor dir erscheinen, um dich zu retten, schick ihn bitte trotzdem nicht weg.«

»Okay. Ich nehm' auch einen mit einem anderen Buchstaben auf der Brust«, versprach sie.

»Jetzt mach dich doch nicht lustig darüber. Ich meine es ernst!« Jacques stützte die Ellbogen auf die Knie.

»Ich auch, Jacques.«

Da hatte sie ja eine schöne Belehrung in Sachen Romantik bekommen. Und er sah so streng aus. Aber nur für eine Minute, denn dann war er schon wieder bei einem anderen Thema angelangt.

»Sag mal, hast du mittlerweile die Nordkapbilder gesehen, die mein Bruder dir zeigen wollte? Fantastisch, was? Wie gefallen dir die Aufnahmen?«

Uh! Die Fotos, die sie nicht gesehen hatte. Was sollte sie denn jetzt sagen?!?

Doch noch bevor sie antworten konnte, kam Matthias' dunkle Stimme von der Treppe her. »Wir sind nicht fertig damit geworden! Wir haben uns für Freitagabend nochmal verabredet, um den Rest anzusehen.«

Sie schickte ihm einen dankbaren Blick. Er hatte dichtgehalten! Äh, aber wie jetzt, Freitagabend? Um nicht weiter auf das Thema eingehen zu müssen pflichtete Maxie ihm schnell bei: »Ja … ja, das haben wir!«

Jacques verließ sie nach dem Kaffee, und auch Matthias packte sein Werkzeug zusammen, nahm aber doch noch einen schnellen Schluck Kaffee im Stehen und wollte seinem Bruder dann folgen. Maxie hielt ihn zurück, wild überlegend, wie sie die Verabredung wohl vermeiden konnte. So einen aufwühlenden Abend konnte sie sich nicht noch einmal leisten! Echt nicht!

»Du, hör mal. Ich …ich habe leider übermorgen Abend schon Besuch! Also wir haben uns schon verabredet. Lockere Runde, nicht zum Essen oder so.« Oh Gott, er würde ihr das niemals abnehmen!

»Nette Leute?«

»Tss, glaubst du etwa, ich würde mich mit Leuten verabreden, die ich nicht mag?«

Seine braunen Augen ruhten auf ihr.

»Dann bin ich ja beruhigt. Ich war schließlich auch vorgestern mit dir verabredet. Das heißt also, du magst mich auch.«

Wie hatte er den Spieß denn jetzt herumgedreht? Fahrig strich sie sich eine Haarsträhne hinters Ohr, öffnete dann die Arme zu einer großangelegten Geste und ließ sie wieder fallen. »Also, …. wie jetzt?« Doch dann rief sie sich selbst zur Ordnung, die Sache war zu wichtig. Nervös und fast flüsternd nahm sie den Faden wieder auf: »Was ich dir von Randolf und der Hochzeit erzählt habe, dass …«

»Ich mag dich Mattis!«, schrie Ida und hüpfte hinter ihnen vorbei ins Wohnzimmer.

»Dann hab ich ja wenigstens ein Frauenherz erobert. Was ich meinte war: Wenn du Freunde eingeladen hast, die sich auch für Reisen interessierten, dann kann ich doch trotzdem kommen und Bilder zeigen.« Er legte eine Pause ein und sah sie durchdringend an. »Es wäre praktisch die letzte Gelegenheit, weil ich danach wieder zurück nach Hamburg fahre.«

Geschlagen gab Maxie nach. Er würde nicht aufgeben. Ob sie jetzt mit Jacques oder Matthias ihren Freitagabend teilte, so groß konnte der Unterschied nicht sein. Also konnte sie sich auch noch ein letztes Mal mit ihm treffen, bevor sich ihre Wege für viele Monate trennten. Erklärte Tatsache war aber, dass sie für Freitag nicht einen einzigen Gast eingeladen hatte. Nicht einmal die fette Katze der Nachbarn würde vorbeischauen. Sie sollte also aus der Notlüge eine Wahrheit machen. Und das möglichst schnell.

Kapitel 24

Mami komm doch bitte! Du bist so lange nicht bei uns gewesen! Ida würde sich auch sehr freuen!« Maxie wechselte den Telefonhörer vom linken ans rechte Ohr und winkelte die Knie an, um sich in ihrem Pyjama in den Sessel zu kuscheln. Die Ida-Karte würde bestimmt ziehen!

»Schatz, ausgerechnet übermorgen kann ich nicht, es tut mir leid!«

Mist!

»Es wird aber ein wunderschöner Abend! Skandinavien! Mitternachtssonne! Nordlichter! Das magst du doch! Das ist doch genau dein Ding!«

»Ja natürlich! Aber ich habe Besuch!«

»Es gibt auch Häppchen …?!?«, versuchte Maxie ein letztes Mal, ihre Mutter zu überreden, obwohl sie genau wusste, wie ungeheuer selbstsüchtig es von ihr war. »Garnelenspießchen? Lachsbrötchen? Du könntest deinen Besuch vielleicht umorganisieren.«

»Oh, es tut mir so leid, Kind. So verlockend sich das anhört, aber nein!« Rosie lachte fröhlich und hatte offensichtlich kein wirkliches Einsehen für die Notlage ihrer Tochter.

Nochmal Mist!

»Na gut! Aber ich habe eine supertolle Nachricht für dich, du wirst begeistert sein!« Gespannt wartete Maxie auf die Reaktion ihrer Mutter auf die folgende Nachricht: »Tim Cooper kommt Freitagmorgen nach Köln! Na, was sagst du dazu?«

»Das ist schön zu hören, Maxie! Wirst du mir eigentlich den Tisch morgen vorbeibringen, den ich bei euch in Auftrag gegeben hatte? Ich könnte ihn ganz gut gebrauchen. Der alte Esstisch ist so schrecklich wackelig.«

»Ja sicher!« Sie seufzte. Sie musste ihren Plan aufgeben. Ihre Mutter würde nicht kommen. Und die Neuigkeit, dass der Brite nach Köln kam, schien wohl auch nicht die umwerfende Wirkung zu haben, die sie sich vorgestellt hatte. Jammerschade!

»Ich darf deinen Tisch mit dem Firmenwagen an dich ›ausliefern‹. Die Jungs von der Schreinerei packen ihn in den Kofferraum, aber beim Ausladen musst du bitte helfen, die Tischplatte ist irre schwer!«

»Natürlich können wir das gemeinsam machen, musst du dann sofort zurück?«

»Lass mich überlegen. Ich glaube ich komme so, dass ich die Mittagspause bei dir verbringen kann.«

»Fein, dann haben wir ein bisschen Zeit miteinander! Es gibt sicher die ein- oder andere Neuigkeit, die du noch nicht kennst. Fahr vorsichtig mit dem großen Wagen, bis morgen, Schatz!«

Enttäuscht begrub Maxie die Hoffnung, ihre Mutter würde diejenige sein, die ihr Gesellschaft leistete. Sollte sie es nicht schaffen, einen Gast einzuladen, wie würde sie vor Matthias dastehen?!? Sie wäre eine Lügnerin! Ja, Himmel! Sie hatte natürlich gelogen, aber es war eine gar nicht so schlimme Unwahrheit, die niemanden verletzte, und sie setzte schließlich alles daran, jemanden einzuladen!

Also sollte sie erfolglos bleiben, wäre sie eine Schwindlerin, und das Gespräch mit ihrem dann wohl einzigen Gast würde sich unweigerlich um Themen drehen, die sie gerne vermeiden würde: Randolf, dass sie zurück aufs Dorf ziehen sollte, oder – was noch peinlicher wäre – Matthias würde die Andeutungen der letzten Tage konkretisieren und das Treffen zu einem Date machen! So weit durfte es nicht kommen!

Also musste sie ihren Plan mit aller Gewalt verfolgen. Gäste mussten her und grundsätzlich war es ja nicht verkehrt, in gemütlicher Runde in Urlaubsplanungen zu schwelgen. Fieberhaft überlegte sie und wanderte dabei immer um den kleinen Wohnzimmertisch. Nach mehreren Runden wählte sie die Nummer von Pelles Eltern.

»Wir kommen sehr gern! Wie lieb, dass du an uns gedacht hast!«

Maxie jubelte und vollführte einen kleinen Tanz. Ging doch!

»Also ich muss gestehen, dass es ein super Timing ist! Wir überlegen nämlich, nächstes Jahr mal in den Norden zu fahren! Und Pelle wird sich total freuen, dass er Freitag bei euch übernachten kann. Nett, dass du das anbietest!«

»Kein Problem. Ida wird hingerissen sein, und sie wird mich für die nächsten Wochen hoffentlich für Super-Mami halten!

Ein Kichern drang durch den Hörer an ihr Ohr. »Super-Mami? Ist das eine Marvel Superheldin, die ich verpasst habe?«

»Haben wir denn nicht alle ein großes, pinkes Cape im Besenschrank?«, fragte Maxie scheinheilig, wollte aber beim Thema bleiben. »Was soll ich sagen, ich freue mich sehr auf euch! Matthias ist ein ausgewiesener Fachmann und anscheinend ein glänzender Fotograf, wenn ich seinem Bruder vertrauen kann.«

Als Maxie auflegte, fiel ihr ein Stein vom Herzen. Das hätte ganz schön in die Hose gehen können! War es aber nicht. Sie war Herrin der Sache!

Sie hatte die Aussicht auf einen schönen Abend mit Freunden. Und sie würde heute Abend ihr Cape stolz an den Kleiderhaken hängen können!

Naja, es war ein kleines Cape.

Mehr ein Schal.

Aber besser als nix.

Kapitel 25

Nachdem sie Ida zum Kindergarten gebracht, die Post für die Schreinerei abgeholt und im Büro gefühlte tausend E-Mails bearbeitet hatte, schnappte sich Maxie kurz vor Mittag den Firmenwagen mit dem schönen Eichentisch und fuhr nach Meerberg. Die Sonne schien warm und produzierte glitzernde Wellen auf dem Rhein.

Der neue Tisch war ein Herzenswunsch ihrer Mutter gewesen. Er war nach einer alten Vorlage entstanden, einem Tisch, den Rosies Eltern damals besessen hatten. Die dicken Tischbeine waren in eine Decke eingeschlagen und die massive Tischplatte füllte fast die gesamte Ladefläche des Autos aus.

Und wieder einmal dachte Maxie, als sie sich ihrem Elternhaus näherte, dass es keinen Ort auf der Welt geben konnte, der ihr mehr bedeutete. Dieses Haus mit den festen Mauern, dem schützenden Dach, der langen Geschichte und dem liebevoll gepflegten Garten war ein Teil ihres Lebens. Ein Ort mit dem sie unglaublich viel verband...

Etwas zu heftig trat sie auf die Bremse und rollte dann langsam neben den Wagen mit dem britischen Kennzeichen. Amüsiert schnalzte sie mit der Zunge und schüttelte den Kopf. Soso, *das* also war der Besuch, der sich angekündigt hatte!

Sie schwang sich aus dem Wagen, und fast zeitgleich erschien ihre Mutter in der Haustür. Maxie hielt auf sie zu. »MUTTER!« Mit spitzem Finger deutete sie auf den Land Rover.

»Nenn mich nicht ›Mutter‹!«, wies Rosie sie zurecht, glühte aber vor Aufregung. »Ich wollte dir das nicht am Telefon erzählen. Deswegen hatte ich nach dem Tisch gefragt. Ich wollte doch unbedingt, dass du zu mir kommst!«

»Ich hab's ja verstanden!«, beruhigte Maxie sie lachend und öffnete die Heckklappe des Firmenwagens. Ihre Mutter trat näher heran.

»Himmel, ist der hübsch geworden!« Sie strich mit der Hand bewundernd über das massive Holz. »Genau wie ich es mir vorgestellt hatte!«. Ihre Finger fuhren über die Kante und stocken an einer einer kleinen, mittig angebrachten Plakette. Maxie forderte sie auf, sich das Messingschild genau anzusehen.

»Das war meine Idee!«, meinte sie stolz.

Rosie las und umarmte Maxie gleich darauf. »Stammtisch der Engel! Das ist süß! Das macht den Tisch perfekt!«

Im Garten war gedeckt für drei, also musste Tim in unmittelbarer Nähe sein. Suchend sah Maxie sich um, konnte ihn aber nirgends entdecken. Sie ließen sich im Schatten nieder, umgeben von blühenden Sträuchern, in denen Wildbienen summten. Es roch nach Holunder und Minze, und Rosie erzählte von Tims erstem Telefonanruf:

»Er ist Großvater geworden und stell dir vor, ich war die erste, der er diese Neuigkeit erzählen wollte! Mit dieser Nachricht hatte er mich erst mal überrascht, ich kam gerade aus der Badewanne. Es ist so verrückt!«

»Was hat die Badewanne damit zu tun?«

»Nichts!« Rosie schlug sich vor die Stirn. »Also mal eins nach dem anderen, sonst bist du genauso verwirrt, wie ich es war. Wir hatten monatelang keinen Kontakt! Sara, seine Tochter, hatte einen kleinen Unfall, und weil sie schwanger war, wurde sie direkt vom Arzt aus dem Verkehr gezogen. Erst mal Krankenhaus, nur ein paar Tage, aber danach musste sie sich sehr schonen und Zuhause bleiben. Tim ist daraufhin im Hotel wieder voll ins Tagesgeschäft eingestiegen. Die Arbeit ist ihm fast über den Kopf gewachsen! Er wollte mich mit seinen Dingen nicht belasten. Ausgebuchte Hotels, die nicht ganz reibungslose Übergabe der Geschäfte, die Sorge um seine Tochter …« Die Sätze sprudelten aus Rosie heraus. Sie erzählte sonst schon sehr gestenreich, aber heute hätte sie einer Italienerin den Rang abgelaufen.

Maxie schwirrte der Kopf. »Und seitdem habt ihr telefoniert?«

»Ja, fast täglich! Kannst du dir das vorstellen? Er hat kaum Mails geschrieben.« Rosie fasste sich ans Herz. »Er wollte lieber meine Stimme hören, sagte er.«

Hingerissen hörte Maxie ihrer Mutter zu. »Das ist ja so romantisch!«

»Ja, nicht wahr?! Ich hätte nie gedacht, dass ich mich nochmal verlieben könnte, es ist einfach so passiert … und du bist das schuld, Maxie!«

Na, mit der Schuld konnte sie ja wohl gut leben.

»Aber jetzt wasch dir die Hände, wir können gleich essen, sonst ist deine Mittagspause bald vorbei!«

Gehorsam verschwand Maxie im Haus und bog in den schmalen Flur ein. In diesem Moment öffnete sich links von ihr die Tür von Rosies Schlafzimmer, und Tim trat heraus. Eine Sekunde lang standen sie sich überrascht und sprachlos gegenüber. Die Situation schien Tim auf dem falschen Fuß zu erwischen. Er suchte nach Worten, doch Maxie fasste sich als erste von beiden, und einem plötzlichen Impuls folgend umarmte sie ihn.

»Danke, dass du Rosie so glücklich machst!«, flüsterte sie.

»Gern geschehen!«, erwiderte er die Umarmung. »Deine Mutter ist eine wunderbare Frau – es ist so leicht, sie zu lieben!«

»Ich weiß, ich liebe sie doch auch!«

Rasch verdrückte sie sich ins Bad, wischte sich eine Freudenträne weg und wusch sich die Hände. Ach Mensch, sie hatte doch gewusst, dass die beiden wie zwei passende Puzzleteile waren!

Als dann Tim später, während des Essens, kurz in die Küche verschwand, um eine neue Flasche Wasser zu holen, stieß Maxie ihre Mutter unter dem Tisch leicht mit dem Fuß an.

»Du bist ja vielleicht 'ne olle Geheimniskrämerin! Hättest du mir doch sagen können!«

»Ja, aber ich wollte es dir *persönlich* sagen!«

»Stimmt, ich wär' ja am Telefon glatt in Ohnmacht gefallen. Vor Freude natürlich. Einen guten Geschmack hast du jedenfalls! Ich freu' mich sehr für dich, Mami.«

Kaptiel 26

Schon seit einer halben Stunde steckte Ida mit spitzen Fingern abwechselnd Garnelen und Partytomaten auf Holzspießchen. Es lief ihre Lieblingsmusik, die sie voller Inbrunst mitsang. Maxie ließ sich mitreißen. Als Jacques unaufgefordert hereinspaziert kam, meinte er: »Ich kann euch bis in unser Wohnzimmer hören!« Er sprach sehr laut, um die Musik zu übertönen, wuschelte Ida über die roten Haare und lehnte sich an die Kühlschranktür.

»Dann bist du gekommen, um mit uns zu singen? Bist du denn überhaupt textsicher?«, fragte Maxie mit einem Augenzwinkern.

»Du vergisst, wo ich arbeite!«

»Dann sing!«, forderten Maxie und Ida ihn gleichzeitig auf.

»Nein.« Er drehte die Musik leiser. »Ich habe gehört, ihr habt Gäste: die Andersons!«

Maxie tauchte die Salatblätter tief ins Wasser und schwieg, darum sprach er weiter: »Pass auf, ich habe eine Riiiesenüberraschung für dich! Ich weiß du liebst Überraschungen!« Erwartungsvoll sah er Maxie an.

»Ich hasse Überraschungen ...«, erwiderte sie trocken, wurde jedoch von Ida übertönt.

»Ich liebe Überraschungen! *Pirate, wild und frei! Dreimol Kölle, AHOI* ...«, sang sie nahtlos weiter.

Jacques klaute ihr eine Partytomate und steckte sie sich

in den Mund. »Wir haben noch einen Lakschauflauf im Kühlschrank!«

»Einen was bitte?«

Er schluckte die Tomate herunter. »Einen *Lachs*auflauf! Den bringen wir dir heute Abend rüber!«

»Uuund?« Maxie hob die Augenbrauen, nichts Gutes ahnend.

»… und bleiben gleich da.«

»Bei mir?«

»Genau!«

»Ich dachte, Ihr beiden kennt die Bilder schon!«

»Ja, ja … aber die Andersons kommen und Matthias kann sich vielleicht nicht mehr an alles erinnern, was er erzählen wollte.« Er knuffte sie leicht zwischen die Rippen. »Komm schon, das wird doch lustig! Und außerdem ist es ein Freitagabend, da kannst du doch gar nicht ohne mich.«

»Und wie ich kann!«, neckte Maxie, überschlug aber schon in Gedanken, ob das Essen für alle zusammen ausreichen würde.

Jacques kannte sie zu gut. »Es reicht für alle!«, bestätigte er ihre Berechnungen ungefragt.

Sie war zu dem gleichen Ergebnis gekommen und lachte ergeben. »Habt ihr außer Zeit vielleicht auch noch Getränke?«

Er winkte ab. »Unser Keller ist bestens gefüllt mit allen möglichen Getränkesorten. Sag mir, was du haben willst, und ich kann es hervorzaubern. Okay?«

»Gebongt! Dann um sieben!«, rief sie ihm hinterher, denn er war schon wieder auf dem Weg zur Tür.

»Ich weiß!«, schallte es aus dem Garten zurück.

Erik und Marita standen um zwei nach sieben vor der Haustür. Erik trug einen Kasten Kölsch vor sich her, und Maritas Gesicht verschwand fast vollständig hinter einem Blumenstrauß. Pelle rief ein kurzes ›Hallo‹ und duckte sich unter Maxie hinweg zu Ida, die ihn gleich mit zur Schaukel nahm.

Die Haustür hatte sich gerade wieder geschlossen, als es gleich noch einmal klingelte.

Draußen stand Rosie, die gebieterisch die Hand hob. »Ich weiß sehr gut, dass ich für heute abgesagt hatte, aber wir haben extra den ganzen Nachmittag in der Stadt verbracht, was sehr anstrengend war, und wir würden uns sehr gerne selbst einladen. Du kannst uns nicht wegschicken! Wir haben so viel Einsatz gezeigt. Und schau hier … tadaaaa!« Sie produzierte eine große Schale Antipasti hinter ihrem Rücken hervor, wo sich auch Tim befand, der eher betreten dreinschaute. »Ich habe ihr gesagt, wir können nicht unangemeldet …«

Maxie lachte hell: »Doch! Könnt Ihr. Ich freue mich riesig, dass Ihr da seid!«

Nur wenige Minuten später enterten dann auch noch Jacques, Matthias und Olli das Wohnzimmer, wo sich alle lautstark begrüßten. Ida kam aus dem Garten wieder hereingestürmt und schlitterte an den Neuankömmlingen vorbei, um ihre Großmutter zu umarmen. Pelle drückte sich schüchtern auf der Terrasse herum, weil Olli den Durchgang wie ein Schrank blockierte. Marita schob ihn beiseite, nahm ihren Sohn bei der Hand und zog ihn zu sich auf den Sessel. Währenddessen bahnte sich Matthias seinen Weg zu Maxie. »Ich konnte Jacques und Olli nicht abhalten. Die beiden sind total party-süchtig!«, raunte er ihr mit gespielter Verzweiflung zu.

»Ich denke, wir brauchen dringend noch zwei zusätz-liche Sitzgelegenheiten«, flüsterte sie zurück. Suchend sah sie sich um.

»Überlass das nur mir, ich weiß, wie wir da Abhilfe schaffen können. Wart' einen kleinen Moment!« Mat-thias winkte Olli zurück in den Garten, und wenige Augenblicke später kamen sie mit dem Loungesofa von der Nachbarterrasse zurück. Ohne anzuecken bugsierten die beiden den leichten Zweisitzer durch die Tür und stellten ihn ab.

»Eng is jemütlich!«, meinte Olli grinsend und setzte sich auch gleich hin. Erleichtert zählte Maxie noch ein-mal die Köpfe und sah ein, dass sie nun wirklich keinen Grund zur Sorge mehr hatte. Essen, Trinken, Sitzgele-genheiten. Sollte jetzt noch die fette Katze der Nachbarn auftauchen, musste sie draußen bleiben. Zeit, ihre Gast-geberpflichten wahrzunehmen!

»Pling, pling!«, imitierte sie das Klingen eines Wein-glases und sofort wandten sich ihr alle Gesichter erwar-tungsfroh zu.

»Sprich zu deinem närrischen Volk!«, forderte Olli sie albern auf.

Maxie griff die Anspielung auf. »Leev Jecken he im Saal.«

Und Olli übersetzte für Tim: »Liebe verrückte An-wesende«

Maxie fuhr fort: »Ech freuen mich, dat Ihr all herje-kumme sitt.«

Olli übernahm mit der sonoren Stimme eines Nachrichtensprechers: »Ich freue mich, dass Ihr alle den Weg hierher gefunden habt.«

»Un ming Prinzessin und ech wünschen üch ene schöne Ovend!«

»Alaaf!«, piepste Ida.

Alle Augen richteten sich auf Olli, der nicht enttäuschte: »Und meine Prinzessin und ich wünschen einen schönen Abend, mit viel Essen und mit viel Kölsch und –«

Der Rest seiner Ausschmückungen ging im Lachen der anderen unter. Aber Maxie hatte noch eine Warnung für ihren Nachbarn: »Olli, wenn dieses kleine Haus heute Abend aus den Nähten platzt, ist das nur ganz allein deine Schuld!«

»Mein Haus, meine Regeln!«, meinte er trocken.

»Lasst bloß alles heil!«, meldete sich Jacques zu Wort. »Wenn ich es mit Olli nicht mehr aushalte, will ich in meine alte Wohnung zurück!«

»Und was ist dann mit uns?«, fragte Maxie entgeistert.

Jacques sah sie flehend an. »Du hast doch sicher noch Platz für mich hier …«

Matthias warf seinem Bruder einen verstörten Blick zu.

»Was denn«, schaute Rosie überrascht, »du hast *hier* gewohnt?«

»Ja, er hat sich so lange geziert, zu mir zu ziehen, bis ich Maxie die Stelle und auch gleich die Wohnung angeboten habe. Dann musste er seine Sachen packen und zu mir ziehen!« Olli sah sehr selbstzufrieden drein.

Marita klopfte ihm auf die Schulter. »Unser Jacques

hat halt immer deine Unordnung gefürchtet, mein lieber Olli. Darum ist er lieber drei Jahre dein Nachbar gewesen!«

»Nachbar mit gewissen Vorzügen!«, witzelte Erik.

An Olli perlte diese Bemerkung ab. »So schlecht hat er es nicht mit mir angetroffen, denke ich.«

Jacques fuhr sich durch den Bart und lächelte. »Das würde ich auch so sehen«, meinte er leise.

Erleichtert stellte Maxie fest, dass ihre Gäste sich allesamt mit den engen Platzverhältnissen arrangieren konnten. Obwohl der Geräuschpegel im Laufe des Essens ein klein wenig nachließ, unterhielt sich jeder mit jedem. Tim verstand nicht allzu viel von dem, was gesprochen wurde, es ging doch reichlich durcheinander, und das war vielleicht ein bisschen ›too much‹ für ihn. Er sah aber zu keiner Minute gelangweilt oder unglücklich aus, wie er da so neben Rosie saß. Im Gegenteil!

Da Maxie die Einzige war, die sich frei bewegen konnte, ohne dass jemand anderes aufstehen musste, wanderten ihre Augen immerzu umher, um die Bedürfnisse ihrer Gäste zu sehen, bevor sie selbst sie bemerkten. Unabsichtlich kreuzte sich dabei ihr Blick mit Matthias'. Er balancierte einen Teller auf den Knien, hielt ein mit Kräuterbutter bestrichenes Brot in der rechten Hand und blickte sie tiefenentspannt an. Auf dem Sofa eingequetscht zwischen der Lehne und Olli verfolgte er kauend fast jede ihrer Bewegungen. Maxie ließ sich nicht nervös machen.

»Sag mal, Matthias, wie möchtest du denn in diesem

übervollen Wohnzimmer deine Fotos zeigen? Hast du einen genialen Plan, oder reichen wir dein Tablet von Hand zu Hand?« Das Gespräch verstummte und alle sahen ihn neugierig an. Geschmeidig wie ein Panther erhob er sich, streckte die Arme nach oben, hängte eine große Dekotafel von der Wand ab und meinte: »Ich habe mir erlaubt für den heutigen Abend ein Wunderwerk der Technik mitzubringen. Man nennt es *Beamer* und Maxie: Willkommen im Zeitalter der Technologie!«

Sie streckte ihm frech die Zunge raus. Schon kurze Zeit später entführte der reiseerfahrende Matthias sie alle in die Fjorde Norwegens, zu steil aufragenden Felswänden oder schneebedeckten Weiten, zu Inseln, die wie versprengte Punkte still im Wasser lagen. Es gab stimmungsvolle Bilder mit bunten Holzhäusern, die sich entlang des Ufers aufreihten, und typisch nordische Städte, und natürlich Fotos mit den atemberaubendsten Naturschauspielen, die Maxie je gesehen hatte.

»Ich dachte nicht, dass es so beeindruckend wäre!«, meinte Marita gleich bei den ersten Aufnahmen, die schon zeigten, wie geschickt der Fotograf mit Farben und Weite umgegangen war. Alle nickten.

»Es ist aber auch wirklich gut fotografiert!«

Matthias gab sich kaum Mühe, seine Freude über das Lob zu verbergen. Warum auch, denn es war und blieb sehenswert, sogar für Ida und Pelle, die sich besonders über Verkehrsschilder amüsierten, auf denen vor Bären oder vor Elchen gewarnt wurde, statt wie bei Omi – so meinte Ida – nur vor Kühen!

Selbst unspektakuläre Details wie ein Rettungsreifen

hatte Matthias in Szene gesetzt. Und Rosie meinte – mit einem Garnelenspieß in der Hand wedelnd – sie könne förmlich das Meer riechen. An der Reling drängten sich Passagiere in dicken Winterjacken und bunten Mützen. Die klaren Farben waren schlichtweg der Knaller!

Hin und wieder zeigte ein Bild auch Matthias selbst, wie er strahlend vor der überwältigenden Szenerie der skandinavischen Natur posierte.

Maxie meinte, es sei doch sehr lustig, dass man nun gleich dreimal das gleiche Gesicht sehe. Matthias an der Wand, Matthias im Wohnzimmer und natürlich Jacques, der zu allem Überfluss auch heute ein ähnliches Jeanshemd trug, wie sein Zwillingsbruder. Sie sahen wirklich blendend aus, die beiden!

Nicht nur die Bilder waren beeindruckend, auch Matthias' Erzählungen waren bemerkenswert, denn – obwohl er Reiseprofi war – schaffte er es, die Besonderheit dieser Route mit Worten hervorzuheben. Es war bewegend, ihm zuzuhören. Er machte das unglaublich gut. Souverän, als wenn er tagtäglich nichts anderes tun würde.

Hin und wieder wandte Maxie den Blick von den herrlichen Bildern ab und sah zu ihm hinüber. Mehr als einmal hielt er ihren Blick, vergaß aber nicht, seinen Vortrag fortzuführen.

Nach mehr als einer Stunde endete er mit den Worten: »Ich habe schon viele Reisen unternommen, aber in einem Hotel an der Westspitze von England habe ich etwas gelesen, woran ich mich oft erinnere, egal ob ich arbeite oder im Urlaub bin: ›Für den, der bereit ist zu reisen, hat das Leben eine großartige Bedeutung!‹ Dem kann ich mich nur demütig anschließen. Vielen Dank für eure Aufmerksamkeit!«

Der Applaus sprengte fast das Haus. In aller Ruhe sank Matthias zurück aufs Sofa, wo Olli ihm gleich ein Kölsch in die Hand drückte.

In der allgemeinen Unruhe nach dem langen Reisebericht stand Maxie auf, sammelte die Teller ein und brachte sie in die Küche, bevor noch irgendetwas zu Bruch ging. Wie gut, dass sie Matthias nicht hatte absagen müssen! Da hätte sie etwas verpasst! Norwegen war wunderschön, und hätte sie es sich erlauben können, wäre sie schnurstracks ins nächste Reisebüro gelaufen, um zu buchen. Sie beobachtete über ihre Schulter hinweg, wie sich ihre Mutter angeregt mit dem Helden des Tages unterhielt, und ihr ging auf, wie glücklich sie sein konnte, dass sie so viele Menschen um sich hatte, die sich gut verstanden, und die einfach großartig zueinander passten. Und der Kreis dieser Menschen war mit dem Umzug im letzten Jahr noch gewachsen. Wahnsinn!

Als Lisa sie das erste Mal damals in Köln besuchte, hatte sie sie in den Arm genommen und gesagt ›Maxie, es heißt Freundschaft, weil man mit Freunden alles schafft‹. Und genau so war es gekommen. Glücklich steckte sich Maxie eine übrig gebliebene Tomate in den Mund, biss zu und die kleine Kugel explodierte unter ihrem Gaumen.

Marita kam in die Küche, ein paar leere Flaschen in der

Hand. »Komm, wir bringen mal unsere Kinder zu Bett, hier in der Küche helfe ich dir später.« Sie betrachtete die Tellerstapel und die leeren Schüsseln. »Was du dir für eine Arbeit gemacht hast, Maxie. So klasse! Danke für die Einladung, du bist eine ganz, ganz Liebe!« Sie drückte ihre Freundin.

Kurze Zeit später sammelten sie ihre Sprösslinge ein, die sich widerspruchslos ins Kinderzimmer abführen ließen.

»Matthias ist ein netter Kerl!«, meinte Marita leise.

Lächelnd nickte Maxie. »Ja, das ist er wohl. Das hat er richtig toll gemacht mit dem Reisebericht, nicht wahr?«

»Aber das meine ich doch nicht.« Marita flüsterte fast, sodass nur Maxie sie verstehen konnte. »Ich glaube, der steht auf dich!«

»Wenn du dir da mal nicht etwas einbildest«, entgegnete Maxie wenig überzeugt. »Und außerdem steht momentan die Aufgabe, einen Mann zu finden, auf meiner Prioritätenliste ganz, ganz weit unten.«

»Wer schert sich denn um Prioritätenlisten?«

Maxie sah sie verständnislos an. »Ich, Marita.«

Diese legte den Kopf schief und betrachtete sie von der Seite. »Aber schön wär's doch, oder? Vielleicht musst du deine Liste einfach mal umdrehen, und schon steht das unterste ganz oben. Alles eine Sache der Betrachtungsweise.«

Ein Knarzen der Holztreppe ersparte Maxie die Antwort. Rosie erschien und legte ihre Arme um Maritas und Maxies Taillen. »Na, was heckt ihr beiden aus?«

»Nichts Besonderes«, meinten beide gleichzeitig.

Zu dritt standen sie an der geöffneten Kinderzimmertür und sahen ins Dämmerlicht. Ida lag mitsamt Bettzeug und Kuscheltier neben Pelle auf der Gästematratze und würdigte ihr eigenes Bett keines Blickes.

»Na, das läuft ja bei Engels!«, meinte Rosie trocken, als sie die beiden eng aneinander gekuschelt sah. Sie zwinkerte ihrer Tochter zu. »Fehlst nur noch du! Was hältst du eigentlich von Matthias?«

Daraufhin unterdrückte Marita ein Lachen und eilte mit der Hand vor dem Mund die Treppe hinunter.

Milde strafend blickte Maxie ihre Mutter an. »Eine von uns dreien muss doch wenigstens ihre Sinne beisammenhalten!«

Spät am Abend entfernten Jacques und Olli sich selbst und ihr Loungesofa. Matthias alberte noch mit Erik, und Marita half wie versprochen beim Aufräumen, gleich nachdem Maxie ihre Mutter und Tim auf den Heimweg verabschiedet hatte.

»Trink aus, Anderson, wir gehen nach Hause!« Marita gähnte herzhaft. » Und dir ein großes Dankeschön, Matthias, das war sehr eindrucksvoll! War schön, dich nochmal zu sehen.«

»Ja, gut gemacht, Mann!«, pflichtete Erik seiner Frau bei. »Schade, dass du nicht in der Nähe wohnst, Matthes. Weißt du noch, was wir früher alles gemeinsam unternommen haben? Das waren echt die besten Zeiten.«

»Wie bitte?«, unterbrach ihn Marita.

Erik beachtete den Zwischenruf nicht. »Du kommst wirklich viel zu selten runter an den Rhein, mein Freund.«

Er schlug ihm schwer auf die Schultern und dann verabschiedeten sie sich. Maxie und Matthias sahen ihnen von der Haustür aus nach. Das Paar schlenderte Arm in Arm die Straße hinunter, und es war nicht ganz klar, wer wem den Weg zeigte.

»Matthes?«, fragte Maxie mit hochgezogenen Augenbrauen und zog die Tür zu.

»Nur für die, die mit mir durch dick und dünn gegangen sind. Glaub' bloß nicht, dass mich jeder so nennen darf! Und Erik, Jacques und ich, wir waren sowas wie Musketiere in unserem Viertel. ›Einer für Alle!‹ Nach so ein paar Abenden zusammen bin ich oft drauf und dran zurückzukommen.« Mit etwas melancholischer Stimme fuhr er fort: »Heimat ist ein sehr altmodisches Wort, aber es bekommt doch irgendwie Gewicht, wenn man woanders lebt. Es geht ja nicht nur um den Ort. Also, der Dom ist schon besonders, wenn man über die Stadt fliegt oder am Bahnhof ankommt, aber, weißt du: es sind vor allem die Freunde.« Dann räusperte er sich. »War'n schöner Abend hier bei dir!«

Er packte seine Sachen und ging langsam zur Tür.

»Das mit den Freunden kann ich gut verstehen«, griff Maxie den Gedanken auf. »Es hat nicht jeder so gut wie ich und kann einfach ins Auto springen und mal gerade das alte zu Hause besuchen. Das würde mir schon sehr fehlen.«

Er druckste herum. »Ich denke-« Er brach ab. »Hat es dir heute gefallen?«, fragte er, bevor er auf die Terrasse trat.

»Ja, ich fand es umwerfend.«

»Siehst du, genau das wollte ich erreichen«, lächelte er sie warm an. »Schlaf gut, Maxie, und träum von mir.«

Als ihm das Sofakissen hinterherflog, hatte er schon die Tür hinter sich zugezogen. Er war echt süß. Aber träumen würde sie definitiv von etwas anderem.

Kapitel 27

Am Morgen danach lag ein wunderbarer, terminfreier Samstag vor Maxie. Sie war bereits früh wach, obwohl ihre letzten Gäste, sprich: Marita, Erik und Matthias, gestern doch erst recht spät gegangen waren. Matthias' Fotos hatten reichlich Gesprächsstoff geboten und dann, in der Nacht, hatte Maxie tatsächlich von kleinen Inselchen im Meer geträumt, von denen ihr (in bunte Daunenwesten eingepackte) Zwillingspärchen zuwinkten. Voller Euphorie hatte sie von einem Schiff herunter zurückgewinkt. Das war so schräg!

Als sie nun, früh am Morgen, in kurzer Pyjamahose und Top in ihrer Küche stand und in ein Marmeladenbrötchen biss, musste sie noch darüber grinsen.

Die Kinder würden noch lange nicht aufstehen. Im und ums Haus war es ruhig wie selten. Nebenan öffnete Jacques gerade seine Haustür und nahm nur mit Boxershorts bekleidet die Zeitung von der Schwelle. Er hob den Kopf, sah Maxie am Küchenfenster und winkte zu ihr herüber.

Das war ja fast Landidylle!

Maxie leckte die heruntertropfende Marmelade vom Finger. Mmmmh, Rosie hatte ihre diesjährige Erdbeerernte mit viel Liebe eingekocht. Das schmeckte man. Die Liebe. So lecker! Mehr aufs Essen konzentriert als auf die Geschehnisse auf der anderen Seite des Küchenfensters registrierte sie kaum, dass sich an der nächsten

Straßenecke ein silbernes Cabrio ins Blickfeld schob. Der Wagen war eigentlich viel zu breit für die schmale Einbahnstraße und mutete zwischen den alten Häusern des Viertels wie ein Raumschiff an. Das vorherrschende Fortbewegungsmittel war hier das Rad und hauptsächlich kleine, wendige Autos, die gut in die engen Parkbuchten passten. Das Cabrio hielt an und versperrte somit ignorant die ganze Straße. Erst als die Autotür zuschlug, sah Maxie auf. Eine junge, flippige Frau war ausgestiegen. Sie trug Flipflops mit Glitzersteinchen und einen sehr, sehr kurzen Jeansrock, ein buntes, übergroßes Shirt in Wasserfarben nur an einer Seite in den Rock gesteckt, sodass es unglaublich lässig aussah. Eine Sonnenbrille steckte locker in ihrem Haar. *So* sahen also die richtigen City-Girls aus, überlegte Maxie ein wenig neidisch und beobachtete neugierig, wie das Geschöpf an der Tür ihrer Lieblingsnachbarn auf den Klingelknopf drückte. Bestimmt eines der Funkenmariechen aus Ollis Verein?!

Die Tür schwang auf und Olli stand breit auf der Schwelle, die Zeitung in der Hand machte er einen verständnislosen Gesichtsausdruck. Ihre Gesten waren elfengleich und selbst als sie nur die Hand in die Hüfte stemmte, sah es aus, als verharre ihre zarte Figur in einer Tanzpose. Aber der sonst so herzliche Olli stand weiterhin abweisend in der Tür. Also doch kein Mariechen.

Der Türrahmen leerte sich und Matthias erschien. Er unterhielt sich gleich angeregt mit der Besucherin. Ohne Scham verfolgte Maxie die Szene. Die beiden waren gut bekannt miteinander, das sah man sofort, auch ohne hören zu können, was jenseits der Scheibe besprochen wurde. Die Züge der kleinen Blonden konnte Maxie nicht ausmachen, da diese ihr den Rücken zuwandte. Dennoch schien sie in der Unterhaltung den Ton anzugeben. Klein aber so selbstbewusst!

Matthias fasste sie bei den Schultern, eine ganz vertrauliche Geste. Maxie fühlte einen Stich von Eifersucht, und sie wusste noch nicht einmal warum.

Und nun, ganz langsam, war auszumachen, dass Matthias doch nicht besonders erfreut schien. Das Gespräch wurde emotionaler, Matthias fuhr sich mit der Hand mehrmals über den Nacken, offensichtlich in Aufruhr.

Maxie beugte sich weiter über die Arbeitsplatte, dichter vors Fenster, der Saum ihres Tops legte sich auf die Kaffeetasse und saugte sich voll. Ungeduldig schob Maxie den Kaffeebecher zur Seite, keinen Millimeter des Stummfilms verpassend. Hier war ja mal was los!

Matthias sah nun zum Cabrio hinüber. Unwillkürlich folgte auch Maxie seinem Blick. Sie stutzte, musste mehrmals mit den Augen blinzeln, um zu prüfen, ob das, was sie sah, nicht geträumt war. Die Kühle des Fliesenbodens zog sich über ihren Körper und jedes einzelne Körperhaar stellte sich vor unerwartetem Entsetzen auf.

Der Fahrer des protzigen Cabrios war zwischenzeitlich ebenfalls ausgestiegen, und er lehnte weltmännisch an der silbernen Motorhaube. Er war zwar wesentlich älter als die Blondine, verkörperte aber das gleiche Selbstverständnis, dass ihn zum Focus eines jeden Betrachters machte. Er trug einen hellen, vorteilhaften Anzug und eine Brille mit sehr dunklen Gläsern. Mr. Cool, wie er leibt und lebte!

Maxie kannte diese Gestalt nur allzu gut!

Das Haar war heller geworden, die Haut gebräunt.

Vor dem Nachbarhaus stand Idas Vater.

Ihr Ex.

Randolf!

Er war zurück!

Randolf war nach Köln gekommen, um sein Kind zu sehen!

Und er hatte seine Tussi mitgebracht!

Intuitiv hatte Maxie wieder diesen süßlichen Parfum-geruch in der Nase. Süßes, teures Parfum. Ihr Magen rebellierte.

Ida!

Sicher wollten die beiden Ida gleich mitnehmen, sobald sie erkannt hatten, dass sie am falschen Haus geklingelt hatten?!

Das Jugendamt würde das Kind *natürlich* dem Va-ter zusprechen! Randolf hatte massig Kohle und so eine kleine Familie war besser als eine alleinerziehende, krö-tenzählende Mutter, oder nicht?

Niemals würde sie das zulassen!

Nicht solange sie lebte!

Doch Maxie stand erstarrt und kalt auf dem Platz vor der Fensterscheibe. In wenigen Sekunden würde Mat-thias auf ihr kleines Haus zeigen.

Vor ihren Augen lief alles in quälender Zeitlupe ab. Matthias schob sich an der Blondine vorbei und hielt auf Randolf zu, legte ihm die linke Hand auf die Schulter. Dann drehte er seinen Oberkörper ein wenig, als wolle er ihm den Weg zum Nachbarhaus zeigen, doch seine Muskeln spannten sich an. Und holte rasend schnell mit der Rechten aus!

Der gut gezielte Fausthieb traf Randolf sauber ins Gesicht. BANG!

Das hatte gesessen!

Maxie schlug sich die Hand vor den Mund.

Randolf stolperte getroffen nach vorn. Seine Sonnenbrille fiel zu Boden. Augenblicklich begann die Blonde, Matthias' Schienbein mit Tritten zu bearbeiten. Aber mit ihren Flipflops schadete sie sich mehr selbst, als dass sie Matthias verletzte, soviel war klar. Randolf tropfte derweil dunkles Blut auf den teuren Anzug.

An der Haustür entstand nun ebenfalls Bewegung. Olli spurtete aus dem Haus, packte die Elfe bei beiden Schultern, schob sie Richtung Auto und setzte sie unsanft auf den Beifahrersitz. Mit wenigen Schritten war er zurück bei Matthias, und sie eskortierten den schmerzverzerrt dreinblickenden Randolf zum Wagen. Die Szene ähnelte einem ›Köln-Tatort‹. Randolf fing nun an, sich zu wehren, doch es half ihm letztendlich nichts.

Matthias riss die Fahrertür auf und stieß ihn auf den Sitz. Er beugte sich ins Wageninnere und sprach mit angespannten Gesichtszügen lange und eindringlich.

Was sagte er?

Maxies Herz klopfte.

Der Motor heulte auf, die Räder setzten sich in Bewegung und der Wagen fuhr davon, viel zu schnell für die schmale Einbahnstraße Dabei streifte er das Fahrrad des Nachbarn gegenüber. Es fiel zu Boden, klingelte dabei wie in Protest, und dies war Maxies Startsignal. Die Blockade in ihren Beinen löste sich und sie schaffte es vor die Haustür, wo sie die frische Luft einsog, nur um den widerlichen Parfumduft loszuwerden, der nur in ihrer Erinnerung existierte. Sie krallte sich an der rau verputzen Wand fest, ihr Magen zog sich zusammen, und sie erbrach sich.

Weit vornüber gebeugt versuchte sie, ihre nackten Füße aus der Gefahrenzone zu halten. Oh Gott, ihr war so schlecht! Sie stöhnte, weil sie merkte, dass sich ihr Magen noch einmal zusammenzog. Aua!

Zwei große Hände legten sich sanft um ihre Taille. Sie hielten sie fest, bis das Schlimmste vorüber war, und das war exakt, nachdem sie ihr Frühstücksbrötchen einschließlich Kaffee an das kleine Beet vor der Haustür übergeben hatte. Die Erdbeermarmelade, mit viel Liebe hingekotzt.

Matthias reichte ihr ein Taschentuch. Er gab ihr eine Minute, dann schob er sie wie ein Eisenbahnwaggon vorsichtig, aber bestimmt, zurück ins Haus. Erst vor dem Sofa stoppte er und zwang sie, sich hinzusetzen.

»Ich muss aber zu Ida!«, protestierte sie schwach.

»So wie du aussiehst?«

Sie zog die Füße hoch und umklammerte ihre Unterschenkel, machte sich auf dem Sofa ganz klein und legte das Gesicht auf ihre kalten Knie. Langsam wiegte sie sich vor und zurück, um ruhiger zu werden. Ihr war so elend!

Matthias setzte sich neben sie und wartete unsicher.

»Nimmt er mir mein Kind weg?«, fragte sie mit kleiner Stimme.

Fassungslos starrte er sie an. »Was? Wieso? Das kann er gar nicht!«

»Aber er hat uns gesucht!«

»Hat er nicht!«

»Hat er doch!«, entgegnete sie ihm gequält.

»Nein, hat er nicht!« Er legte ihr die Hände auf die Oberarme, um den Rhythmus ihrer Bewegungen zu unterbrechen. Ihre Haut war kalt und ihre Muskeln verkrampft. Er nahm ihr Kinn, drehte es in seine Richtung und stellte sicher, dass sie ihm auch zuhörte.

»Maxie, der Typ weiß gar nicht, dass du hier wohnst! Die blonde Frau war Laura, meine Ex, sie hat *mich* gesucht.«

Er sah sich um und angelte nach einer leichten Wolldecke, die er ihr um die Schultern legte. Er fuhr ihr immer wieder beruhigend über Rücken und Arme.

»Aber Randolf-!«

»Laura hat ihn angeschleppt, weiß der Teufel woher die zwei sich kennen. Der interessiert sich doch seit mehr als einem Jahr nicht für euch! Wahrscheinlich schon länger nicht, nach dem, was du mir erzählt hast. Er ist fort, es ist vorbei. Jetzt beruhige dich mal!« Er sprach weiter auf sie ein, versuchte es mit allen Argumenten, die ihm einfielen, musste dann aber einsehen, dass selbst die einleuchtendsten Gründe keinerlei Wirkung zeigten.

»Hör jetzt sofort auf zu weinen, mein ganzes Shirt ist schon klatschnass!«, befahl er ihr. Und als sie nicht aufhören wollte, fügte er noch hinzu: »Das ist jetzt das zweite Mal in der kurzen Zeit, die wir uns kennen, dass du mir meine Klamotten vollheulst. Ich habe anscheinend ein ganz beschissenes Karma!«

Maxie lachte schwach und zog wenig damenhaft die Nase hoch. Ihre verkrampfte Haltung lockerte sich etwas. Erleichtert stieß Matthias die Luft aus und der Luftzug ließ ihre Locken über ihre Haut tanzen.

»Maxie, du musst keine Angst haben, der kommt nicht zurück. Du bist doch sonst so clever, wieso redest du dir nur ein, er könnte wegen Ida hier sein!«

»Na ja!«

»Frauen sind aber auch immer so irrational!« Ratlos schwieg er ein paar Sekunden, hielt die Decke über ihren Schultern fest, sein Kinn lag auf ihrem Scheitel. Maxie atmete gleichmäßiger. Sie beobachtete die in der Morgensonne tanzenden Staubkörnchen und hing ihren Gedanken nach, die sich auf keine spezielle Richtung einigen konnten. Zwischendurch schüttelte sie sich unter einem Kälteschauer und konnte rein gar nichts dagegen tun. Irgendwann wurde sie ruhiger, vernahm eine winzige Veränderung in seiner Haltung. Seine Umarmung lockerte sich minimal, und der Moment der Zeitlosigkeit war vorbei. Noch nicht ganz in der Realität angekommen, registrierte sie kaum, was er sagte. Dass es ihm leidtue, wie sehr sie sich aufgeregt habe, dass er sie so gerne küssen wolle, nur der Nachsatz drang zu ihr durch: »… aber ich kann mich nicht überwinden. Du stinkst echt wie ein Penner.«

»Frechheit«, antwortete sie leise mit schiefem Lächeln.

Seine Umarmung löste sich nun vollends, und er betonte noch einmal, was er ihr immer wieder gesagt hatte.

»Niemand wird dir deine Ida wegnehmen. Wo ist sie eigentlich? Pelle muss doch auch noch hier sein!«

Maxie wies mit einer Kopfbewegung in die erste Etage. Konnte man sich geschreddert fühlen? Ja, man konnte. Ein ätzendes Gefühl der Schwäche.

Matthias schlug beide Hände auf die Schenkel und drückte sich aus den weichen Kissen.

»Genug geheult«, beschloss er. »In ein paar Minuten setzt dein Verstand wieder ein, und dann wirst du sehen, dass du dir umsonst Sorgen gemacht hast.«

»Als wenn das so einfach wäre!«

»Ist es!« Er streckte seine Hand aus, um ihr aufzuhelfen. »Fühlst du dich fit für eine heiße Dusche? Das wirkt Wunder! Ich bleibe so lange hier.«

»Danke Matthias. Duschen ist 'ne gute Idee«, schniefte sie und arbeitete sich auf die Beine, ohne seine Hand zu ergreifen. Dann stieg sie wackelig die enge Treppe hinauf in die erste Etage. Matthias folgte ihr. Oben angekommen, nickte sie entschieden. »Und jetzt komm ich klar.«

Aus dem Kinderzimmer vernahmen sie leise Stimmen. Matthias schob zuerst die verdutzte Maxie ins Bad, dann öffnete er die Tür zum Kinderzimmer.

»Morgen, Ihr Schnecken, heute gibt es Kakao im Nachbarhaus!«, rief er und signalisierte Maxie, die auf den kalten Fliesen stand und sich nicht rührte, sich unsichtbar zu machen. Sie schloss die Tür.

Fußgetrappel auf der Treppe, Kichern, die Terrassentür schlug. Dann Ruhe.

Maxie stand mit geschlossenen Augen im heißen Wasserstrahl, der ihr über den Scheitel, die Schultern und den

Rücken lief, entspannend, wie eine Umarmung. Sie hätte Stunden so stehenbleiben wollen. Ihre Haut wurde rot und eine angenehme Mattigkeit stellte sich ein. Es klopfte.

Es klopfte erneut.

»Maxie, alles ok bei dir?«

»Draußen bleiben, sonst knallt's!« Die Badtür wurde nur ein kleines Stück geöffnet.

»Keinen Zentimeter weiter, Matthias!«, warnte sie.

Ihr schöner Zeitschriftenkorb aus dem Schlafzimmer wurde vorsichtig durch den Türspalt geschoben. Der Ärmel ihres Jogginganzuges hing über den Rand. Die Tür schloss.

Zehn Minuten später begegnete sie ihm im Flur, wo er ihr eine Wasserflasche in die Hand drückte. Sie zog den Reißverschluss ihres Jogginganzuges bis weit unters Kinn. »Danke für die frischen Sachen.«

»Gern geschehen. Ich muss sagen, du siehst immer noch ganz schön mitgenommen aus.« Er packte sie bei den Schultern und lotste sie in ihr Schlafzimmer.

»Hej, Moment mal!«

»Ruh dich aus, bitte.«

Was war das hier, ein verdammter Güterbahnhof?

»Wenn es dir besser geht, kommst du einfach zu uns rüber, okay?«

Maxie nickte matt, kletterte ins Bett und zog sich die Decke über die Beine.

»Bleib bei Ida, ja?«, bat sie ihn.

»Drei gestandene Männer passen auf sie auf. Sie ist sicher nebenan, keine Sorge.« Er wandte sich zum Gehen.

»Wart' mal!«, hielt sie ihn zurück, und er drehte sich um.

»Woher zum Teufel hast du eigentlich gewusst, dass dieser Mann Randolf war?«

»Ah, *das*! Das Freundebuch! Sein Steckbrief steht auf der zweiten Seite. Das Foto hat ihn ziemlich eindeutig beschrieben. Er hat ein recht markantes Kinn.«

»Jetzt wohl nicht mehr!« Ihre Blicke verfingen sich und sie schluckte. »Danke Matthias. Danke, für alles heute. Für das Zuhören, für die Kinder und für das Duschen! Und auch für den Fausthieb.«

»Damit hab' ich aber die Nase getroffen, nicht sein blödes Kinn. Aber dass ich ihm eine verpasst habe, war ja schließlich auch nicht ganz uneigennützig. Aber nur damit du's weißt, ich bin normalerweise kein Schläger! Hier passte nur die Gelegenheit zu meinem Kenntnisstand und ich fand: er hatte es verdient!«

»Absolut!«, pflichtete sie ihm bei.

Er schlenderte ein paar Schritte ins Zimmer zurück und zog einen Korbsessel vors Bett, fiel hinein, lehnte sich nach vorn und sah ihr tief in die Augen. Sie waren jetzt fast Nase an Nase.

»Du stehst übrigens auf der ersten Seite, Maxie. Da, wo du hingehörst. Du magst Erdbeeren, backen und Reisen. Ja, du magst Reisen, das gefiel mir gleich. Und was du nicht magst ist Hektik, und du hasst Unordnung. Du bist Schütze und im November geboren. Und wenn du nochmal zur Schule gingest, wären Englisch und Kunst deine Lieblingsfächer. Und du hast einen Tick mit TO-DO Listen und mit bunten Gummistiefeln.«

»Das steht aber nicht im Freundebuch!«, protestierte Maxie schwach.

»Nein, das hab' ich ganz allein herausgefunden.«

Matthias strich ihr zart über den Nasenrücken, ging hinaus und zog leise die Zimmertür hinter sich zu.

Kapitel 28

Sie konnte sich nicht ausruhen. Sie schaffte es einfach nicht. In ihrem Kopf überschlugen sich die Gedanken, genauso wie vorhin, aber weniger panisch. Und genauso wie vorhin konnte sie keinen der Gedanken festhalten. Es war wie verhext! Immer wenn sie dachte, sie hätte den Zipfel einer Eingebung zu fassen bekommen, entschlüpfte er ihr und nahm das Rennen durch die engen, verwinkelten Gänge ihres Gehirns wieder auf, schmiss sich auf die nächste Röhrenrutsche und sauste in die gegenüberliegende Gehirnhälfte.

Sie tastete nach ihrem Notizbuch und versuchte, mit Stift und Papier Ordnung in das zu bringen, was sich heute hier abgespielt hatte. Aber das Papier blieb weiß wie der Inhalt eines Puderzuckerpäckchens.

Was, verdammt nochmal, machte Randolf in Köln? Woher kannte er die Ex von Matthias?

Randolf hatte wie immer gut ausgesehen, obwohl er nicht mehr ganz jung war. Er war braungebrannt, schlank, elegant. Sein markantes Kinn war Ausdruck seines Charakters. Er war nicht wirklich arrogant, doch er erlag der grundsätzlichen Überzeugung, dass niemand außer ihm das Recht hatte, die Geschicke der Welt zu bestimmen, und wie mit dem Bug eines Eisbrechers bahnte er sich seinen Weg. Diese Überzeugung spiegelte sich nicht nur in seinen ausgeprägten Gesichtszügen, sondern auch in seiner Körperhaltung, den langen Schritten, den weit ausholenden Armbewegungen und großen Gesten. Mit dem Abstand so vieler Monate fragte sie sich, was sie an ihm geliebt hatte.

Sie selbst war eher zurückhaltend, auch wenn sie es verstand, ihre Pläne zu verfolgen, doch Jacques' feine Art oder die grundanständige Einstellung Ollis lagen ihr so viel mehr als Randolfs extrovertiertes Gehabe. Und sogar Matthias war ihr durch sein smartes, und zugegebenermaßen ritterliches Auftreten, vertraut geworden.

Randolf hatte – genau wie sie selbst – das Reisen geliebt. Er war ständig unterwegs und hatte die halbe Welt gesehen. Durch seinen Beruf war er selten zu Hause. Und wenn er zurückkehrte, konnte er so interessant erzählen. Und sie hatte sein Lächeln geliebt. Ein Tausend-Volt-Lächeln, das sie dahinschmelzen ließ wie Schokolade in der Sonne. Viel zu spät hatte sich der gut aussehende, weltgewandte Manager als verlogen und falsch geoutet.

Als sie ihn heute aus ihrem Küchenfenster gesehen hatte, hatte sie nichts mehr für ihn empfunden. Erstaunlicherweise nicht einmal Hass, sondern einfach nur pure Angst davor, dass er ihr das Wichtigste in ihrem Leben nehmen könnte.

Sie überlegte: Konnte Randolf ihre Mutter gefragt haben, wo Ida zu finden war, oder hatte er Kontakt zu Lisa aufgenommen? Niemals! Sowohl Rosie als auch Lisa hätten ihn jederzeit auflaufen lassen, unter einem Vorwand in die Scheune gelockt, ihn gefesselt und geknebelt und ihm den Kopf abgehackt. Wenn's gut für ihn gelaufen wäre. Vielleicht auch etwas anderes.

Tja, es konnte also tatsächlich sein, dass er überhaupt

nicht wusste, dass sie hier wohnte. Bizarr, sie hatte noch nie so etwas Bizarres erlebt!

Was war mit ihren Gefühlen für Randolf passiert? Hatte sein Fortgehen ihre Liebe im Keim zu erstickt? War es das? Nein.

Es war die Ernüchterung gewesen und die langen Wochen danach. Diese dunkle, demütigende Zeit, in der sie die Hochzeit abgesagt, sich von Freunden verabschiedet hatte und sich an einem verregneten Nachmittag in den geliehenen Transporter setzte, um die unversehrten Teile ihres alten Lebens zu retten. Das hatte ihr klar gemacht, dass die Beziehung zu Randolf auf keinem guten Fundament gestanden hatte, und dass sie neu anfangen musste, in einer anderen Wohnung, einer neuen Umgebung, in der sie niemand kannte und kein Mensch wusste, was geschehen war. Es war ein schneller Schnitt gewesen, mit dem sie sich Randolf aus dem Herzen geschnitten hatte. Zurückgeblieben war nur ein blauer Fleck, keine Narbe.

Ein Gedanke sauste auf der Rutsche aus der anderen Gehirnhälfte herüber. In seinem Kondensstreifen konnte sie eine Frage lesen: War es immer so mit der Liebe?

Gute Frage.

Die nächste bitte!

Wie auf Kommando kam auch diese durch die enge Synapse gerutscht: Gab es die große Liebe überhaupt?

Maxie war immer überzeugt davon gewesen, und Beweise gab es genug dafür: Lisa und ihr Lennart, den sie beim Skifahren in den Alpen kennengelernt hatte, und der ihr ins Rheinland gefolgt war. Ihre Großeltern, die so liebevoll miteinander umgegangen waren, und die trotz harter Arbeit immer eine Umarmung füreinander gehabt hatten. Ihre eigenen Eltern mit einer Ehe angefüllt von Liebe. Jacques und Olli! Die beiden stritten sich manchmal wie die Kesselflicker, aber die Gefühle zwischen ihnen waren fast greifbar. Untrennbar, trotz unterschiedlicher Interessen. Liebe, die für die Ewigkeit bestimmt war, es gab sie. Und wie es sie gab!

Aber was in drei Teufels Namen war mit dieser Laura los? Sie wollte Matthias. Warum sonst sollte sie wohl in Köln aufgetaucht sein?

Maxie fühlte einen Stich in der noch empfindlichen Magengegend. Und gleich noch einen in die Mitte ihres Herzens. In Erwartung der sich sofort einstellenden Erkenntnis, stöhnte sie auf: Da stand sie geradewegs vor ihr. Eine überlebensgroße Sahnetorte in Herzform! Nur war leider keines der Sahnestücke für sie bestimmt. Sie waren für Laura. Alle diese Sahnestücke! Diese zierliche, kleine Laura, die wahrscheinlich Kuchen essen konnte, bis sie platzte und trotzdem todschick in ihrem Jeansmini aussah: ewig schlank, ewig jung, ewig braun!

Maxie setzte sich auf.

Sie selbst wollte diese Torte! Nicht nur ein Stückchen davon. Nein! Sie wollte sich hineinwerfen und in der Sahne baden, sie wollte genau das, was Laura wollte!

Die Torte war …

Maxie fuhr sich mit den Händen in die Haare und zog mit einem einzigen Atemzug die kompletten Sauerstoffreserven des Zimmers durch die Nasenflügel. Und mit diesem Atemzug wurde ihr Kopf klar. In einer ordentlichen Reihe aufgestellt formierten sich die vielen kleinen Gedanken, die sie nicht zur Ruhe hatten kommen lassen und hielten ihre selbstgemalten bunten Plakate hoch. Jedes Plakat ein eigenes Wort. Maxie blinzelte und tat so, als könne sie die Worte nicht lesen.

Und doch war es die reine Wahrheit.

Die Gedanken fingen an mit ihren Füßen zu stampfen.

Als das nichts half, begannen sie zu springen, die Poster immer höher haltend, damit sie sie endlich bemerkte. Kurz bevor sie aufgeben wollten, rutschte ein letzter kleiner, pummeliger Gedankenfetzen heran, riss den anderen die Füße fort und katapultierte somit die Plakate hoch in die Luft:

Du liebst ihn doch, Maxie!

Dann fielen die liebevoll gekrakelten Worte zu Boden. Schuldbewusst blickte der pummelige Nachzügler auf und schwenkte schüchtern ein einziges Erinnerungsfähnchen:

Und er dich!

Maxie ließ sich rückwärtsfallen und ihr Kopf versank mit einem ›Pouf‹ im Kissen. Ihre Hand schlug auf die Stirn. Die kleinen Gedanken sprangen verschreckt auf die Rutsche und verschwanden. Bis auf den kleinen Pummeligen, der sie trotzig ansah.

»Ja, ja, ich hab's kapiert!«, antwortete Maxie ihm, woraufhin er ihr eine Kusshand zuwarf und sich blindlings auf die Rutsche warf, um seinen Kumpanen zu folgen.

Sie würde Matthias nicht einfach abreisen lassen! Maxie stapfte wackelig, aber voller Willenskraft, ins Kinderzimmer und suchte mit fliegenden Fingern im Regal nach dem kleinen Freundebuch, fand es, blätterte die Seiten um: Sie selbst, Randolf, Rosie, Pelle – fein säuberlich hatte wahrscheinlich Marita für ihn geschrieben – Jacques, Olli, Miss Sporty – bah! Carolina, Mathilde, Magnus und …. Matthias!

Zwischen den Seiten lag sein Passfoto. Dunkles Haar, das schmale Gesicht. Eine kleine Narbe an der Augenbraue, die ihn von seinem Bruder unterschied. Zart fuhr Maxie mit dem Finger über die Konturen.

Meine Kindergartenfreunde
Name: *Matthes Klein*
Geburtsdatum: *6. Februar*
Sternzeichen: *Wassermann*
Haarfarbe: *dunkelbraun*
Augen: *braun*
Lieblingsfarbe: *alle*
Lieblingsfach: *Sport*
Hobbies: *Sport, Reisen*
Mag ich: *dich Ich mag EUCH!*
Mag ich nicht: *weiß nicht Weit weg von Köln sein.*
Das will ich mal werden: *weiß nicht Euer bester Freund*
Das wünsche ich dir: *Glück*

Das kleine Buch gab einen Protestknall von sich, als es zugeschlagen wurde. Maxie zerrte ihre Jeans und ein weißes Leinenshirt aus dem Kleiderschrank, band sich hastig die Haare zusammen. Das weiße Shirt betonte die Blässe in ihrem Gesicht, aber wen interessierte das? Hauptsache sauber und frisch und nicht wie ein Zombie! Sie hastete hinunter in die Küche.

Woha!

Wo war der Rest des Marmeladenbrötchens, die Kaffeetasse, die Krümel? OMG! Wann hatte er bloß *dafür* Zeit gefunden? Sie sprang mit nackten Füßen in ihre Gummistiefel und lief los. Auf halbem Weg drehte sie um, ein paar Haarsträhnen kitzelten sie am Kinn, sie kehrte ins Haus zurück, schleuderte die bunten Stiefel von den Füßen und schlüpfte in Ballerinas. Dann steuerte sie erneut auf das Nachbarhaus zu, wo sie ein Frühstück erwartete, ihre Tochter, Pelle, ihre Freunde Jacques und Olli und – hoffentlich noch – Matthias!

Atemlos vor Aufregung klopfte sie an die Terrassentür.

Kapitel 29

Olli sah von der Zeitung auf. »Na, alles wieder ok?«
Sie nickte rasch.

Wo war Matthias?

Jacques erhob sich. »Ich habe Tee für dich, setz dich
zu uns!«

War er schon nach Hause gefahren? Hatte sie ihn verpasst?

»Nett von dir, ich habe eben—«

»Wir wissen Bescheid«, meinte Olli. »Wir dachten
schon du kippst aus den Socken.«

Wo war denn bloß Matthias?

Jacques nahm seinem Freund einen Teil der Zeitung
aus der Hand und meinte beiläufig: »Hör mal, wir möchten heute mit den Kindern in den Zoo gehen, was dagegen? Das ist sozusagen unser Geschenk zum Kinder-
gartenabschluss.«

»Oh, wie lieb von Euch!« Maxie hielt sich die Ohren
zu, um in Idas Jubel nicht ihr Gehör zu verlieren. Ida
hatte in ihrem Schlafanzug gleich auf Maxies Schoß
platzgenommen und jubelte ihr praktisch direkt ins Ohr.

»Wann soll's denn losgehen?«, fragte Maxie.

»Jetzt, jetzt, jetzt!«, kreischte Ida.

Seufzend faltete Olli den Sportteil zusammen, nahm
einen letzten Schluck aus seiner Kaffeetasse und erhob
sich. Aus seiner beachtlichen Höhe sah er auf alle herunter.

»Aber wenn ihr nicht auf uns hört, Kinder, dann stopfen wir euch ins Affengehege!«

»Jaaa!«, schrie Ida und ihre roten Haare peitschten Maxie durchs Gesicht. Nur Pelle sah hilfesuchend zu Jacques hinüber.

»Okay, dich nicht, nur diesen wildgewordenen Handfeger«, beruhigte dieser ihn auf Ida deutend. »Wenn ihr fertig mit dem Frühstück seid, dann geht euch mal anziehen.«

Maxie blieb allein mit Jacques zurück, der näher heranrückte. Der Tisch, übersät mit Brotkrümeln und Kakaoflecken, musste für ihn die Grenze alles Erträglichen darstellen. Aber er schenkte dem Durcheinander ausnahmsweise mal keine Beachtung.

»Matthias hat uns schon erzählt, dass du kein Blut sehen kannst. Es war nur ein gut platzierter Schlag auf die Nase. Dem Typen ist nichts weiter passiert und der hat's echt verdient! Der Kerl hat meinem Bruder die Freundin ausgespannt. Matthias' Stolz war verletzt.«

Maxies volle Aufmerksamkeit war nun auf Jacques Worte gerichtet, doch sie mahnte sich, bloß nicht zu interessiert zu scheinen. Wie sollte sie es nur anstellen, dabei trotzdem mehr über dieses Thema zu erfahren? Guter Freund wie er war, schien Jacques ihre Schwingungen aufzunehmen und redete einfach weiter.

»Matthias hatte ganz schön viele Freundinnen, wenn ich es so bedenke. Meist habe ich sie erst kennengelernt, kurz bevor sie gingen. Und ich war heilfroh, wenn sie gingen, so viel kann ich dir verraten! Er ist anscheinend nicht so helle. Oder es liegt vielleicht daran, dass er so oft unterwegs ist, ich weiß es einfach nicht«, sinnierte er. Dann beugte er sich weiter zu ihr herüber. »Aber Maxie, er interessiert sich wirklich für *dich*, und das ist dein Glücksfall, denn ich weiß, dass du genau die Richtige für ihn bist.«

Ja, sie wusste es doch auch!

»Du bist alles andere als oberflächlich. Du bist echt.«

Ja, ja, so war es! Was für ein guter Freund Jacques doch war!!!

»Verbring den Tag mit ihm. Er hat es verdient. Und du auch!«

Es war für Maxie fast unmöglich, ruhig und kontrolliert zu bleiben. Ihr Zwerchfell flatterte und versetzte ihren ganzen Körper in Vibration, die sie vergeblich versuchte zu verbergen. Jacques ließ sie nicht aus den Augen und ein sachtes Lächeln stahl sich in seinen Ausdruck, da er sah, wie sehr sie mit sich kämpfte. Und doch gab er vor, es nicht zu bemerken.

Sie atmete tief ein, presste die Handflächen fest gegeneinander und schwieg. Jacques nicht: »Ihr passt einfach zusammen! Und hör mir bloß auf mit dem ›ich brauche keinen Kerl‹. Wir wissen alle, dass du allein zurechtkommst! Das komme ich auch. Es ist aber einfach schön, den Einen zu finden. Es macht das Leben lebenswerter. Liebenswerter, Hase.«

Als Maxie weiterhin schwieg, richtete er einen letzten Appell an sie: »Tu mir den Gefallen und gib deine verdammte Sturheit auf.«

Er wartete ihre Reaktion nicht ab, sondern schob den

Stuhl mit den Kniekehlen zurück. Maxie erhob sich ebenfalls.

Wie auf ein geheimes Kommando erschienen auch die Kinder wieder auf der Bildfläche. Jacques winkte ihnen, und sie erkannten seine natürliche Autorität an und folgen ihm fröhlich aus der Küche.

Indes schlenderte Matthias herein, sah seinem Bruder nach, der wie eine Entenglucke mit ihren zwei Küken an ihm vorbeizog. Dann wandte er seine Aufmerksamkeit voll und ganz Maxie zu.

Er hatte sich umgezogen, trug nun ein frisches Hemd und verströmte einen herben Duft, der – kaum berührte er Maxies Nasenflügel – stromartig durch ihren Körper zuckte. Klitzekleine Schweißperlchen bildeten sich gefühlt an jeder einzelnen Stelle ihres Körpers. Und je näher Matthias kam, desto enger erschien ihr die Küche. Nur wenige Zentimeter von ihr entfernt blieb er stehen, seine Augen suchten ihren Blick. Seine Stimme war weich wie Samt, und er sagte nur ein einziges Wort: »Besser?«

Die Atmosphäre zwischen ihnen hatte sich spürbar verändert. Maxie hatte es gleich in dem Moment bemerkt, als er aufgetaucht war.

Und sie wusste, er hatte es auch bemerkt.

Diese Erkenntnis machte die Situation plötzlich sehr einfach. Der kleine, pummelige Gedanke von vorhin kroch auf allen Vieren die Rutsche wieder hoch und zeigte ihr eine weitere Flagge mit nur drei Worten, die ihr anzeigten, was er sich von ihr erhoffte: *Versau es nicht* ….

Sie legte den Kopf zur Seite, der Kleine glitt aus und

verschwand. Zufrieden lächelte sie. Sie war endlich ...
endlich allein mit Matthias.

»Viel besser, um ehrlich zu sein!« Sie sagte es so leise,
dass sie sich nicht sicher war, ob sie nur *vorgehabt* hatte zu
sprechen, oder ob die Worte tatsächlich ihren Mund verlassen hatten. Doch er hatte sie gehört. Matthias' Hand
umschloss ihre Finger warm und kräftig. Mit dem Zeigefinger der anderen Hand strich er ihr zart über ihren
Nasenrücken, wie er es schon vorhin getan hatte. Sein
Finger erreichte die Nasenspitze, verharrte, legte sich
dann auf ihren Mund und fuhr leicht und sehr langsam
die Konturen ihrer Lippen nach. Maxie setzte alles auf
eine Karte, spitzte die Lippen und drückte einen feder-
leichten Kuss auf seine Fingerkuppe. Für den Bruchteil
einer Sekunde war er überrascht, doch dann hoben sich
seine Mundwinkel auf die so unwiderstehliche Art und
ließen ihn verführerischer denn je aussehen.

»Endlich«, raunte er.

»Ja, endlich«, flüsterte sie zurück und sah ihm in die
Augen. Das Atmen fiel ihr schwer, sie benötigte Sauerstoff, und zwar sofort! Raus aus dieser engen Küche, aber
nicht ohne ihn! »Sollen wir einen kleinen Spaziergang
machen?«, brachte sie mühsam hervor.

»Nein ...«

Ernüchterung holte sie ein. »Äh, nicht?«

»Nein, lieber einen *großen* Spaziergang.«

Der Bann war gebrochen. Erleichtert boxte sie ihn auf
die Brust. »Himmel, du bist genau wie dein Bruder!«

»Da gibt es wichtige Unterschiede! Lass uns zum Rhein
runter gehen, Liebling. Dann erklär ich's dir!«

Kapitel 30

Am Rheinufer nahm Matthias gleich ihre Hand, und Maxie stolperte ein paar Schritte neben ihm her, da sich ihre Augen nicht auf die Unebenheiten des Wegs richteten, sondern auf Matthias' Profil. Immer wieder sah sie ihn an, schüttelte dann den Kopf und lachte. Als sie beinahe in einen Radfahrer lief, wurde es Matthias zu bunt, und er legte seinen Arm fest um ihre Schultern (und das nicht nur, um sie besser um Hindernisse zu dirigieren). Sie fielen in Gleichschritt, redeten nicht viel, beeilten sich auch nicht sonderlich. Hin und wieder drückte Matthias Maxie einen Kuss auf den Scheitel.

Seit langem hoffte er bereits, diese Frau für sich zu gewinnen. Endlich sah sie in ihm das, was er für sie sein wollte. Dass sein Bruder Ida und Pelle heute mit in den Zoo nahm, war ein sehr feiner Zug, auch wenn Ida zuckersüß war. Er hätte nie selbst um exklusive Zeit mit Maxie gebeten, und trotzdem genoss er nun jede Minute mit ihr allein.

Die Wellen sandten glitzernde Lichtreflexe aus, jede Eile schien überflüssig. So bemerkten sie auch kaum, dass sie eine Rudermannschaft ausbremsten, die ihren Achter vom Bootshaus ans Ufer trug, und denen ihre Last ziemlich schwer auf den Schultern lag. Erst auf Zuruf zog Matthias Maxie zur Seite, damit die Sportler vorbeikonnten.

»Ups, die hatte ich gar nicht gesehen«, meinte Maxie.

Er brummte irgendetwas wie »Ich auch nicht.«

Als er weitergehen wollte, hielt sie ihn zurück.

»Matthias?«

»Hm?«

»Ich muss dir was sagen. Also ich …«

»Ich mag es total, wie du herumstotterst, das gibt mir ein Gefühl von Überlegenheit!«, grinste er verschlagen.

»Lass mich doch mal!«

»Nur zu!«

Sie suchte nach den richtigen Worten. Es war aber auch verdammt schwierig.

Er wartete eine Weile. »Wortfindungsstörungen?«

Sie zuckte die Schultern. »Tja, ich weiß nicht, wie ich das so sagen soll.«

»Willst du es mir vielleicht vor*tanzen*?«, grinste er.

Sie brach in wildes Gelächter aus, fasste sich und sah ihm ernst in sein schönes Gesicht. »Das wäre ja wohl noch schwieriger! Ich glaube, was ich eigentlich sagen wollte ist, das ich-«

»Ja?«

»… Angst habe, dass das hier alles viel zu schön ist und dann irgendwann kaputt geht, wie so 'ne Seifenblase, weißt du? Grad noch ist alles glänzend und schillernd und dann macht's PENG und alles ist vorbei. Und das Gefühl kenne ich ganz genau. Und davor habe ich einfach 'ne Riesenangst.«

Er umfing sie mit beiden Armen und zog sie langsam an sich. Als sie schließlich jeder Bewegungsfreiheit beraubt war, ihre Wange auf seiner Brust lag, die sich unter seinen langen Atemzügen hob und senkte und er zärtlich das Kinn auf ihren wilden Locken ablegte, fühlte sie, wie sich hier – auf dem geschäftigen Uferweg – in ihr eine Sicherheit und Geborgenheit ausbreitete, die sie lange nicht gekannt hatte. Sie schloss die Augen ließ ihn reden.

»Ich habe lange versucht, irgendwo anzukommen. Ich wusste nicht genau, wo ich überhaupt ankommen wollte, oder wie ich es anstellen sollte. Und dann habe ich dich gesehen. Und ich wusste ich bin da.« Leise fuhr er fort. »Ich weiß, du willst eigentlich keine Beziehung. Es ist vielleicht zu früh für dich.« Er lockerte seine Umarmung etwas, sodass sie ihm ins Gesicht sehen konnte, und er fuhr fort: »Kannst du für mich deine Planung ändern und es mit mir versuchen? Gibst du mir eine Chance?«

Sie lächelte. Er hatte genau den Kern der Sache erfasst: Eine Beziehung zu ihm war ihr sehnlichster Wunsch und ihre größte Angst. Sie kannte sich selbst viel zu gut, um nicht zu wissen, dass, egal wie sicher sie sich im Moment ihrer Gefühle war, sie bald wieder geplagt sein würde von unbotmäßiger Vorsicht und Zweifeln. Hatte sie nicht genug aus ihren Verletzungen gelernt?

»Maxie?«, Matthias suchte ihren Blick. »Können wir uns nicht erst mal richtig kennenlernen?« Eine Stirnfalte auf seiner Stirn verriet ihr, dass er sich seiner Sache nicht ganz so sicher war, wie es den Anschein hatte.

Sie schluckte und dachte viel zu viel nach. Aber sie hatte eine neue Chance verdient und hier war sie. Ja! Sie nickte.

Er strich ihr zart über die Wange, nur der Hauch einer Berührung, seine Nasenspitze streifte ihre Stirn, ihren Nasenrücken, sein Atem fuhr ihr warm über die Haut.

Jeder Nerv in ihr reagierte darauf, und in dem Augenblick als er sie ganz vorsichtig auf ihre Lippen küsste, schaltete ihr Kopf ab und ihr Herz explodierte wie ein Feuerwerk.

Als er erkannte, dass er keine Gegenwehr zu erwarten hatte, wurde sein Kuss intensiver, sie bog ihren Rücken ein kleines Stück weiter zurück und brachte sich damit selbst aus dem Gleichgewicht. Matthias hielt sie, seine Lippen umschlossen ihre, entließen sie kurz, er streifte seidenweich ihre Unterlippe, nie den Kontakt verlierend, und konterte die kleinen Töne, die ihrem Kehlkopf unkontrolliert entwichen, mit neuen Küssen, bis die Ruderer nur wenige Meter weiter auf dem Steg johlten und laut Applaus klatschten.

Atemlos versuchte Maxie, ihr Gleichgewicht zurückzugewinnen. Matthias bemerkte es, doch da ihn weder die Rufe störten noch die Tatsache, dass der Weg voller Spaziergänger war, gab er keinen Zentimeter nach und hielt sie so fest, als sei sie ein Teil von ihm.

»Gib auf«, raunte er.

Sie zappelte und versuchte, wieder auf ihren eigenen Beinen zu landen. »Kann ich nicht …«

»Doch! Ich hab' so lange darauf gewartet!« Er küsste sie noch einmal kurz auf den Mund und studierte selbstzufrieden ihr glückliches Gesicht. Dann entließ er sie vorsichtig aus seiner Umarmung.

Maxie fühlte sich leicht. Kein Wunder, ihr Gehirn schien in kleinste Kristalle von Vanillezucker aufgelöst, aber das würde sich sicher wieder zusammensetzen lassen, und von irgendwoher würde sich auch wieder der

Verstand einstellen. Sie hoffte es jedenfalls. Hals über Kopf verliebt, sagte man. Von Verstand war da schließlich nie die Rede!

Matthias legte wieder wie selbstverständlich den Arm um ihre Schulter, und ihre eigene Hand fuhr unter seine Jacke, wo sie die Finger spielerisch über den Stoff des leichten Hemdes gleiten ließ.

Die Rheinbrücken spannten sich wie Tore zu einer neuen Welt über das Wasser. Sie setzten ihren Spaziergang fort, und seine Nase streifte ihr Haar, als er sie an sich zog. »Mmmh, du riechst so gut!«

»Im Gegensatz zu heute Morgen!«

»Vergiss heute Morgen!«

Kapitel 31

Gerade war sie nach Hause gekommen und wusste nun nicht so recht, was sie mit sich anfangen sollte. Matthias musste packen, Ida war noch nicht zurück. Glücklich und voller Adrenalin wanderte sie rastlos von einem Zimmer zum nächsten und landete schließlich im Schlafzimmer, wo sie sich unschlüssig auf die Bettkante setzte. Dann ließ sie sich rückwärts in die Kissen fallen. Matthias also!

Maxie wollte die ganze Welt umarmen, stellte sich im Bett auf, breitete beide Arme aus und ließ sich mit einem Freudenschrei fallen. Augenblicklich ertönte ein Krachen. Erschrocken robbte sie vor und entdeckte unter dem Bett eine Latte mit gesplitterten Enden.

»Ach Herrgott.« Sie beförderte glucksend die Latte hervor, als es klingelte. Binnen Sekunden war sie an der Haustür. Groß, klein, groß. Jacques, Ida, Matthias. Sechs glänzende Augen.

»Mission erfüllt!«, feixte Jacques. Wie sehr er es genoss, dass sein Plan funktioniert hatte! Er zwinkerte ihr zu, ließ Ida von der Hand und verabschiedete sich. Ida ihrerseits schlurfte müde und glücklich über die Schwelle, zog sich die Turnschuhe aus, ohne die Schnürsenkel zu öffnen und hielt ein Malbuch hoch, das sie – wahrscheinlich in Kombination mit Unmengen von Eis und Limo – heute abgestaubt hatte. Zurück blieb Matthias.

»Bist du am Heimwerken?« Er deutete auf die zerbrochene Latte in Maxies Hand.

Sie sah die Latte entgeistert an, als sähe sie sie zum ersten Mal und grinste. »Kleines Missgeschick!« Das Holzstück fiel dumpf zu Boden.

Er hielt ein rundes, rosa Päckchen hoch. »Ich habe hier noch eine Kleinigkeit für Ida … zum Schulanfang.«

»Wie süß von dir! Wann musst du los?« Sie zog ihn an der Hand zu sich und drückte ihm einen schnellen Kuss auf die Lippen.

Mit echtem Bedauern in der Stimme meinte er: »Leider schon in fünfzehn Minuten. Ich habe viel zu lange gebraucht, Jacques' Inquisition zu überstehen. Wie du festgestellt hast, hat er von ganz allein erraten, dass sich unser ›Status‹ geändert hat.«

»Das hört sich hübsch an. Ich mag es, dass mein ›Status‹ sich geändert hat.«

»Ich auch, Maxie. Ich war schon einige Zeit darauf aus.« Er lachte leise, dann wies er auf das Päckchen. »Kann ich das hier Ida persönlich geben?«

»Was für eine Frage!« Maxie zog ihn ins Wohnzimmer, wo Ida auf dem Boden lag und um sich herum mindestens zwanzig Buntstifte verteilt hatte.

Sie rupfte ein Bild mit zwei hastig ausgemalten Kängurus aus dem Buch und reichte es ihm. »Für dich, damit du an uns denkst!« Matthias schluckte schwer und nahm das Bild entgegen.

»Wohin fährst du denn auf deinem Schiff?«

»Diesmal fahren wir zuerst nach Kopenhagen, das ist in Dänemark. Warst du schon mal in Dänemark?«

»Nein, ist das schön da?« Sie legte den Kopf schief und wickelte sich eine Strähne ihrer samtigen Kinderhaare um den Zeigefinger.

»Ja, das ist es. Sehr schön bunt, überall sind rot-weiße Fähnchen. Es gibt an jeder Ecke wahnsinnig leckere Törtchen und es gibt eine Königsfamilie in einem Schloss. Wie im Märchen! Das würde dir gefallen!« Er überlegte kurz, bevor er fortfuhr.

»Hör mal, Ida, ich bin an deinem ersten Schultag leider nicht da. Ich wünsche dir viel Spaß und wenn du ein paar Buchstaben gelernt hast, schreibst du mir dann eine Karte?«

»Mach ich!«, meinte Ida mit ihrer hellen Kinderstimme. Beim bekräftigenden Nicken flogen ihr die roten Haare ums Gesicht.

»Und wenn die anderen schneller mit Lesen und Schreiben sind, sagst du dann Jacques Bescheid? Er hat mir versprochen, dir immer zu helfen.«

»Mach ich!« Wieder flogen die Haare.

»Und wenn du mit den anderen nicht so gut zurechtkommst, wenn dich die Jungs schubsen und die Kinder in der Pause gemein zu dir sind, meine ich, dann gehst du auch zu Jacques, okay?«

Ida verneinte. »Das sag ich dann meiner Mami. Die spricht dann streng mit denen, und dann trauen die sich nicht mehr.«

»Das glaub’ ich dir aufs Wort!«, grinste Matthias.

»Und ich hab’ auch gar keine Angst vor Jungs!«, beruhigte ihn Ida. »Guck mal hier!« Sie baute sich vor ihm auf und winkelte beide Arme nach oben an. »Ich bin sooo stark, das traut sich gar keiner, blöd zu mir zu sein.«

»Und damit hast du auch vollkommen recht!«, stimmte Matthias ihr beeindruckt zu und stand ebenfalls auf. »Dann also ganz viel Spaß und macht viele Fotos vom ersten Schultag! Aber bevor ich gehe, habe ich hier noch etwas für in deine Schultüte.« Er gab ihr das pinke Päckchen.

Ida bedankte sich glücklich, hielt das Päckchen ans Ohr und schüttelte es. »Is'n da drin?«, nuschelte sie.

Er zuckte belustigt mit den Schultern. »Eine Kleinigkeit, damit du mich auch nicht vergisst!«

»Ich vergess' dich doch nicht«, sagte sie mit ernstem Blick. Es war nicht zu übersehen, dass sich Matthias darüber freute. Dann schickte er sich an zu gehen. Doch Ida zupfte ihn noch einmal am Hemd, ihr kleines Gesicht streifte ein Schatten der Besorgnis. »Kommst du zurück?«

»Versprochen!«, antwortete er ohne Zögern, warf seine Jacke zu Boden, hob Ida hoch in die Luft und wirbelte sie einmal im Wohnzimmer herum, sodass sie vor Vergnügen kreischte.

»DANN TSCHÜSS!!!«, schrie sie in unverminderter Lautstärke, als er sie wieder abgesetzt hatte und sie sich taumelnd aufs Sofa fallen ließ.

»Mach dir keine Sorgen, sie wird gerne zur Schule gehen«, meinte Maxie leise, als sie ihn zur Tür begleitete. Der Moment des Abschieds kam unausweichlich näher. Seine langen Finger verfingen sich in ihren Haaren und nicht nur wegen der Enge des Flurs standen sie ganz dicht beieinander.

»Seit ich euch kenne, Ida und dich, muss ich ständig an euch denken. Ich müsste dir eigentlich böse sein, weil ich mich kaum auf die Arbeit konzentrieren kann. Ich habe so lange überlegt, warum du so sauer auf mich warst, dabei wollte ich dich doch nur kennenlernen. Und jetzt, wo ich mir einbilde, dich erobert zu haben – nein, sag' nichts!« Er legte ihr den Finger auf den Mund. »Jetzt möchte ich, dass es euch gut geht. Ich will dich unterstützen. Ich möchte mich um euch kümmern, um euch beide.«

»Wir kommen prima klar.« Das war ihre volle Überzeugung, und trotzdem fügte sie schnell hinzu: »Etwas Schöneres hättest du aber trotzdem nicht sagen können. Das war sehr romantisch.«

»Tja«, grinste er. »Du bringst meine besten Seiten zum Vorschein. Normalerweise bin ich ein unfreundlicher Rüpel, der keine Gedanken an seine Mitmenschen verschwendet.«

»Gelogen!«

»Ja, Maxie. Gelogen. Aber du bist trotzdem ein besonderer Fall. Hier, erst auspacken, wenn ich weg bin.« Er beförderte ein weiteres Päckchen hervor. »Also was ist, bleiben wir in Kontakt?«

Sie umarmte ihn wortlos und erst nach einer Ewigkeit lösten sie sich voneinander. Sein Kuss brannte auf ihren Lippen. Nur widerwillig lösten sie die Hände voneinander, vergrößerten den Abstand zwischen sich.

»Also Maxie?«

Sie befürchtete, wenn sie etwas sagte, würde ihre Stimme versagen, also nickte sie einfach stumm und lächelte tapfer. Matthias zwinkerte ihr zu. Dann schlossen sich seine Finger um ihre, fest wie ein Knoten. Er küsste sie noch ein letztes Mal, langsam, leidenschaftlich. Dann lösten sie sich widerstrebend voneinander, ohne die Blicke abzuwenden.

»Normalerweise fahre ich gerne nach Hamburg. Heute nicht.«

»Das ist schön«, flüsterte Maxie.

Er ging, sah jedoch noch einmal zurück, bevor er mit langen Schritten verschwand.

Sie schloss die Tür erst, nachdem er außer Sichtweite war. Dann nahm sie das Päckchen von der Kommode und lockerte bedächtig die Schleife. Vorsichtig faltete sie das Seidenpapier auseinander und sah auf die Rückseite eines Bilderrahmens, drehte ihn herum und staunte nicht schlecht.

Bunte Lampions, sie konnte fast die Musik noch hören, die Wiese voller Menschen und im Mittelpunkt Matthias. Er hatte sie im Arm und sie tanzten und lachten beide ausgelassen in die Kamera. Wie hatte sie das vergessen können! Es war Jacques gewesen, der diesen schönen Moment eingefangen hatte. Jacques, der Kuppler! Er hatte von Anfang an Bescheid gewusst.

Sie presste das Bild an ihr Herz, seufzte und ließ sich fallen in eine riesige, eingebildete, kitschige, wunderschöne Torte in Herzform, badete in der Sahne und fing an zu singen.

Kapitel 32

In Meerberg knallten die Sektkorken und Rosie schenkte den eisgekühlten Sekt in drei lange Sektflöten aus, reichte jeweils eine an Oliver und eine an Tim und prostete dann beiden zu. »Das war ja fast zu einfach! Herzlichen Glückwunsch!«

»Das scheint das Jahr zu sein, in dem Wünsche in Erfüllung gehen!«, meinte Tim gutgelaunt.

»Jetzt ist aber einiges zu tun. Oliver, du hast jetzt viel um die Ohren: Renovieren, dich mit dem Denkmalschutzamt herumschlagen, Werbung machen und Personal suchen.«

Oliver drehte bedächtig das filigrane Glas in seinen großen Pranken. »Eins nach dem anderen. Ich war erstaunt, dass die Räume in so gutem Zustand sind!«

Bei der Besichtigung war klar geworden, dass die Burg mit den entsprechenden finanziellen Mitteln und Arbeitskräften innerhalb kürzester Zeit für ihren neuen Zweck hergerichtet werden konnte. Es waren bereits sehr konkrete Pläne besprochen worden, die Konditionen der Gemeinde waren akzeptabel und was das Engagement der Meerberger anging, so waren sie sich alle einig, dass es der Sache nur zuträglich sein konnte, wenn man so viele Dorfbewohner wie möglich einband, sowohl personell, als auch als Lieferanten von Brot, Gemüse, Blumenschmuck oder Wein.

Vor Ort sollte ein Baubüro eingerichtet werden, das

sämtliche Arbeiten koordinieren sollte. Ollis Vater hatte sich bereiterklärt, während der Ausfallzeiten seines Sohnes in der Schreinerei einzuspringen. Kirschbaum senior konnte es kaum erwarten, wieder öfter in die Werkstatt zu kommen. Seiner Mutter musste Olli dafür lediglich versprechen, dass einer der Meister ein Auge auf ihn hatte, damit er sich nicht übernahm. Sie selbst bot sich an, in der zu erwartenden heißen Phase wie schon früher die Personalabrechnungen und auch einige andere Aufgaben zu übernehmen, damit Maxie Zeit für neue Aufgaben hatte. Und so hatte Olli alle angesteckt mit seinem Enthusiasmus. Die Familie hielt zusammen, und das Team im Betrieb fieberte Einsätzen in dem mittelalterlichen Gemäuer entgegen.

»An welchen Zeitrahmen hattet ihr denn gedacht, bevor euer Hotel öffnet?«, erkundigte sich Rosie.

»Kurzfristig! Ich denke, mit den Renovierungen allein sind wir in einem halben Jahr fertig.«

»Sportliches Ziel!«

»Die Miete läuft ab Monatsanfang, wir dürfen keine Zeit verschwenden. Den Denkmalschutz kann ich nicht einschätzen, aber so viel wollen wir nicht umbauen und der Bürgermeister hat uns jede Unterstützung zugesagt. Der Vormieter hat hier schon allerhand für uns getan. Dass deren Miete noch läuft, und dass die Schule ein feiner Schuppen war, spielt uns in die Karten. Was von denen renoviert wurde, müssen wir jedenfalls nicht mehr anpacken. Die Werbung startet am besten, wenn uns alle Genehmigungen vorliegen«, überlegte Oliver.

»Und Personal solltest du dir sofort suchen«, beendete

Tim die Überlegungen. Rosie wurde in die Pflicht genommen, Vorschläge für Dienstleister vor Ort zu machen. Lisa wurde für eine halbe Stunde aus ihrem Laden herüberzitiert, um sich als Hoflieferantin zu verdingen, was sie natürlich voller Freude (und für ein Glas Sekt) tat. Und plötzlich stand der Bürgermeister mit seinem jüngsten Spross am Gartentor und übergab ihnen noch einige Formulare, die sie gleich mitnehmen sollten. Erst dann kehrte nach einigen Telefonaten Ruhe ein.

Oliver verließ sie, und Rosie saß mit Tim auf der langen Gartenbank im Hof. Der Steinboden strahlte die Wärme des Tages ab, obwohl die Sonne bereits hinter den Bäumen verschwunden war.

»Das war sehr aufregend. Ich glaube, ich brauche mal eine Pause.« Rosie blickte müde über den Rand ihrer Teetasse einer Hummel nach, die gemächlich zwischen den Blumentöpfen herum brummte.

Auch Tim war erledigt. Er legte den Kopf weit zurück und betrachtete den Himmel, der sich langsam rosa verfärbte. »Du solltest dir einen Urlaub gönnen, Darling. Ich wollte dich fragen, ob du Lust hast, mit mir nach Hause zu kommen, vorausgesetzt natürlich, dir macht die lange Autofahrt nichts aus. Was meinst du? Ich finde, meine Töchter sollten dich kennenlernen.«

Rosie verschluckte sich fast. »Sag das nochmal!«

»Du hast doch schon gesagt, du hast überlegt, in die Cotswolds zu reisen, um mich zu besuchen. Warum also nicht jetzt? Ich würde mich jedenfalls sehr freuen, dich eine Zeitlang bei mir zu haben, um dir *mein* Zuhause zu zeigen. Und außerdem möchte ich dich wirklich gern meiner Familie vorstellen. Willst du dir das überlegen?«

»Ach du liebes bisschen!«, entfuhr es ihr.

»Ist das alles, was du dazu sagst?« Irritiert sah er sie an.

Sie schüttelte den Kopf und eine Freudenträne stahl sich aus ihrem Auge. »Wann soll ich packen?«, fragte sie mit weicher Stimme.

Daraufhin entspannten sich Tims Gesichtszüge, und er brummte zufrieden. Erst nach einer Weile, und nachdem er wieder in die Betrachtung des sich weiter verfärbenden Himmels versunken schien, griff er den Faden wieder auf. »Ich hatte gehofft, dass du zusagst. Sara und Anne können es gar nicht erwarten, dich kennenzulernen.«

»Hast du ihnen etwa schon gesagt, dass ich komme?«

»Ich habe *gehofft*, dass du mit mir kommst, und ich habe doch eben gesagt, das ist das Jahr, in dem Wünsche in Erfüllung gehen!«

Er legte den Arm um sie, und sie saßen noch gemeinsam auf der Bank, als es merklich kühler wurde. Nebenan klingelte die Türglocke ein letztes Mal. Lisa schloss ihr Geschäft ab. Vereinzelt flackerten die kleinen Lichter der Glühwürmchen auf und von einem der Nachbarhäuser wehte eine feine Note von Holzkohle und Rosmarin zu ihnen herüber.

»Bevor ich packe, und bevor du mich auf deine Insel verschleppst, möchte ich gern Maxie fragen, ob sie meine Hilfe in den nächsten Tagen benötigt. Ich hoffe, du verstehst das«, meinte Rosie, als sie die Kissen von den Gartenstühlen ins Haus räumten. Ihre Tochter würde sie niemals von der Reise abhalten wollen, aber Rosie wollte irgendwie doch, na ja, ihren Segen einholen.

»Das verstehe ich sogar sehr gut. Geh du schon hinein, ich gieße in der Zeit die Blumen.« Er küsste sie auf die Wange, und sie verschwand mit den Armen voller bunter Kissen. Als er dann ganze zwanzig Minuten später ebenfalls hereinkam, telefonierte sie immer noch.

»Stell dir vor, Kind, unsere alte Schule ein Hotel! Ach ja, das war mir klar, dass du dich gleich für ein Wochenende einbuchen würdest. Oliver überlegt, in der alten Remise ein kleines Schwimmbad einzurichten. Und unser Café wird zum Restaurant! Ich bin wahnsinnig gespannt! Hoffentlich kommen genügend Gäste!«

Sie hielt inne, lauschte ihrer Tochter am anderen Ende der Leitung und sah vom Esstisch aus vergnügt zu, wie Tim nacheinander verschiedene Schubladen auf der Suche nach etwas Essbarem öffnete. Es war solch ein Genuss, diesen Mann durch ihre Küche streifen zu sehen! Rosie angelte nach einem Körbchen Tomaten, das am Vormittag neben der Hoftür vergessen worden war und stellte es ihm auf die Arbeitsplatte. Fragend sah sie ihn an, und er hob den Daumen.

»Eine Woche oder vielleicht zehn Tage. Ich mag mich noch nicht festlegen. Wir nehmen die Fähre in Calais. Zurück komme ich dann natürlich mit dem Flieger. Schlecht für die Umwelt, aber ich kann ja nicht zu Fuß nach Meerberg laufen. Haha, wusste ich, dass du das sagst, du bist so vorhersehbar! Nun werd' mal nicht frech. Aber natürlich bleiben wir in Kontakt, Liebes. Was gibt es bei dir Neues?«

Sie überließ Tim die Küche und versank in einem der beiden großen Sofas, zog die Beine an und alberte mit

Maxie und später mit Ida herum, und das nicht weniger als eine halbe Stunde lang.

»Sie wünscht mir viel Spaß und lässt dich schön grüßen!«, setzte sie Tim ins Bild, der eine große Platte brachte, die abwechselnd mit schneeweißem Mozzarella und Tomatenscheiben geschichtet war. Ein hauchfeines Netz Balsamicofäden und frische Basilikumblätter waren darüber verteilt. In der anderen Hand trug er ein Körbchen mit Toastecken und in einer ausgehöhlten Brötchenhälfte vom Morgen einen frisch angerührten Dip. Im Hosenbund klemmte ein Küchenhandtuch und seine Hemdsärmel waren weit hochgekrempelt. Rosie konnte sich kaum entscheiden, ob das Essen oder Tim appetitlicher aussahen.

»Tim, du bist ein wahrgewordener Traum!«, schwelgte sie, als er sich ihr gegenüber niederließ.

»Hast du mir denn nicht zugehört, Darling? Dann sage ich es nochmal: es ist das Jahr, in dem Wünsche in Erfüllung gehen!«

Kapitel 33

Ziemlich schwungvoll warf Maxie ihre Haustür zu und legte Schlüssel und Handtasche im Flur ab. Ida riss sich von ihrer Hand los und rannte gleich weiter hinaus in den Garten. Alles war wie am Schnürchen gelaufen. Beim Einkaufen nach der Arbeit war sie dann über ein Paar sehr hübscher, sehr reduzierter Schuhe gefallen, die sie praktisch angefleht hatten, mit nach Hause genommen zu werden. Der Preis hatte ihr die Entscheidung leicht gemacht, also eine geniale Bilanz für diesen Tag! Sie war allerbester Laune, nur eines fehlte schmerzlich: Matthias hatte bisher noch keine einzige Nachricht hinterlassen.

Genau wie schon viele Male zuvor, prüfte Maxie das Display ihres Mobiltelefons, ihren Anrufbeantworter und ihre Mails, aber außer ein paar Nachrichten von Lisa und Marita gab es keine Neuigkeiten.

Natürlich war er auf dem Schiff. Er musste schließlich arbeiten. Aber selbst die Crew hatte irgendwann ein paar freie Stunden, es war schließlich keine Galeere, oder? Da Matthias oft am Abend arbeitete, verstand sie, warum er nicht anrief. Und außerdem hatte sie irgendwo gelesen, die Mobilkosten von einem Schiff aus seien horrend! Und wenn *er* frei hatte, musste *sie* arbeiten.

Aber Matthias hatte ihr vor seiner Abreise nachdrücklich klar gemacht, dass er gern in Kontakt bleiben wollte. Was hielt ihn also ab? Wieder prüfte sie die Nachrichteneingänge, obwohl das letzte Mal erst wenige Minuten her war.

Wieso meldete er sich denn nicht?

Wenn sie bis morgen Mittag nichts von ihm hörte, würde sie Jacques fragen. Es war ja wohl nichts passiert?! Nun, sein Bruder wusste sicher Bescheid, wie auch immer die Situation war.

Maxie verbannte endlich das Telefon auf die Fensterbank; ihren gespitzten Ohren würde sowieso kein Klingeln entgehen. Und während des Essens schaffte es Ida tatsächlich, zwischen dem Vermatschen von Kartoffeln in Kräuterquark, ihre Aufmerksamkeit mit ihren Geschichten aus dem Kindergarten zu fesseln.

Heute war die von Ida viel verehrte Miss Sporty bei einer kleinen Wanderung durch den Wald über eine Wurzel gestolpert, ausgerutscht und in eine Pfütze gefallen. Ida malte das Ereignis in hauptsächlich braunen Farben aus, und Maxie hörte mit Genugtuung zu. Irgendwann in ihren Erzählungen legte ihre Tochter die Gabel weg, faltete ihre kleinen Hände unter ihrem Kinn, so wie sie es sich sicher von Rosie abgeschaut hatte, und sah sie ernst an. «Mami, du hast mit Mattis geküsst!»

Die auf der Gabel aufgespießte, kleine Kartoffel fiel Maxie wie ein Tropfen herunter und platschte in den Quark, der daraufhin sternförmig auseinanderspritzte.

»Warum knutschst du mit Mattis rum?«

»Ich ›knutsche‹ nicht rum …«

»Tust du doch! Ich hab's gesehen. Und ich hab's gleich Pelle erzählt. Das ist so cool!«, stellte die Sechsjährige fest. »Weißt du, Mami, ich habe mir schon ein bisschen

Sorgen gemacht. Wenn ich Pelle heirate, dann werde ich hier wohnen. Dann ist kein Platz mehr für dich. Unser Haus ist doch zu klein für uns alle. Du musst dann ausziehen.«

»Wohin soll ich denn gehen …?«

»Du kannst bei Omi wohnen, die hat viel Platz. Aber jetzt, wo du Mattis geküsst hast, kannst du auch bei dem wohnen«, folgerte Ida.

»Das ist aber sehr weit weg von Köln.«

»Aber Mami, da kannst du doch wohnen! Ich habe ja Pelle, und in den Ferien kannst du uns besuchen kommen. Ich back dann auch einen Kuchen.«

Amüsiert hörte Maxie zu, wie Ida ihrer beiden Zukunftspläne entwickelte. »Und wenn ich arbeiten gehe, dann schicke ich meine Kinder zu dir. Dann kannst du mit denen spielen, und ich hole sie abends wieder ab, ich hab' ja dann dein Auto.«

»So, so. Was denkst du denn über mich und Mattis?«

»Mattis ist toll. Da hast du einen Megaschnapper gemacht!« Sie nickte wie eine alte Tante.

Maxie lachte. »Ja, ich mag ihn sehr, sehr gern.«

»Aber du siehst manchmal traurig aus.«

»Er meldet sich nicht.«

Ida rutschte von ihrem Stuhl herunter, kletterte auf den Schoß ihrer Mutter und gab ihr einen Kuss. »Nicht traurig sein, Mami. Er hat mir doch versprochen, dass er zurückkommt.« Sie legte ihren roten Bubikopf an Maxies Schulter.

Die Sache war also geklärt. So einfach war das!

Als Ida zu Bett ging, holte sie aus dem Bücherregal das

Freundebuch. »Hier, nimm das. Da steht die Adresse drin. Vielleicht steht auch seine E-Mail drin, das weiß ich nicht. Dann kannst du ihm schreiben … aber zuerst bekomm' ich eine Gutenachtgeschichte, verstanden?«

Da saß Maxie nun spät am Abend in ihrem Pyjama und überlegte angestrengt, ob sie Matthias tatsächlich nochmal schreiben sollte. Es widerstrebte ihr, und zwar gründlich. Der Ball lag eindeutig in seinem Feld … Pool ….Meer. Sollte er sich doch melden! Aber sie hatte ja nicht ewig Zeit, und Geduld war nicht unbedingt ihre Stärke, also öffnete sie entschieden den Laptop. War auch egal, wer den nächsten Schritt machte, er hatte ja gesagt, er habe sich gewünscht, sie zu erobern. Nun, die Eroberung wollte nicht weiter warten. Eine unverbindliche Mail konnte nicht schaden, und das würde den Ball, egal, wo er denn nun lag, ins Rollen bringen.

Die ersten Versuche waren entnervend unbefriedigend und Maxie hämmerte mehr auf der Delete-Taste herum, als neuen Text zu schreiben. Das war doch verdammt noch Mal nicht ihre erste Mail!

Ein Stück Schokolade später überflog sie den Bildschirm und las nochmal kritisch ihre ersten Zeilen. Okay, das war vielleicht nicht ganz so schlecht. Hörte sich wenigstens nach ihr selbst an. Der Rest schrieb sich wie von allein. Kritisch betrachtete sie später das Ergebnis ihrer Bemühungen, und war eigentlich ganz zufrieden. Wenn ihn das nicht zu einer Antwort brachte, dann wusste sie es auch nicht. Die Mail war allerdings ziemlich lang geworden. Egal!

»Lieber Matthias,

zuerst einmal ganz viele Grüße von Ida, die dich sehr vermisst. Das tue ich übrigens auch, obwohl du doch erst seit zwei Tagen (und drei Stunden) fort bist.

Ich dachte, es interessiert dich vielleicht, was es Neues bei uns gibt: Also, die Sommerferien haben endlich angefangen, und meine Ida ist jetzt mehr bei Pelle zu Hause als bei mir. Das ist vielleicht auch gut so, denn sie will ihn später einmal heiraten!

Oliver hat jetzt – mit Tims Hilfe – ganz unerwartet einen Ort gefunden, an dem er sein Hotel eröffnen kann, und stell dir mal vor: Es ist die Burg in Meerberg!

Das wird bestimmt ein Erfolg! Gutes Essen, Wellness und Reiten. Und wandern kann man sowieso gut bei uns. Ich finde, das hört sich alles nach einem wirklich guten Plan an, auch wenn das für Oliver natürlich eine riesige Belastung bedeutet. Schreinerei und Hotel gleichzeitig! Bei jedem anderen würde ich sagen, das ist zum Scheitern verurteilt, aber Olli braucht solche Herausforderungen, oder? Ich weiß noch gar nicht genau, wie die Sache organisiert werden soll?! ….werde berichten. Dazu könnte ich übrigens auch gut meine Mutter ausfragen, sie weiß mehr darüber als ich.

Ach ja, wo ich von Rosie spreche … Überraschung! Sie fährt für eine Weile nach England. Tim möchte sie doch tatsächlich seinen Töchtern vorstellen! Ist das zu fassen? Ich wusste, dass sie sich gut verstehen, aber die beiden legen ein Tempo vor, dass mir schwindelig wird! Natürlich freue ich mich für sie. Mami blüht förmlich auf, seit Tim hier ist. (Nicht, dass meine Mutter ein Kind von Traurigkeit wäre, aber sie strahlt ja förmlich vor Glück!) Du hast sie ja an

*dem Abend kennengelernt, als du uns die Fotos gezeigt hast.
Es ist sehr schön für mich, sie so zu sehen, ich gönne es ihr
von ganzem Herzen.*

*Dein Bruder! Er ist voll im Element, auch wenn er jetzt
leider noch öfter auf Olli verzichten muss. Gestern war ich
zum Beispiel mit Jacques in einem Malergeschäft und wir
haben Farb- und Materialmuster mitgenommen, bis wir den
Kofferraum fast nicht mehr schließen konnten. Für dich ist
jetzt nebenan jedenfalls kein Platz mehr. Im Gästezimmer
stehen bereits Kisten mit allerlei Deko, und überall liegen
Musterbücher und Moodboards herum. Jacques hat einen
sehr guten Geschmack, aber das wussten wir ja vorher!*

*Weißt du, Matthias, ich vermisse dich. Und deine Umar-
mung. Und von dir geküsst zu werden. Deine Jacke kratzt
übrigens. Aber weil ich dich mag, mag ich auch deine Jacke.*

*Es tut mir irre leid, dass ich so lange nicht bemerkt habe,
was für ein toller Mann du bist. Und am Anfang war ich
dir so böse! Du hast mich aber auch auf die Palme getrieben ...*

*Olli hat mir im Scherz das Handtuch angeboten, das du
um die Hüften hattest, als wir uns das erste Mal getroffen haben, und ich habe abgelehnt. Nun hätte ich es doch
ganz gern, aber jetzt ist es schon gewaschen, nehme ich an.
Jacques ist ja so hausfraulich!*

*Wenn ich schon das Handtuch nicht haben kann, schick
mir doch irgendwas von dir. Und wenn es nur eine ganz
kurze Nachricht ist ... allerliebste liebe Grüße, deine Maxie.«*

Sie drückte auf ›Senden‹, klappte den Laptop zu und
ging zu Bett.

Kapitel 34

Sehr früh am folgenden Morgen klingelte das Telefon. Matthias Stimme am anderen Ende machte Maxie unendlich glücklich. So lange hatte sie auf diese Gelegenheit gewartet! Die Freude währte jedoch nicht lange: Er konnte gerade seinen Namen sagen und sich für die Mail bedanken, als die Verbindung abbrach.

Bei einem weiteren Telefonat vernahm Maxie ein Rauschen und Knacken, und Matthias' Stimme war leider nur bruchstückhaft zu verstehen. Sie klammerte sie sich an jede Silbe, doch als die Leitung dann schon wieder zusammenbrach, war sie den Tränen nahe, denn sie hatte keinen einzigen vollständigen Satz verstanden.

Ungeduldig harrte sie aus, wartete, Minute um Minute, aber es klingelte kein drittes Mal.

Er würde schreiben, ganz bestimmt würde er schreiben!

In der Mittagspause kontrollierte Maxie ihre Nachrichten. Noch immer kein Posteingang.

Nachmittags dann fand eine Art Betriebsversammlung in Ollis Büro statt, in der der Ablauf der Renovierungsarbeiten in der Burg besprochen wurde. Olli schob Maxie dabei ein Dokument nach dem anderen über den Tisch. Am Ende lag ein ganzer Stapel von Anträgen vor ihr, die ausgefüllt werden mussten. Termine sollten vereinbart und Kostenvoranschläge eingeholt werden. Es würden anstrengende Wochen werden, spannend, aber anstrengend!

Olli steckte praktisch mittendrin im Projekt ›Meerburg‹, erklärte im Detail, was er sich vorstellte, und es kam, wie es kommen musste: er riss alle mit, bis jeder Feuer und Flamme war! Alles andere wäre auch nicht charakteristisch für Oliver Kirschbaum gewesen. Sein Tempo war halsbrecherisch, aber er vergaß nie, dass die Arbeiten nur im Team funktionieren konnten. Außerdem musste der übliche Schreinereibetrieb weiterlaufen. Deswegen war schon seit der letzten Woche der Senior wieder in der Firma. Die Meister hatten Maxie verraten, dass sie sehr gern mit ihm arbeiteten. Nun, genau das Gefühl hatte Maxie nach den wenigen Tagen auch. Und den Papierkram überließ er ihr ebenso gerne, wie sein Sohn es tat.

»Du maachs dat jot, Maxima!«, hatte er mehrmals gelobt. »De janze Schrievkrom mät mich jeck.« Sein Herz schlug voll und ganz für die Arbeit mit Holz und der Respekt, den die Männer ihm entgegenbrachten, sprach Bände.

Den Kopf noch immer voll mit Zahlen und Vorschriften, klingelte Maxie nach Feierabend bei den Andersons. Marita zog sie über die Schwelle und bot ihr erst mal einen Cappucino an. Nach etwas Smalltalk und Klatsch – mit den Kindern unter dem Tisch als stillen Zuhörern – kam sie zu einem wesentlichen Thema:

»Wir werden uns am Wochenende ein paar Wohnungen außerhalb der Stadt ansehen.«

»Warum jetzt?« Maxie biss in einen Mandelkeks.

»Weißt du, Erik war jahrelang Chefkoch im ›Frederik's‹.«

»Ist nicht wahr, in dem Nobelschuppen?«

»Das ist schon ein feines Restaurant, muss man wirklich sagen. Er erzählte jeden Tag von anderen Prominenten, die dort zu Gast waren. Na ja, das hatte aber dann ein jähes Ende, denn dann fing der Cousin des Besitzers in der Küche an, und die beiden haben sich von Anfang an nicht verstanden. Überhaupt nicht! Also hat Erik sich schweren Herzens eine neue Stelle gesucht. Er kochte dann beim Italiener an der Oper.«

Staunend hörte Maxie zu. »Auch so ein guter Laden!«

Marita seufzte nur. »Antonio ist zurück nach Verona gegangen, und schon wieder stand Erik da und musste suchen. Mit meinem kleinen Gehalt kann ich uns leider nicht lange über Wasser halten, sonst hätten wir ein bisschen Zeit gehabt. Erik hat eine Stelle in dem Hotel gegenüber der Messe angenommen. Nicht das, was ihm Spaß macht, und außerdem ist es nur befristet.« Sie strich ihrem Sohn über die blonden Haare.

Maxie nickte. »Ich kann nicht sagen, dass das die beste Nachricht des Tages ist.« Betrübt rührte sie Muster in den Milchschaum. »Aber bleibt in der Nähe?«

Ida streckte den Kopf über die Tischplatte, um Marita nicken zu sehen.

»Wir besuchen uns gegenseitig so oft wir können.«

»Aber wir gehen nicht in eine Klasse!«, schniefte Ida und klettere auf Maxies Knie. Ihr Kopf sank auf ihre verschränkten Arme.

Als Maxie mit dem Löffel erst leise dann kräftiger auf den Tisch trommelte, sahen alle auf und sie beendete ihren Trommelwirbel.

»Erik kocht!«, stellte sie fest und zielte mit dem Löffel auf Marita. »Und er kocht gut, um nicht zu sagen fantastisch! Ich nehme an, er hat sich noch nicht mit Olli unterhalten?«

Marita schüttelte langsam den Kopf. »Sie haben sich seit Wochen nicht gesehen.«

Das hatte Maxie erwartet. »Oliver eröffnet ein Hotel in Meerberg. Er hat die Burg gemietet.«

»Aha?«

»Wenn dein Mann dort arbeiten kann, dann könnt ihr hier wohnen bleiben, so weit ist das doch gar nicht weg!«

»Himmel!« Der Groschen war gefallen. »Ich wette mein Hochzeitskleid drauf, dass Erik das nicht gewusst hat!«

Maxie strahlte. »Willst du nicht eher auf etwas wetten, was einen allgemeingültigen Wert hat? Nur damit der Wetteinsatz auch realistisch ist. Das Universum muss sich schließlich darauf einlassen!«

»Meine neuen Sling-Pumps?«, schlug Marita vor.

»Nein.«

Marita startete einen letzten Versuch. »Meinen BH?«

Maxie seufzte. »Es wird nicht besser, also: abgemacht!«

Kapitel 35

Und noch immer keine Nachricht von Matthias! Seit geschlagenen fünf Tagen nur diese kurzen, misslungenen Telefonate, aber keine SMS, keine E-Mail. Funkstille.

In Momenten, in denen weder Arbeit noch Kinderstimme Maxie ablenkten, musste sie sehr viel darüber nachdenken. Abends saß sie allein im stillen, dunklen Wohnzimmer und grübelte vor sich hin. Mit offenen Augen starrte sie dann durch die Terrassentür in den vom Mond erleuchteten Garten, stellte sich vor, Matthias würde dort stehen. Dann wieder saß sie auf dem Fußboden, lehnte gegen das Sofa und erinnerte sich an sein etwas schiefes Lächeln und daran, wie gut sich ihre Hand in seiner anfühlte. Fast unbewusst fuhr sie sich immer wieder mit dem Finger leicht über die Lippen. Und immer wieder fragte sie sich, warum er sich nicht meldete.

Um sich abzulenken, tat sie, was sie am liebsten machte: Sie buk. Vorgestern war es ein Schokoladenkuchen, gestern hatten sich ihre Kollegen über Kekse gefreut und jetzt gerade belegte sie einen Erdbeerboden. Ein paar kleine Erdbeeren gingen auf Wanderschaft und kullerten über die Tischplatte. Maxie hielt ihre Flucht auf, bevor sie über die Kante springen konnten, da klopfte es vernehmlich am Küchenfenster: Jacques bedeutete ihr, die Haustür zu öffnen.

»Schon mal was von Klingel gehört?«, fragte sie sarkastisch.

»Ich schon, aber du anscheinend nicht.« Er schob sich an ihr vorbei und spazierte zielsicher in die Küche.

»Tut mir wirklich leid, Jacques, ich war tief in Gedanken versunken.«

»Ist ja schon gut. Ich wollte einfach mal hören.«

»Nur mal hören? Nach was denn wohl?«, neckte sie ihn.

Er zierte sich nicht lange. »Na, wie es so mit dir und meinem Lieblingsbruder läuft. Oh, Kuchen!«, rief er begeistert aus. »Da komm' ich wohl gerade richtig.«

Sie schob ihm die Kuchenplatte hin. »Kaffee kommt sofort!«

Hocherfreut griff Jacques nach dem Messer und schnitt beträchtliche Kuchenstücke aus dem Tortenboden.

»Er ist noch nicht ganz fertig.«

»Mach dir keine Umstände. Also was ist? Was gibt's Neues von Matthias?«

Maxie stieß die Luft aus. »Das Gleiche wollte ich dich auch fragen.«

Er war ziemlich erstaunt. »Nach den neuesten Entwicklungen zwischen dir und ihm – die ich natürlich sehr begrüße,« (der Schlag eines Küchenhandtuchs verfehlte ihn knapp,) »dachte ich eigentlich, du hättest von uns beiden den heißeren Draht. Hast du nicht?!?«

»Mit dem heißen Draht könnte ich ihn durchbohren! Zweimal habe ich ihm schon geschrieben, aber du musst dir nicht einbilden, dass er auch nur einen einzigen Satz geantwortet hätte.« Geknickt legte sie die letzten kleinen Erdbeeren auf den Kuchen, und Jacques sah ihr ungeduldig dabei zu.

»Matthias telefoniert eigentlich lieber.«

»Das hat er auch versucht, das muss ich fairerweise zugeben. Aber die Leitung ist zusammengebrochen. Wer hat mir denn gesagt, wir seien im Technologiezeitalter? Es gibt Mails! Nur ein paar Sätze, ich will ja keinen ganzen Roman!« Sie wandte ihm abrupt den Rücken zu. Jacques stand auf und berührte sie leicht an der Schulter. »Ich glaube, ich muss dir mal was erzählen.«

Sie hatten Kaffeebecher und Kuchenteller mit auf die Terrasse genommen, saßen nun auf einer Bank mit dem Rücken zur Hauswand und blinzelten in die Sonnenstrahlen, die es schafften, sich durch das Blätterwerk des einen, großen Baumes auf der Mitte der Rasenfläche zu mogeln. Jacques saß neben ihr, sein rechter Fußknöchel ruhte auf seinem linken Knie und darauf balancierte er den Kuchenteller.

»Ich hab' dir mal gesagt, dass Matthias und ich sehr verschieden sind«, fing er an.

»Das ist ja wohl ein Scherz. Er sieht aus wie dein Spiegelbild.«

»Ich bin der Denker, er ist der Handwerker. Als Jungs waren wir im gleichen Fußballverein. Er war immer der Geschicktere. Wir waren in der gleichen Klasse, und *da* war ich der Schnellere. Er konnte unsere Fahrräder reparieren und ich erledigte die Hausaufgaben für uns beide. So in etwa. Ich könnte tausend Beispiele nennen.«

»Ich hab's ja verstanden! Ihr ergänzt euch!«

»Nicht so schnell, Maxie. Er war im Schreiben und im Lesen von Anfang an grottenschlecht, aber wir sahen uns immer so ähnlich, dass uns kein Außenstehender auseinanderhalten konnte, wenn wir es nicht wollten. Also haben wir angefangen, die Lehrer reinzulegen. Das war gar nicht mal so schwer, muss ich sagen.«

»Betrüger.«

»Betrüger mit edlem Hintergedanken. Legasthenie war damals noch kein großes Thema in den Schulen. Aber meine Mutter konnten wir natürlich nicht täuschen. Als sie merkte, was los war, ist sie fuchsteufelswild geworden.«

»Sie war böse auf ihn?«

»Ging so. Meine Schwester war eine Art Selbstläufer in der Schule, ich kam auch ganz gut durch, aber gerade von ihm, der immer der Draufgänger war, der vor nix und niemand Schiss und immer 'ne große Klappe hatte, von ihm hätte sie halt einfach nicht erwartet, dass er ihr etwas verschweigt, was so schwerwiegend war.«

»Verstehe …«

»Wir hatten in der Nachbarschaft einen pensionierten Lehrer und der hat richtig gut mit ihm gearbeitet.«

Maxie ging ein Licht auf. »Und da hast du selbst wohl auch beschlossen, Lehrer zu werden!?«

»Jetzt unterbrich mich nicht immer, es ist in deinem eigenen Interesse! Ich komm mir vor wie in der Schule!«, beschwerte er sich. Dann fuhr er fort: »Wir Brüder waren unzertrennlich und wollten auf alle Fälle weiter zusammenbleiben. Aber ich sag' dir, Kinder können grausam sein, und er ist – als seine Rechtschreibschwäche mal raus war – durch eine harte Schule gegangen. Im wahrsten Sinne des Wortes!«

»Oh, mein Gott!«

»Sein Selbstwertgefühl hat ganz schön gelitten. Er hat sich selbst für dumm gehalten, weil die anderen ihm das immer eingeredet haben. Dann haben wir die Schule gewechselt. Neue Schüler, neue Lehrer, und es ging ganz gut.«

»Okay, ein Neustart. Ich verstehe.«

»Wenn du mich immer unterbrichst, komm' ich nie dazu, das Kuchenstück aufzuessen.«

»Bei dir dreht sich aber auch alles ums Essen! Ich hab' nur ›Okay‹ gesagt!«

Er sah sie warnend an. »Also, wir wurden älter. Und so langsam stellte sich ein weiterer Unterschied zwischen uns heraus.«

Maxie rutschte unsicher auf der Bank hin und her. »Ich hab' mich schon mal gefragt, ob das bei Zwillingen …«, sie stockte, weil sie nicht wusste, wie sie diplomatisch weiterreden sollte.

»Du hast dich gefragt, ob er nicht auch auf Männer stehen müsste? Gar nicht so abwegig. Nach allen wissenschaftlichen Erkenntnissen müsste es eigentlich so sein. Es gibt seltene Ausnahmen. Wir sind so eine Ausnahme. Wir sind eben etwas ganz Besonderes!«, grinste er.

»Das habe ich gleich gemerkt!« Mit kokettem Augenklimpern sah Maxie ihn an.

»Ich war also anders als die anderen. Und als sie das spitzbekamen, wurde ich erstmal von Einigen gemieden. Dafür war ich bei den Mädels über alle Maßen beliebt. Davon hat Matthias dann wieder profitiert, aber ein harter Kern an Kumpels hat immer zu uns gehalten. Die anderen haben sich nicht getraut, was zu sagen, weil Matthias ›schlagkräftige‹ Argumente hatte.«

»Okay.«

»MAXIE!«

»Ist ja schon gut, ich sag nix mehr.«

»Nachdem er sich paarmal für mich geprügelt hatte, hatte er seinen Ruf weg. Hast du die Narbe am Auge gesehen?«

Maxie presste die Lippen aufeinander und schwieg.

»Wir kamen dann doch weiter gemeinsam durch die Schulzeit, obwohl das reine Lernen für Matthias natürlich sehr viel anstrengender war als für mich. Er hat das als sehr großen Druck empfunden, dass er immer irgendwie hinterherhinkte. Mit manchen Leuten hat er nie richtig Frieden geschlossen. Und nach Schule und Ausbildung, da wollte er einfach mal weg von Köln. Das sind jetzt schon einige Jahre, leider. Verstehst du den Zusammenhang?« Als sie nichts sagte, schubste er sie mit dem Ellbogen an. »Maxie?«

»Ich soll doch nix sagen!«

»Du machst mich krank. Verstehst du den Zusammenhang?«

»Was für'n Zusammenhang?«

»Na ja, dass er dir nicht schreibt!«

»Mmh, ja, ich verstehe.« Sie verdrehte die Augen. »Aber das ist doch albern!«

»Ganz genau, Hase, es ist albern, aber so ist es nun mal. Er sitzt im Grunde wieder auf der Schulbank und zweifelt an sich selbst, und dabei will er bei dir doch einen guten Eindruck machen. Aber es ist, wie ich es vorausgesagt habe. Er ist der Richtige für dich!«

»Oh mein Gott!« Maxie fühlte Mitleid für Matthias

in sich aufsteigen. »Legasthenie. Er hätte es mir einfach sagen können! Oder du, Blödmann!«

»Der Mann ist erwachsen!«, wies Jacques den Vorwurf zurück.

»Jetzt geht mir ein Licht auf!«, rief Maxie plötzlich. »*Deshalb* hat er Ida das Märchen vorgespielt, statt zu lesen. Und *deshalb* sind seine Einträge in Idas Freundebuch so ultraknapp.«

Jacques zuckte die Schultern. »Und er hat mir das Versprechen abgenommen, dass ich Ida helfe, wenn es nötig ist. Aber das hätte ich sowieso gemacht.«

»Und ich quäle ihn auch noch, indem ich ihm ständig Mails schicke!«

Jacques zuckte mit den Schultern, sein Blick war auf das Kuchenstück gerichtet. »Wie gesagt, der Mann ist erwachsen. Er wird sich schon melden. Und du musst ihm ja nicht gerade auf die Nase binden, dass ich dir das alles erzählt habe.« Er versenkte die Gabel genussvoll in den Kuchen und trennte ein nicht allzu kleines Stück ab.

Maxie war immer noch in Überlegungen versunken. »Ach Mensch, der arme Kerl! Wie kommt er denn bloß bei der Arbeit zurecht?«

»Er ist kein Analphabet!«, quetschte Jacques zwischen den Erdbeerstücken in seinem Mund hervor. »Wenn er nicht schreiben will, dann malt er halt. Einsatzpläne zum Beispiel!«

Maxie warf ihm einen vernichtenden Blick zu. Sie wies auf seinen Teller. »Iss Kuchen und sei still.«

»Bin ja schon dabei!« Er kaute zu Ende, überließ Maxie ihren Gedanken und schob sich selig ein weiteres Stück Erdbeerboden zwischen die Kiefer. »Is übrigens lecker!«

Kapitel 36

Als Maxie in die Einfahrt des Fachwerkhauses einbog, stand der Land Rover fertig gepackt vor der Tür. Tim war gerade noch dabei, die letzte Reisetasche auf dem Rücksitz zu verstauen, und Rosie zupfte ein paar Blätter Giersch aus dem Beet im Vorgarten. Ida sah sie, rannte hin und umarmte sie.

»Ach, wie ich dich vermissen werde, Schätzchen!« rief Rosie, zog Ida an sich und wollte sie gar nicht mehr loslassen.

»Omi, du zerquetschst mich! Du musst mich loslassen!«

Maxie erging es nicht besser. Auch sie wurde so fest gedrückt, dass ihr fast die Luft wegblieb.

»Mami ich freue mich so für dich!«, presste sie heraus. Zum Glück war der Anschlag nur von kurzer Dauer, Rosie gab sie frei und hielt sie auf Armeslänge von sich.

»Irgendwas ist anders an dir, Maxima!« Sie legte den Kopf schief, wobei ihr eine der wenigen weißen Haarsträhnen ins Gesicht fiel, die sie wegpustete. »Deine Augen glänzen, und du hast dieses gewisse … na, du weißt schon!«

»Die Mama hat mit dem Mattis geknutscht!«, petzte Ida noch, bevor sie unter spitzen Schreien die Flucht ergreifen musste. Maxie bekam sie am Rockzipfel zu fassen. »Na warte, du elende Verräterin!«

»Du hast das Gartenhaus gestrichen, Mami!« Maxie lehnte sich nach dem späten Frühstück im Korbsessel zurück. »Rot dieses Mal. Sieht wirklich hübsch aus!«

Rosie folgte ihrem Blick. »Ich wollte mal eine andere Farbe! Die Rückseite fehlt noch, aber das läuft mir nicht weg.«

Sie genossen eine letzte Tasse Kaffee, aber Ida konnte nicht mehr stillsitzen. Sie ging, um in den Bäumen herumzuklettern, und Tim begleitete sie vorsichtshalber. Zurück blieben Rosie und ihre Tochter. Nicht eine Minute verging, da meinte Maxie bereits: »Lass das!«

Schweigen.

Maxie hob erneut an: »Du musst gar nicht so schauen. Es gibt noch nichts zu erzählen.«

»›Nichts‹ ist mit Sicherheit gelogen, aber Matthias scheint dir gut zu tun. Du siehst endlich mal wieder lebendig aus, mein Kind.«

Maxie zwinkerte ihr zu. »Gut beobachtet, Mutter!«

»Verdammt, wirst du wohl aufhören, mich ›Mutter‹ zu nennen!«

»Dann guck mich nicht so an!«

»Er hat dich damals nicht aus den Augen gelassen.«

Maxie seufzte. »Er wohnt so weit weg!«

»Wenn er es will, dann findet er einen Weg, um bei dir zu sein«, erwiderte Rosie. »Denk doch nicht so viel nach, Spatz. Genieß’ das Gefühl. Du liebst ihn, und er liebt dich. Und Ida?«

»… .liebt ihn auch.«

»Das hab’ ich mir schon gedacht. Sieh mal, dann liegt eine sehr schöne Zeit vor dir. Jetzt kommt unser Mädchen erst mal in die Schule, und in den Ferien könnt ihr Matthias vielleicht auch mal in Hamburg besuchen.«

»Aber sein Appartement ist ganz klein!«

»Ich könnte mir vorstellen, dass er sowieso ganz oft nach Köln kommt. ›Lockruf der Sirenen‹. Ihr seid schließlich zu zweit!«

»Aber unser Haus ist doch auch ganz klein!«

Rosie zeigte wage hinter sich. »Wir haben hier früher zu acht gewohnt. Und da waren die Ställe noch voller Tiere, und nichts war umgebaut. Wir hatten nur ein einziges Bad. Du weißt überhaupt nicht, was ›klein‹ bedeutet. Es gibt ein Sprichwort, das heißt: Wo Platz im Herzen ist, ist auch Platz im Haus. Also hör mal auf zu denken und fang an zu leben!«

»Ich versuch's, Mami. Bei dir hört sich alles so leicht an. Du hast immer so einfache Lösungen für schwierige Dinge.«

Rosie stieß die Luft aus. »Ich hör mich an, als hätte ich ein Buch mit Kalendersprüchen verschluckt, oder? Du weißt genau, dass wir harte Zeiten hinter uns haben, wir zwei. Ich möchte doch so gern, dass du glücklich bist. Das ist mir sehr wichtig!« Sie strich ihrer Tochter übers Haar. »Weißt du, das Schwierigste ist, die Liebe zu finden. Aber diese Aufgabe hast du schon hinter dir. Der Rest muss doch auch irgendwie zu schaffen sein.«

Rosie und Tim versprachen, sich gleich nach Ankunft an der Fähre zu melden, sie verabschiedeten sich, und dann rollte Tims Wagen langsam über knirschenden Schotter die Zufahrt hinunter. Rosie winkte aus dem Fenster, und

Maxie und Ida winkten zurück, bis das Auto um die Kurve verschwunden war.

Nun lag also der ganze Sonntag vor ihnen, und Maxie entschloss sich zu bleiben. Wie schade, dass Lisa erst in zwei Tagen wieder aus Frankreich zurückkehren würde! Mit ihr zu quatschen wäre jetzt echt klasse, ...so wie früher.

Weit, im hinteren Teil des Gartens, hörte Maxie Ida reden. Sie reckte den Hals und entdeckte, dass sie mit den Zwillingen Katinka und Konstanze herumalberte, die ganz im Gegensatz zu ihren feinen Namen barfuß und in kurzen Hosen halb im Zaun hingen. Es würde nur noch Sekunden dauern, bis sie darüber hinweg kletterten und mit Ida den Garten auf links drehten. Maxie schmunzelte. Wie schön, dass sich die Freundschaft zwischen den dreien nicht verloren hatte!

Ganz entspannt schlenderte sie über die Wiese, vorbei an der Schaukel, auf der sie früher Stunde um Stunde verbracht hatte, vorbei am Bauerngarten mit den vielen Blumen und den rot leuchtenden Himbeeren, und überall breiteten sich die kleinen Walderdbeerchen aus! Rosie hatte großes Talent, den Garten natürlich aussehen zu lassen, sodass man gar nicht merkte, dass er mit viel Überlegung und über viele Jahre hinweg angelegt worden war – immer so, wie gerade Mittel zur Verfügung waren.

Dort, am Grundstücksrand, wuchsen riesige Stauden. Was war das noch? Wie eine blühende Wand ragten die Stängel auf und balancierten gelbe große Blüten. Mensch, es war so schön hier! Das hier war ihr Königreich gewesen, so riesig, so verwunschen!

Und als sie älter war, hatte sie in der Hängematte gelesen, und Rosie hatte ihre Wochenenden beim Buddeln in der Erde verbracht, um den ehemaligen Nutzgarten neu anzulegen. Der Garten war ein Paradies. Schon in einem Jahr in der Stadt hatte sie fast vergessen, was für ein friedliches Gefühl einen überkam, wenn man einfach nur zwischen den Pflanzen herumstreifte.

Und hier, hinter diesem Holzstapel, führte der Trampelpfad in den Wald hinauf. Hier war ihr erster Freund entwischt, als sie sich im Garten getroffen hatten und überraschend ihre Mutter nach Hause kam. Maxie kicherte. Er hatte so eine Panik vor Rosie gehabt! Genau dieses Trampelpfädchen nahmen auch die Rehe, die oft unvermutet auf der Obstbaumwiese auftauchten. Meist ganz früh am Morgen.

Ihr Blick wanderte über die Grenzen des Gartens hinaus. Die Häuser im Dorf, die Dächer der Burg, der spitze Turm der Martinskirche, der Wald und die Wiesen …

Irgendwann, irgendwann würde sie zurückkommen!

Wie immer war das Gartenhaus nicht abgeschlossen. Die drei Mädchen flitzten mit gellenden Schreien vorbei und verschwanden im Nirwana zwischen Holunder und Kirschlorbeer, während Maxie im kleinen Hohlraum unter dem Firstbalken nach dem Schlüssel fischte. Statt abzuschließen, wie sie es eigentlich vorgehabt hatte, öffnete sie den Schuppen und sah sich neugierig um. Die Gartengeräte standen etwas unordentlich aufgereiht und eine Armee von Marmeladengläsern mit Blumensamen warteten – sauber beschriftet – im Regal auf die günstigste Pflanzzeit. Es roch nach Holz, Harz und Erde. Und noch nach etwas anderem: Farbe! Maxie sah sich um. Ja! Dort standen zwei dicke Pinsel in einem Glas Wasser.

Handschuhe und eine farbgesprenkelte Latzhose hingen vergessen über einem Stuhl. Rosies Gummistiefel befanden sich gleich neben der Tür.

Die Idee hatte schon längst Formen angenommen, bevor sich Maxie richtig darüber bewusst war. Ja, genau! Es würde kaum länger als eine Stunde dauern!

Kapitel 37

In Rosies Arbeitskleidung stiefelte Maxie wenige Minuten später aus dem Gartenhaus, öffnete vorsichtig die Farbdose, rührte lange und gründlich und trocknete einen der Pinsel an der Latzhose ab. Dann tunkte sie ihn in die satte, dunkelrote Farbe.

Schwedenrot! Wie skandinavisch! Matthias' Bericht hatte wohl einen bleibenden Eindruck hinterlassen!

Mmmh, Matthias!

Sie versank in Gedanken an Matthias, seinen braunen Augen, dem dichten, dunklen Haar, den muskulösen Armen, die sie festhielten während sie diesen-

»MAMI!«, schrie es unmittelbar hinter ihr laut und eindringlich.

Aus ihren angenehmen Gedanken gerissen, fuhr Maxie herum, rutschte auf den Kieseln aus, ruderte mit dem linken Arm, wobei der Pinsel in hohem Bogen fortflog.

Himmel! Die Farbe! Sie durfte die Farbe nicht verschütten!

Sie rang um Gleichgewicht, hielt krampfhaft an der Dose fest. Fast wäre sie ihr aus der Hand geglitten, aber in einem verzweifelten Versuch, sich selbst und die Farbe zu retten, schaffte sie es letztendlich, wieder auf beiden Füßen zu landen. Uff, geschafft!

Sie vollführte reflexartig eine kurze Schleife mit der rechten Hand, worauf ein erheblicher Anteil Farbe dann doch hoch schwappte und mit einem satten ›Klatsch‹

auf ihren Haaren, ihrem Gesicht und dem Dekolleté landete.

Hinter ihr brach Ida in brüllendes Gelächter aus. Sie hielt sich abwechselnd die Hand vor den Mund oder an den Bauch und tänzelte dabei mit ihren kleinen Füßen über die Wiese. Maxie wusste ehrlich nicht, ob sie wirklich sauer auf sich selbst sein sollte, aber ihr entfuhr ein sehr emotionsgeladener Fluch, der Konstanze und Katinka in die Flucht schlug. Sie zischten zum Gartentörchen, und fort waren sie.

Maxie sah ihr eigenes Spiegelbild im dreckigen Fenster des Gartenhauses. Ihr Zwerchfell begann zu beben und schüttelte sie, bis sie die Dose mit der restlichen Farbe abstellen musste.

»Jetzt streich' ich auch die restlichen Bretter noch an«, verkündete sie nach einer Ewigkeit mit vom Lachen schmerzenden Rippen. »Du, bleib wo du bist!«, wies sie Ida an. Mit dem Unterarm wischte sich Maxie die farbverklebte Strähne aus dem Gesicht beendete ihre Arbeit und war zufrieden, dass der Rest der Farbdose gerade noch ausgereicht hatte.

Dann trug sie Ida auf, den Boden im Haus von der Hoftür bis zum Bad mit Zeitungspapier auszulegen und stapfte ums Haus herum, um die leere Farbdose und die Handschuhe zu entsorgen. Dabei fiel ihr Blick fiel auf eine Astsäge, die ihre Mutter im Gebüsch vergessen hatte. Sie griff danach und wollte gerade den Rückweg in den Garten antreten, da hörte sie ein Klackern auf der Straße. Es wurde lauter. Sie spähte neugierig über die Hecke und erblickte eine einzelne Walkerin, die forsch die Straße entlangkam. Dem ernsten Gesichtsausdruck nach tief in Gedanken versunken.

Maxie verdrehte die Augen, als sie erkannte, um wen es sich handelte. Der Vorgarten bot praktisch keinen Schutz. Zum Flüchten war es zu spät. Mist!

Mitten in ihren Überlegungen stoppte das Geklacker und die Dame hielt an, die Stöcke fest im Griff, ihre Augen ähnlich denen eines Falken, der seine Beute erblickt hat.

»Ach, sieh mal einer an, Maxima Engel!«

Die Schärfe des Tons hatte sich nicht im Geringsten geändert und war noch der gleiche, den ihre Grundschullehrerin damals bei ihr angeschlagen hatte. Nur bei ihr, denn zu den anderen Klassenkameraden war sie milder gewesen. Maxie kannte heute den Grund, doch damals war ihr die Ablehnung ihrer Lehrerin unerklärlich gewesen. Wieso konnten nicht alle Lehrer so sein wie Jacques?

»Frau von Lankenstedt, wie schön Sie zu sehen!«, brachte Maxie gequält heraus und erntete ein gezwungenes Lächeln.

»Ich habe dich lange nicht gesehen! Hals über Kopf bist du fortgezogen. Du siehst, na ja, du siehst …« Sie fand offensichtlich nicht die passenden Worte. Ihre Augen weiteten sich. »Wo ist deine Mutter?«

»Sie ist ….fort! In den Ferien!« Sie war sich nicht sicher, ob Rosie ihre Pläne publik gemacht hatte.

»Aber ihr Auto steht doch noch hier!«

Maxie tropfte ein blutroter Tropfen aus dem Haar.

Frau von Lankenstedt zog die Augenbrauen zusammen

und bekam einen fast gefährlichen Ausdruck. Sie hielt ihr einen ihrer Stöcke wie eine Waffe entgegen und kam einen Schritt näher. »Ich frage dich noch einmal, wo ist deine Mutter!«

»Sie ist im Urlaub, hab ich doch gesagt!«, gab Maxie patzig zurück. Nachdem ihr Gegenüber die Augenbrauen zusammenzog, legte sie nach. »Soll ich mich in die Ecke stellen, wie früher?«

Hinter dem Haus schlug eine Tür. »Mami, ich hab' jetzt alles mit Papier ausgelegt. Jetzt kannste rein, ohne Spuren zu machen!«

Die Lankenstedt wurde blass. Maxie riss beschwichtigend die Hand hoch. Die Sägenhand! Maxie erschrak sich selbst und warf schnell das Werkzeug zu Boden.

»Nein, nein, nicht doch! Ich habe das Gartenhaus gestrichen, die Farbe ist ausgekippt, ich kann es beweisen! Hier … sehen Sie in die Mülltonne, da liegt die Farbdose, oder besser noch, gehen Sie in den Garten und schauen Sie sich das Gartenhaus an! Frische Farbe! Schwedenrot!«

Frau von Lankenstedt kam langsam näher, den Stock im Anschlag, griff mit ausgestrecktem Arm nach dem Deckel der Tonne, ohne den Blick von Maxie abzuwenden. Dann versenkte sie mutig für eine Millisekunde den Kopf in der Tonne, blickte dann wieder misstrauisch zurück zu Maxie und wieder in die Tonne. Anschließend warf sie den Deckel zu und straffte ihre Kleidung.

»Nun gut! Ich muss los, ich kühle aus!« Und ohne Gruß marschierte sie an Maxie vorbei und stieg mit ihren langen, sehnigen Beinen über die Hecke, um sich

Richtung Wald davonzumachen. Doch noch einmal wandte sie sich um und sah ihre ehemalige Schülerin von oben bis unten an.

»In deinem eigenen Interesse empfehle ich dir: Achte etwas mehr auf dein Äußeres!«

Kopfschüttelnd und mit offenem Mund stand Maxie vor dem Haus, bis auch das letzte Klackern verstummt war.

»Ich hätte ihr den Kopf absägen sollen«, murmelte sie.

Notdürftig rubbelte Maxie mit einem Schwamm über ihre Haut. Der hauchfeine Abrieb verteilte sich wie roter Sand auf dem Fußboden. Wenn sie so weitermachte, konnte sie am Ende auch noch das Bad putzen. Na, fantastisch!

Ihr Spiegelbild stimmte sie auch nicht fröhlicher. »Ida, lass uns nach Hause fahren!«, entschied sie. »Da kann ich mich unter der Dusche einweichen und sehe vielleicht danach wieder vernünftig aus.«

Ida kletterte aus der leeren Badewanne und half, die Farbkrümel mit Kosmetiktüchern vom Boden aufzuwischen. Mit einem abgewetzten, schwarzen Shirt, das ihre Mutter sonst bei der Gartenarbeit trug, und ihren eigenen sauberen Jeans und Schuhen, sah Maxie nur noch oberhalb des Dekolletés wie ein frisch gesättigter Vampir aus. Wenn sie jetzt bei der Heimfahrt peinlich genau auf die Geschwindigkeitsbegrenzung achtete, würde es für die Nachwelt keinen Beweis für diesen Tag geben.

Kapitel 38

Etwas später – in der Sicherheit der eigenen vier Wände – lehnte Maxie am Waschbecken, und die Anspannung fiel von ihr ab. ›Mal grade das Gartenhaus fertig streichen!‹ Das war ja ganz schön in die Hose gegangen! Also jetzt endlich runter mit der Farbe und dann in aller Ruhe aufs Sofa!

Mit der Ruhe war das jedoch nicht so einfach, damit fing's schon mal an, noch bevor sie mit ihrer Säuberungsaktion beginnen konnte. Obwohl das Badfenster auf der Gartenseite lag, vernahm Maxie deutlich das Gegröle einer Männerstimme von der anderen Seite des Hauses. Jemand pöbelte praktisch vor ihrer Haustür! Frechheit!

Sie eilte in den Flur, schob dort die Jalousie mit dem Zeigefinger ein paar Zentimeter nach oben und stellte fest, dass es sich gar nicht um ihre eigene Tür handelte, sondern um die ihrer Nachbarn. Sie kniff die Augen zusammen und versuchte, etwas mehr zu erkennen. Ganz schön schwierig: eine dunkel gekleidete Gestalt war es, ein Mann. Er stützte sich mit einer Hand an der Hauswand ab, schwankte etwas, mit der Faust donnerte er immer wieder auf die Tür. Das Licht in der oberen Etage brannte, also war mindestens einer ihrer Freunde zu Hause, und es würde nicht lange dauern, bis die Tür sich öffnete. Satzfragmente wie ›krieg dich noch!‹ und ‚polier dir die Fresse‹ schallten hoch. Ida erschien neugierig an der Kinderzimmertür und sah ihre Mutter fragend an.

»Ein Verrückter!«, stellte Maxie fest und drehte den Lautstärkeknopf an Idas CD-Player einfach etwas höher, sodass die Musik den Krach übertönte. Im Vorbeigehen fischte sie ihr Telefon von der Kommode, um mit einem Warnruf zu verhindern, dass Jacques und/oder Olli ahnungslos die Tür öffneten, und sich einem besoffenen Hooligan gegenübersahen.

Was auch immer der Grund für diesen ›Besuch‹ sein mochte, wohl gesonnen war der Typ den beiden jedenfalls nicht. Die Verbindung baute auf und schon stand Maxie wieder am Fenster. Niemand nahm ab, und dann schluckte sie trocken: Ein gut bekanntes Cabrio stand schief geparkt am Straßenrand. Glänzend und protzig.

Das war ja wohl unfassbar!

Dieser Mistkerl!

»Was zum Teufel-«

Schon war Maxie auf der Straße und stürmte ins Epizentrum des Gepöbels, bevor sie einen einzigen klaren Gedanken gefasst hatte. Zeitgleich öffnete nebenan die Tür und gleich mehrere Dinge passierten auf einmal: Randolf zog Jacques rücksichtslos auf den Gehsteig. Total überrumpelt, gab dieser einen Schreckenslaut von sich, stolperte und fiel hart aufs Knie. Randolfs Faust zielte auf Jacques' Gesicht, doch dieser duckte sich unter dem Schlag hinweg. In diesem Moment war Olli bereits hinter dem Angreifer, riss ihn herum und zwang Randolf in die Knie. Und Maxie stand auf Socken nur knapp drei Meter neben den Männern und schrie wütend dazwischen.

Die Drei nahmen keine Notiz von ihr. Stattdessen

drückte Olli Randolf weiter zu Boden, kassierte dabei einen Tritt, der seine Weichteile weniger als knapp verfehlte und musste Randolf in einem Moment des Schmerzes loslassen.

Mit allem, was ihre Stimme aufzubieten hatte, schrie Maxie Randolf an: »LASS VERDAMMT NOCHMAL MEINE FREUNDE IN RUHE!«.

Die Fäuste flogen, Olli war zornig wie ein Donnergott, Randolfs Gesicht verzerrt vor Wut. Es roch nach Alkohol.

Jacques arbeitete sich auf die Beine, ballte beide Fäuste zu einem einzigen Hammer zusammen und ließ ihn auf Randolf – der sich gerade wieder aufrichtete – hinunterkrachen, sodass sogar Maxie zusammenzuckte. Olli stieß Jacques aus der Gefechtzone, wurde dabei selbst von Randolf heruntergerissen, und die beiden wälzten sich in einem undefinierbaren Knäuel über den Gehsteig, wo mal der eine, mal der andere die Oberhand zu gewinnen schien.

Jacques blieb ein paar Schritte entfernt auf dem Boden sitzen, zog sein Handy aus der Hosentasche und wählte. Maxie versuchte, zu ihm zu gelangen, was ihr aber nicht glückte. Tat sie einen Schritt nach rechts, wälzten sich Olli und Randolf ebenfalls nach rechts, versuchte sie links an ihnen vorbeizukommen, verlagerte sich der Hahnenkampf nach links.

»Willst du wohl …!«, ächzte Olli und erhielt einen Tritt in die Magengegend.

»Du Arschloch!«, quittierte Randolf und Olli konnte nur ein schmerzhaftes »Umpkx!« von sich geben.

»Schmachdischkalt!«‚ertönte es, doch Olli nahm ihn wortlos und ohne jedes Mitleid in den Schwitzkasten, worauf Randolf verstummte.

In diesem Moment klatschte ein langer Strahl kalten Wassers auf die beiden herab, und das reichte nun endlich, um die Männer auseinander zu bringen. Atemlos und ungläubig blinzelten sie nach oben, wo Maxie wie ein Racheengel über ihnen stand.

»Echt jetzt?! Reicht es mal langsam?!«, schnitt ihre Stimme durch die plötzliche Stille.

Randolf wollte sich aufrichten, Oliver schlug ihm die Beine weg, und Maxie stoppte jede weitere Handlung mit einer resoluten Geste. »Lasst es, es reicht!«

»Ist das Blut?«, krächzte Olli und zeigte auf ihr Gesicht. Wild schüttelte sie die verklebten Locken und schleuderte die Gießkanne zur Seite. Die Hände in die Hüften gestemmt richtete sich all ihre Aufmerksamkeit nur auf Randolf, der sich wohl schon zum x-ten Mal aufrappelte.

»Maxima???«

»Guten Abend, Randolf«, antwortete sie eiskalt.

»Maxima!?!«

Ja, ja, sie kannte ihren Namen selbst!

»Du erinnerst dich an meinen Namen, was für eine nette Überraschung!«

Wohl tausendmal hatte sie sich die Worte zusammengelegt, die sie ihm an den Kopf schleudern wollte, wenn sie ihm noch ein einziges Mal begegnen würde, doch nun, da sie ihm tatsächlich gegenüber stand, schien nichts davon wichtig zu sein. Randolf ließ seinen Blick neugierig über sie wandern wie über einen Schinken am

Metzgerhaken. Er stieß die Luft aus und Maxie wurde fast übel von der Fahne.

»Du siehst ja ganz schön runtergekommen aus, mein kleines Vögelchen!«

»Es hat sich ausgevögelt!«, fauchte sie zurück. Sie standen sich Auge in Auge gegenüber. »Was tust du hier? Du tauchst hier auf, schlägst meine Freunde zusammen und benimmst dich einfach nur ätzend! Außerdem bist du ganz offensichtlich besoffen! Du bist mindestens so runtergekommen wie ich.«

Er fing sich und zeigte trotz ramponierter Kleidung sein Tausend-Volt-Lächeln. Doch es blieb wirkungslos. Angewidert machte Maxie einen Schritt zurück. Oliver positionierte sich wie ein Bulle dicht neben ihr. Auch Jacques eilte herüber, und flankierte Maxies andere Seite. Alle drei Männer standen nach wie vor unter Hochspannung. Maxie war in dieser Runde eindeutig körperlich unterlegen. Randolf reichte sie nur bis zu den Schultern, ihre Freunde überragten sie sogar noch mehr. Sollte jetzt, in diesem Moment, die Schlägerei weitergehen, würde sie unweigerlich Schaden nehmen. Sie strahlte jedoch eine Aura von Stärke aus, die alle drei Kämpfer in Schach hielt. Olli hob warnend die Hand, um Randolf zu signalisieren, dass er jeden Angriff abwehren würde. »Fass sie bloß nicht an!«, grollte er.

Randolf blieb gerade mal eine Armeslänge entfernt, es kochte in ihm. »Du kannst deine Bodyguards abziehen, Maxie«, meinte er verächtlich. »Von dir will ich schon lange nichts mehr. Du warst schon abgeschrieben, lange bevor ich ausgezogen bin.«

Maxie zog eine Augenbraue hoch.

»Ich habe dich e-i-n ums a-n-d-e-r-e Mal betrogen.« Er schüttelte schwerfällig den Kopf, sein gegeltes Haar fiel ihm unordentlich vor's Gesicht, und er sprach, so schnell es seine schwere Zunge noch erlaubte.

»Maxie, Maxie, schab zwar keine Ahnung, wie du ausgerechnet hierher kommst, aber du verschwindest am besten wieder in dein kleines Bauernkaffff, zu deiner Bauernfamilie. Hier ...« Er deutete unbestimmt mit der Hand in der Gegend herum, »findest du weder Arbeit noch Freunde. Dafür hast du einfach nicht den Mumm, du einfältiges Landei!« Und er verlegte sich auf Beleidigungen, sagenhaft geschmacklos, genau wie sein ganzer Zustand, und Maxie drehte nur noch die Augen zum Himmel, um ihm zu zeigen, wie das alles an ihr abprallte.

Doch ihre ›Leibwächter‹ luden gerade ihre Batterien auf. Als Randolf dann seine Hand ausstreckte und Maxie zu nah kam, schlug Olli sie ihm mit Gewalt fort. Die Aggression flammte erneut auf, und ein kurzes, aber heftiges Handgemenge endete damit, dass Olli ihn vor die Brust stieß, sodass er der Länge nach rückwärts zu Boden fiel. Diesmal war er jedoch in Sekundenschnelle zurück auf den Beinen. Maxie wich auch diesmal nicht zurück. Dieser Mann konnte ihr nichts anhaben. Keines der Worte traf sein Ziel. Sie beugte den Oberkörper sogar noch ein wenig nach vorn, um ihm zu zeigen, dass er keine Macht über sie hatte: »Ich wüsste nicht, was dich das angeht und ich wüsste auch nicht, warum ich mich von dir beleidigen lassen sollte!«

Er zögerte und verzog dann höhnisch das Gesicht.

»Was war es denn?«, schnarrte er.

Maxie zog die Augenbrauen zusammen. »Was war was?«

»Das Kind. Du warst doch wieder schwanger!«

Ihr entwich aller Sauerstoff in nur einem einzigen Atemzug.

»Es ist nicht auf die Welt gekommen.«

Nun hatte er sie doch getroffen.

»Maxie …«, flüsterte Jacques und seine Hand berührte sie leicht an der Schulter.

»DU DRECKSAU!«, heulte Olli auf. »DU HAST SIE SCHWANGER SITZEN LASSEN!?« Maxie verspürte einen Luftzug. Olli holte wieder mit der Faust aus, doch sie legte ihren Arm wie eine Schranke zwischen die beiden Männer.

»Lass, Olli«, gebot sie ihm. Wider Erwarten hielt diese Geste zwei Panzer davon ab, sich noch einmal anzugreifen. Stattdessen verlegten sie sich auf mörderische Blicke. Die Luft knisterte.

»*Mami*?« Die kleine Stimme ließ sie alle zusammenfahren.

»Oh Gott, bitte das nicht auch noch!«, stöhnte Jacques. Eine Schrecksekunde lang sagte niemand etwas, und Ida schob sich neugierig zwischen Olli und Maxie nach vorne. Sie war barfuß und trug bereits ihren Schlafanzug.

Schützend legte Maxie beide Arme um ihre Tochter, Oliver rückte enger an sie beide heran, ein Fels in der Brandung. Jacques ballte die Fäuste und wartete nur auf ein einziges falsches Wort des Gegenübers. Nie hatte Maxie einen von beiden derart aggressiv erlebt.

»Papa?«

»Ida!« Selbstgefällig blickte Randolf auf seine Tochter herab, wollte ihr über den Kopf streichen – Olli und Jacques zuckten schon – doch sie duckte sich unter seiner verletzten Hand hinweg.

Sie schwieg und sah ihn nur an.

Auf den Hauswänden erschienen in schnellen Abständen blaue Lichtpunkte. Maxie sah irritiert die Straße herunter, wo einige Nachbarn aus den Häusern gekommen waren und aus der Entfernung die Szene beobachteten. Es war alles so unwirklich!

Dann befreite sich Ida aus den Armen ihrer Mutter, hielt sich jedoch mit einer Hand noch an ihr fest.

»Du stinkst«, belehrte sie ihren Vater. »Geh weg. Ich will nicht, dass du da bist.« Sie wandte ihm den Rücken zu und nuschelte. »Mami, komm.«

Zwanzig Minuten später war der Spuk dann vollkommen vorüber. Die Polizei war mit Randolf im Gewahrsam abgerückt. Olli trug Ida auf dem Arm, ihr Kopf ruhte auf seiner starken Schulter. Ollis Handknöchel zeigten tiefe Abschürfungen, und das linke Auge war eine Spur dunkler als das andere. Er strich Ida beruhigend über den Rücken. »Mit euch als Nachbarn, wird's echt nicht langweilig«, meinte er an Maxie gerichtet.

»Das Kompliment kann ich zurückgeben«, entgegnete sie trocken. »Das hier«, sie wischte winzige Steinchen von den Fußsohlen ihrer Tochter, »das war euer Besuch gewesen, nicht meiner!«

Ida zappelte sich von Ollis Arm herunter.

Sie standen noch einen Moment um Jacques herum, der auf der Eingangsstufe hockte, sich den Kopf hielt und das Bein lang ausstreckte. An der Wunde auf seiner Stirn glänzte der feine Film, den das versiegende Blut gebildet hatte.

Maxie zupfte ihn am Arm.

»Jacques, es tut mir so leid!«

Er drehte sich mit vor Schmerz halb geschlossenen Augen zu ihr um. »Das braucht dir nicht leid zu tun. Aber ich glaub' du hast mir einiges verschwiegen. Gibt es eigentlich irgendjemanden, der ALLES von dir weiß? Darüber reden wir noch.«

Dann ging Olli in die Hocke und fasste ihn sanfter, als man von ihm erwartet hätte unter den Armen. »Komm du Wrack, ich bring dich mal rein.« Er half ihm auf, vorsichtig darauf bedacht, das verletzte Bein seines Freundes zu schonen. Wieviel Adrenalin musste Jacques' Körper ausgeschüttet haben, um noch vor so kurzer Zeit schützend an Maxies Seite zu stehen! Jetzt erst sah man, wie sehr es ihn erwischt hatte. Er versuchte heldenhaft, zuversichtlich zu wirken, aber ihm blieb kaum Energie, um noch zu sprechen.

»Schaut nicht so traurig. Das wird schon wieder.«

Er nickte Maxie und Ida zum Abschied zu und humpelte schwerfällig, gestützt von Oliver, ins Haus.

Kapitel 39

Lang und dunkel zogen sich die Steinmauern quer über satte Wiesen, die engen Sträßchen von Hecken gesäumt und vereinzelt kleine Häuser, Gehöfte, als hätte Gott sie einfach an diesem herrlichen Ort sanft auf die Erde fallen lassen. Der Wind wehte ihr die Haare ins Gesicht. Es roch nach Gras und Pferden. Ein wunderschönes Stück Land!

»Gefällt es dir hier?« Tim erschien, die Hände auf dem Rücken verschränkt. Sein Haar stand mal wieder in alle Richtungen ab, die Brille saß weder auf der Nase noch auf dem Kopf, sondern irgendwo auf Stirnhöhe.

»Sag mir, wie sollte das hier jemandem nicht gefallen können?«

»Well.« Er trat an ihr vorbei, stützte sich mit dem Ellbogen am Zaunpfosten ab und ließ den Blick ebenfalls wandern. Seit er heimatlichen Boden betreten hatte, verfiel er sehr viel öfter ins Englische. Rosie machte das wenig aus. Ihr fehlte die Übung, aber mit jeder Stunde wurde ihr die Sprache wieder geläufiger, bis sie sich schließlich nur noch in seiner Sprache unterhielten.

»Hoffentlich ist es nicht zu anstrengend, meine ganze Familie auf einmal kennenzulernen?!«

»Nein, nein, ich musste nur einmal kurz durchatmen.« Sie sah zurück zur weit geöffneten, zweiflügeligen Glastür, wo sich Anne und Sara im Wintergarten unterhielten.

Trotz anfänglicher Aufregung hatte Rosie diesen ersten Tag genossen. Sie hatten in Dover übernachtet und waren vor Tagesanbruch losgefahren, um früh in Tims Haus in den Cotswolds anzukommen. Rosie fragte sich, woher er die Energie nahm, solch weite Strecken zu fahren. Sie selbst war nach den ersten Kilometern auf der Autobahn immer wieder eingenickt. Nach Ankunft in dem wunderschönen Cottage hatten sie sich kurz die Beine im Garten vertreten, um sich dann endlich zu einem späten, aber verdienten Frühstück niederzulassen. Genau dreimal wurden sie gestört: Zuerst rief Anne an, die ihren Vater kurz über einige geschäftliche Dinge unterrichtete. Der zweite Anruf kam nur Minuten später von Sara, die von Anne unterrichtet worden war, dass ihr Vater nicht allein zurückgekehrt war und ihn noch am Telefon versuchte auszuhorchen.

Tim hatte sich gerade wieder zu Rosie an den Frühstückstisch gesetzt, da klingelte es ein drittes Mal. Anne teilte ihm mit, dass sie mit Sara und den Kindern am Nachmittag zum Tee kommen würden. Für Kuchen sei gesorgt, und sie würden nicht lange bleiben. Und so waren sie am frühen Nachmittag mit einer Willkommensflasche Champagner, mit Kuchen, Scones und Erdbeermarmelade angerückt.

Rosie war gleich hingerissen von Tims ältester Enkelin, schon in den Moment, wo sie etwas ungelenk das Gartentor öffnete und ›Grampa!‹ rief. Auf ihren pummeligen Beinchen stakste das Kind stolz über die Wiese.

Saras Baby, das zuckersüß und pausbäckig im Kinderwagen schlief, verpasste das große Willkommen. Die neue Bekanntschaft ihres Großvaters war für die kleine Tilda offensichtlich kein Grund, den Schlaf zu unterbrechen.

Wie sich herausstelle, waren Tims Töchter ebenso unkompliziert wie herzlich. Es gab reichlich Gesprächsstoff, angefangen von Garten, über Anreise und Wetter bis hin zum Kuchen. Annes Dreijährige wuselte währenddessen zwischen den Beinen aller Anwesenden umher, bevor sie sich mit Sofakissen ein Nest baute und dort ebenfalls einschlief.

Sogar Tims Schwiegersöhne kamen kurz vorbei, um Hallo zu sagen. Diese Familie schien einen beeindruckenden Zusammenhalt zu haben, und es wurde Rosie schnell klar, dass Tim, als Senior der Familie, nicht nur respektiert, sondern auch sehr geliebt wurde.

»Rosie, wir hätten gerne das Rezept für den leckeren Apfelkuchen!«, rief Sara in den Garten hinaus.

»Wenn sie dich nach einem Rezept fragen, bist du praktisch schon adoptiert!«, zwinkerte Tim.

»Dann ist es ja gut, dass ich heute Morgen noch gebacken habe.«

»Yes, Dear! Wir Coopers wissen Gutes sehr zu schätzen!« Er legte ihr den Arm auf die Schulter und sie spazierten gemeinsam zurück zum Haus. Dort winkte Anne Rosie heimlich in die Küche.

»Rosie, ich hoffe, wir haben Sie nicht überfordert. Wir sind alle hier eingefallen wie eine Horde Wilder. Normalerweise geht es gesittet bei uns zu, aber Dads Ankündigung, er habe Besuch mitgebracht … verzeihen Sie uns bitte unsere Neugier. Wir wollten Ihnen sagen, dass Sie unseren Vater sehr glücklich machen. Sie können sich nicht vorstellen, wie sehr Sie ihn verändert haben!«

Rosies Herz erwärmte sich. »Das beruht auf Gegenseitigkeit! Ich hätte mir nicht im Traum einfallen lassen, dass ich so schnell in England landen würde!«

Anne lächelte. »Surprise, Surprise!«

In der Tür erschien nun auch Sara mit der kleinen Tilda, die fröhlich vor sich hin gurgelte. »Unser Vater ist ein Mann der Tat. Wenn er eine Entscheidung getroffen hat, dann wartet er nicht ab. Wie sind Ihre Pläne für die nächsten Tage?«

»Oh, da bin ich überfragt. Tim hat versprochen, mir ein paar schöne Flecken hier in den Cotswolds zu zeigen. Ich glaube, er sprach von Blenheim Palace und Bath. Das sind Orte, die ich bisher nur aus Reiseführern kenne. Aber ich möchte ihn nicht zu sehr von der Arbeit abhalten! Ich würde mich auch allein auf Entdeckungsreise begeben, das ist gar kein Problem!«

»Oh, bitte, *halten* Sie ihn von der Arbeit ab!«, protestierte Sara.

»Ja, ja, tun Sie das bitte! Er hat viel zu viel Zeit im Büro verbracht und wir möchten, dass er endlich mal wieder Spaß hat«, bestätigte auch Anne.

»Aber die Arbeit scheint ihn glücklich zu machen!«

»Dad kann sich Ihnen voll und ganz widmen«, meinte Anne resolut. »Machen Sie sich keine Gedanken! Wir hoffen, Sie bleiben eine Weile bei uns, und bitte seien Sie so nett und kommen in den nächsten Tagen zum Abendessen zu uns!?«

»Sie bleibt solange sie mag!«, kam eine Stimme von der

Tür her. Tim trat ein, und seine Hand umfasste Rosies Taille. »Und nur falls es euch interessiert, sie hat auch eine sehr nette eigene Familie. Eine Tochter und eine Enkelin. Die werde ich euch auch noch vorstellen. Aber die nächsten Tage sind wir erst mal unterwegs. Rechnet nicht mit mir im Büro!«

»Ach wie schade, Dad« riefen seine Töchter im Chor, und Tim hob mahnend den Finger.

»Ich weiß genau, wie ihr das gemeint habt!«

»Na, dann hast du es ja richtig verstanden!«, gab Sara spitz zurück.

Am frühen Abend, als die Gäste gegangen waren, zog es Rosie noch einmal in den Garten. Für einen längeren Spaziergang war sie viel zu müde, wie sie offen zugab, und außerdem würde bald schon die Dämmerung hereinbrechen. Tim setzte sich ihr gegenüber auf die Gartenbank.

»Hast du deiner Tochter ein Lebenszeichen geschickt?«

»Natürlich, wir haben kurz gesprochen. Sie hat irgendetwas von ›bombiger Stimmung‹ erzählt, und von einem unvergesslichen Abend! Wir Engel-Frauen scheinen also gerade einen Lauf zu haben. Es ist also alles in allerbester Ordnung. Schöne Grüße soll ich dir von ihr ausrichten!«

»Hmm«, brummte er. Sein Blick war in die Ferne gerichtet, seine Finger suchten aber ihre Hand. Langsam bildeten sich tiefe Lachfältchen um seine Augen.

»Hast du für heute genug frische Luft getankt?«

Rosie lächelte ebenfalls und schwieg, um ihn schmoren zu lassen. Kleine Insekten schwirrten durch die warme Abendluft, und ein paar Bienen bedienten sich am Rittersporn. Aus der Entfernung drang das Knattern eines Traktors zu ihnen herüber.

Wie lange würde er ihr Schweigen wohl aushalten?

Keine zehn Sekunden!

»Im ersten Stock ist die Luft noch viel besser!« Und mit spitzbübischem Lächeln ergriff er sie nun fest bei der Hand, zog sie ins Haus und schloss die Türen der Veranda.

Kapitel 40

Über Nacht hatte sich Ida zusammengerollt. Ihr verschwitztes Köpfchen war von Maxies Arm gerutscht. Sie gab ihrer Tochter einen leichten Kuss auf die Schulter, achtete darauf, dass sie nicht aufwachte und schlüpfte leise aus dem Bett.

Gestern Abend – nach diesem furchterregenden Streit auf der Straße – hatte Maxie heiß geduscht und dabei alle Farbe, allen Ballast und alle Aufregung von sich abgewaschen. Sie war frei, nicht nur von Schwedenrot, sondern auch frei, nach vorn zu sehen und die Vergangenheit ruhen zu lassen.

Erst jetzt merkte sie, was für ein schweres Gewicht sie so viele Monate mit sich herumgetragen hatte. Randolf noch einmal zu begegnen und festzustellen, dass sie ihm nichts mehr zu sagen hatte, war ein Befreiungsschlag gewesen. Dieses Kapitel war nun endlich abgeschlossen! Sie konnte frei atmen!

Auf Socken schlich sie in die Küche hinunter. Brauchte sie den freien Tag? Nicht für sich, aber für ihr Mädchen. Sie musste sehen, wie es ihr ging. Randolf war vor mehr als einem Jahr spurlos aus dem Leben seiner Tochter verschwunden. Ida hatte gestern Abend auf der Straße sehr entschieden gesagt, was sie dachte. Ob es damit getan war? Sicherlich nicht. Nun, heute würde Maxie sicher eine Menge Fragen beantworten müssen und vor allem schauen, was ihre Tochter nun wirklich alles mitbekommen hatte. Im Moment mal lag sie jedenfalls oben im Bett wie ein Bärchen im Winterschlaf.

Am Küchentisch sitzend schlug Maxie ihr vielgeliebtes Notizbuch auf, nahm einen Stift zur Hand und überlegte, was sie anstellen sollte, solange Ida schlief. Hier! Das hier wäre doch etwas! Sie hatte Oliver versprochen, sich um den Rückschnitt im Garten zu kümmern. Mit einer Heckenschere wie ein Friseur durch den Garten zu ziehen, das war die richtige Beschäftigung für heute! Jacques würde ohnehin mit seinem Knie in den kommenden Wochen für die Gartenarbeit ausfallen. Guter Plan also!

Sie stieg in ihre Gummistiefel, öffnete die Terrassentür und wurde von der Haustürklingel zurückbeordert …

Oh mein Gott! Ein Paket, sie hatte ein Paket bekommen! Und gleich musste sie lachen. Das durfte doch nicht wahr sein!

Ganz weich, schneeweiß und riesengroß quoll ein flauschiges Handtuch aus dem engen Karton heraus. Sie fasste es an einem Ende, es entfaltete sich und gab dabei einen Duft nach Duschgel frei, den sie nur zu allzu gut kannte!

Aus der Mitte der weißen Flauschwolke segelte ein zerknitterter Umschlag zu Boden.

Das Tuch wie einen dicken Schal um den Hals gelegt, den betörenden Duft des Duschgels in der Nase, öffnete sie mit zitternden Fingern den Umschlag. Der Inhalt versetzte sie in einen Freudentaumel und sie hüpfte vor Freude: Matthias strahlte ihr entgegen. Er stand an

Bord, die Sonnenbrille im Haar, breites Lächeln, glänzende Augen. Im Hintergrund bunte Häuser, dänische Flaggen und Meer. Maxies Puls pochte wie verrückt.

›*Ein Handtuch von mir. Extra gekauft aber leider schon einmal benuzt. Ich hoffe, das stört dich nicht. Ich komm bald nach Köln! Vermise dich. Du hörst von mir!*‹

JAAA! Konnte man vor Glück zerspringen? Maxie drehte das Radio ganz laut auf und tanzte durch die Küche, stieß an den Tisch, das Notizbuch segelte zu Boden, ein Stuhl fiel um, und ihr Singen ging in überschwängliches Lachen über.

Kapitel 41

Kurz vor Mittag steckte Oliver den Kopf ins Büro, durch die geöffnete Tür drang lautes Hämmern und das helle Kreischen der Säge, ein Geräusch, an das sich Maxie einfach nicht gewöhnen konnte. Sie steckte beide Finger in die Ohren. Olli grinste und schloss die Tür fest hinter sich.

»Besser?«

Sie nickte.

»Kannst du heute länger bleiben?«

»Kein Problem, da hast du aber Glück! Marita hat mich heute Morgen gefragt, ob Ida gleich nach der Schule zu ihr kommen kann. Wenn ich mir in der Bäckerei ein Brötchen holen kann, bleibe ich gern länger.«

»Cool! Sei so nett und setz' Kaffee auf, Maxie, wir haben gleich Besuch. Ich habe vergessen, es dir zu sagen. War mir wohl entfallen. Vier Personen und wir beide!«

Besuch? Dann hatte Olli auch vergessen, den Termin in seinen eigenen Kalender einzutragen. Maxie hatte es sich angewöhnt, jeden Morgen auf seinem Schreibtisch nachzusehen, da sie wusste, dass ihm schon mal etwas durchging. Aber heute machte es ja nichts aus!

Sie deckte den Besprechungstisch ein, und da es schon auf zwölf zuging, platzierte sie den Obstkorb aus der Küche mitten auf den Tisch. Draußen rollte ein Wagen in den Hof. Zur gleichen Zeit kam Oliver wieder ins

Büro und strich sich die Sägespäne aus dem Haar und aus der Kleidung.

»Gut gemeint, aber der Obstkorb muss zurück in die Küche, wir brauchen hier ganz viel Platz!« Er trug die Schale gleich selbst zurück. Er befand sich gerade in Küche, da pochte es dumpf an der Tür. Dass jemand hier fest an die Tür klopfte, statt die Klingel zu benutzen, war nicht weiter ungewöhnlich. Ungewöhnlich war jedoch, dass Olli aus der Küche stürmte, Maxie überholte und selbst öffnete, und das mit einem Schwung, der fast die Tür aus den Angeln hob. Dann verschwand er selbst nach draußen. Maxie sah ihm verblüfft hinterher. Da sprangen im Hof zwei kleine, gut gelaunte Zwerge in ihr Sichtfeld. »ÜBERRASCHUNG!« Ida und Pelle lachten sich fast scheckig über Maxies Gesichtsausdruck.

»Ida?«

»Hi Mami!«

»Hallo Maxie!« Die Miniaturausgabe von Erik grinste sie an.

Von beiden Seiten traten nun auch dessen Eltern dazu und machten die Verwirrung perfekt. Erik schwenkte einen unvernünftig riesigen Blumenstrauß in der Hand und Marita hielt ein hübsch eingepacktes Päckchen mit beiden Händen fest.

»Marita und Erik? Oh, ich bin – kommt rein – also, was ist denn hier nur los?«, stammelte Maxie.

Erik knuffte Maxie in die Seite. »Jetzt guck doch nicht wie ein U-Boot!«, meinte er, drückte ihr den Blumenstrauß in die Hand und dann sie selbst ganz fest. Die

Blütenblätter kitzelten sie an der Nase, und sie musste niesen.

Marita verzog in gespielter Verzweiflung das Gesicht.

»Nicht so fest!«, protestierte Maxie atemlos. Darauf erlöste Erik sie widerwillig und sah sie entschuldigend an.

Auch Olli war zurück. »Darf ich mal?« Er bugsierte einhändig sechs flache Kartons und schob seine immer noch verwirrte Mitarbeiterin mit der anderen Hand rüde zur Seite.

»Ich hoffe, ihr habt Hunger! Ich hab' mal Essen für alle bestellt. Die Jungs essen draußen in der Sonne, das hier ist unsere Beute.« Er legte die Pizzen unsanft auf dem Besprechungstisch ab, drehte sich um und kniff ein Auge zu. »Na? Überraschung gelungen?«

Maxie schluckte und sah in die Runde. »Ja, sehr coole Überraschung! Aber was genau wird das hier, wenn ich fragen darf?«

Marita sah Erik auffordernd an, aber ihr Blick erzielte nicht die erhoffte Wirkung, also trat sie ihm leicht auf den Fuß. Genau das richtige Signal: Erik kam in Bewegung, packte Maxie gleich nochmal bei den Schultern und schüttelte sie durch, wobei die schönen Blumen in ihrer Hand nun ein zweites Mal verzweifelt ums Überleben kämpften.

»Ja, Mann!«, setzte Erik endlich an. »Ich wollte mich bei dir bedanken!«

»*Wir* wollten uns bedanken!«, korrigierte Marita..

»Ja, natürlich: *Wir* wollten uns bedanken. Ich werde bei der Eröffnung der Meerburg die Küche leiten!«

Marita tänzelte vor Freude herum. »Und wir können in Köln bleiben, YAY!«

»YAY!«, echote Ida und riss die Faust triumphierend hoch.

Maxie legte gerührt beide Hände aufs Herz und strahlte. »Das ist ja super!!!«

»So ist es!«, pflichtete Olli ihr bei, während er die Pizzakartons öffnete. »Ich steh auf deine guten Ideen, Maxie. Und Erik, ich steh auf dein Boeuf Bourguinion!«

»Daran kannst du dich in Zukunft gewöhnen, Chef.«

»Der ›Chef‹ bist du jetzt, mein Freund. So heißen doch die Küchenbosse, oder war es ›Küchenmaschine‹!?« Er verpasste Erik einen freundschaftlichen Rempler und löste damit ein Handgemenge aus, das von vielen ›Uffs‹ und ›Yeahs‹ begleitet wurde.

»Männer!«, rief Marita genervt dazwischen. »Erinnert euch! Warum sind wir hier?!«

Olli grinste. »Ich arbeite hier!«

Aber Erik riss sich jetzt endlich zusammen. »Genau, Butter bei die Fische! Wir wollten uns bedanken, mit Blumen und mit einem Gutschein.«

Marita überreichte Maxie feierlich das hübsche kleine Päckchen. »Los, mach auf!«

»Jetzt gleich?«

»Ja, jetzt!«, tönten Olli und Marita aus einem Mund.

Ungeduldig, und mit einer zappelnden Ida zu ihrer Seite, löste Maxie das tiefblaue Schleifenband um den flachen Karton und hob den Deckel.

»Seid ihr denn von allen guten Geistern verlassen?«, stammelte sie.

Marita legte ihr freundschaftlich den Arm um die Schultern.

»Du siehst an den vielen Unterschriften, dass es nicht nur von uns ist. Erik bringt noch vier gute Leute mit, die ebenfalls die Nase voll haben von Zeitverträgen, und die es ganz spannend finden, bei der Geburtsstunde eines Hotels mit dabei zu sein. Und Oliver spendiert den Rest. Wir haben alle zusammengelegt und voilà! Das ist dabei herausgekommen.«

»D-das ist ein Gutschein für eine Seereise!«

»Eine *kleine* Seereise. Für dich und für die wunderbare Ida, die so nett war, uns die Telefonnummer von Matthias zu verraten, über den wir einen super, duper Schnäppchenpreis für euch beide bekommen haben!«

»Warum habt ihr denn nicht einfach Jacques gefragt?«

»Ida ist so oft bei uns gewesen, wir haben sie einfach ins Vertrauen gezogen!«

»Und ich hab' nix verraten!«

»Nein, mein Schatz, das hast du nicht! Aber Leute, Ida muss zur Schule und ich muss-«

Oliver schnitt ihr radikal das Wort ab. »Nix musst du! Du hast Urlaub, und wenn du wieder klar aus den Augen gucken kannst, siehst du, dass der Termin in den Herbstferien liegt, wo du sowieso zwei Wochen eingetragen hattest. Dafür hast du nächstes Jahr vor Karneval Urlaubssperre, damit das klar ist!«

»Oh mein Gott! Das ist ja irre lieb von euch!« Alles verschwamm vor ihren Augen und Erik stöhnte. Das war für ihn eindeutig zu viel Gefühl.

»Sie dreht den Wasserhahn auf! Das hab' ich befürchtet!« Er wandte sich ab und rieb sich die Hände. »Können wir jetzt mal essen, ich sterbe vor Hunger!«

»Kann ich Salami?«, versuchte Ida sich in dem wilden Geschnatter durchzusetzen. »Für Pelle! Der hat schon zweimal gefragt, aber keiner hat ihm zugehört!«

Marita stimmte Ida zu. »Es ist ganz schön laut dafür, dass wir alle essen!« Und prompt entstand eine kleine Pause, in der jeder nur zufrieden vor sich hin kaute, bevor das Gespräch dann in ruhigeren Bahnen wieder aufgenommen wurde.

»Und wie viele Leute hast du jetzt schon?«, fragte Maxie.

»Wir haben Erik und die komplette Küchen- und Servicemannschaft. Wir haben dank deiner Mutter schon eine Bürokraft, eine Rezeptionistin, beide aus Meerberg, und morgen telefoniere ich mit einem Kumpel, der mal in der Karnevalsgesellschaft war. Er leitet im Moment ein Hotel am Bodensee, will aber wieder zurück nach Köln.«

»Der kommt zurück?«, kaute Erik. »Einwandfrei!«

»Ich hoffe es jedenfalls.« Olli sah die Sache sehr positiv.

Maxie war erstaunt. »Wieso hab' ich von alledem nichts mitbekommen?«

Die Männer sahen sich an und prusteten los. »So läuft das halt in Köln! Klüngel, Brauhaus, Karneval.«

»Das erinnert mich an unser erstes Treffen, Olli.«

»Was war denn bei eurem ersten Treffen?« Fünf Augenpaare richteten sich neugierig auf Olli, doch der sah stur auf seinen Teller. Da entschied Maxie, die anderen allein aufzuklären.

»Ich hatte diese Anzeige in der Zeitung gesehen. Ich habe angerufen und gefragt, ob ich noch eine Bewerbung schicken könne. Und Herr Kirschbaum hier hat mir gesagt, ich soll mir das Porto sparen und persönlich vorbeikommen.«

»Ja was …? Papier hält still! Ich muss die Leute persönlich ansehen!«, rechtfertigte sich Olli zwischen zwei Bissen.

»Und dann?«

Maxie konnte sich nur mühsam ernst halten. »Ich habe mir meinen besten Hosenanzug angezogen und bin nach Köln gefahren. Ich habe die Adresse gesucht, die Olli mir angegeben hatte und …..stand mitten in Köln.«

»Wo?«

»Vor dem Gürzenich.«

»Nein!«, entfuhr es Marita.

»Wo issn das?«, fragte Ida leise.

»Wo die Prinzenproklamation ist?«

»Ja genau, Pelle. Ich wette, Maxie ist von Olli dorthin geschickt worden, weil Papa und er dort einen Auftritt hatten?«, kicherte Marita. Sie kannte ihre Pappenheimer.

Maxie fuhr mit würdevollem Gesichtsausdruck fort. »So ist es. Er hatte mich gebeten, zu dieser Adresse zu kommen, und ihn dann auf dem Handy anzurufen. Genau das habe ich gemacht. Und wenn ich mich recht entsinne, hat mir dort irgend so ein Superman einen Heiratsantrag gemacht. Kurz bevor ich hineingegangen bin …«

Marita hielt sich den Bauch. »Wow! Was für ein Held!«

»Fliegen konnte er jedenfalls nicht mehr, und nicht

nur der Anzug war blau. Also wählte ich Ollis Nummer. Er sagte, er sei sofort da. Ich solle bitte so nett sein, in die Eingangshalle kommen, an der Treppe unten warten und an die Decke gucken.«

»*Wie bitte*?«

»Ich hätte sie doch sonst nicht erkannt! Ich wusste doch gar nicht, wie sie aussieht!«

»Ich sah also zur Decke. Zu Ollis Verteidigung muss ich sagen, ich musste nicht lange auf ihn warten. Und da stand er dann mit seiner schicken Karnevalsuniform. Wir haben uns unterhalten und dann hatte ich den Job!«

»Nein, nein, nein!«, protestierte er. »Du hast mich gesehen, mir die Hand geschüttelt, ›Moment mal‹ gesagt, in die Tasche von deinem Hosenanzug gegriffen und eine rote Clownsnase aufgesetzt. Und SO haben wir das Gespräch geführt!«

Mittlerweile lagen alle fast unter dem Tisch vor Lachen.

»Ach hört doch auf!«, empörte sich Maxie im Spaß. »Ich bin zu einem Bewerbungsgespräch gefahren, es war Karneval und ich habe selbstverständlich vorher die Adresse geprüft! Ich war halt einfach nur gut vorbereitet!«

Olli nickte und schlug mit seiner Pranke auf den stabilen Tisch, dass es knallte. »Ja, genau so war es, und genau DESHALB hast du diese Arbeitsstelle bekommen!«

Kapitel 42

Lisa half, das Gepäck ins Haus zu tragen. »Es ist so schön, dass du wieder da bist! Ich habe dich sehr vermisst!«

»Danke, dass du mich am Bahnhof abgeholt hast. Jetzt bin ich aber auch ziemlich müde!«

»Dann komm erst mal richtig an, und morgen trinkst du mit mir einen Kaffee und erzählst von deinem Urlaub. Keine Angst, du brauchst nicht zu helfen, ich möchte einfach nur wissen, wie es gewesen ist, meine liebe Ersatzmami!«

Trotz der späten Stunde war es noch relativ hell. Einer der Vorteile des Hochsommers. Rosie warf einen schnellen Blick aus dem Fenster. Im Hof liefen feine Wasserrinnsale aus den Blumenkübeln, ein Zeichen, dass sie am Abend erst frisch gegossen worden waren. Auf dem Küchentisch befand sich eine Schale Kirschen und ein frischer Blumenstrauß.

»Ach, Lisa, du bist ein Schatz!«

Lisa grinste. »Im Kühlschrank findest du, was du fürs Frühstück brauchst, und am Telefon da vorn liegt eine Liste von Leuten, die nach dir gefragt haben.«

Rosie drückte ihr kurz die Hand. »Das ist so lieb von dir!«

Aber Lisa wollte nichts davon hören. »Jetzt ist es aber gut, Rosie! Ich bin schon als Schulkind hier bei dir aus- und eingegangen. Ich habe hier eine Million Mal übernachtet und bin mit euch in Urlaub gefahren. Und dann hast du mir auch noch den Stall vermietet. Du bist doch immer für mich da, wenn ich Hilfe brauche. Wofür bitte bedankst du dich bei mir?«

Rosie stöhnte. »Für die viele Arbeit. Mein Garten ist groß! Ich weiß, wovon ich spreche!«

»Dreh morgen mal eine Runde durch deinen großen Garten. Ich glaube an einem Tag waren sogar die Heinzelmännchen da und haben gearbeitet.«

Rosie gähnte. »Kann ich dir was anbieten, Lisa?«

»Nee. Ich geh heim. Ich brauch jetzt meinen Feierabend. Vergiss bloß nicht, morgen einen Kaffee bei mir abzuholen! Und ich hab' für dich Lavendelseife aus Frankreich mitgebracht!« Sie winkte und zog die Haustür hinter sich zu.

Am nächsten Morgen spannte Rosie den großen Marktschirm auf und genoss es, im Schatten zu frühstücken. In spätestens zwei Stunden würde es unerträglich heiß sein, und sie würde Zuflucht im Haus suchen müssen, ebenso wie Alma, die jetzt noch lang ausgestreckt auf dem Steinboden lag und vor sich hin schnurrte.

Es hielt Rosie nicht übermäßig lange im Gartenstuhl, noch mit der letzten Brötchenhälfte in der Hand zupfte sie verwelkte Blüten vom Sommerflieder, entdeckte Kamille, die sich im Schotter selbst gesät hatte, stützte hier und da die riesigen Blütenköpfe der Hortensien und pflückte auf dem Weg einige Himbeeren. Über dem Wasserfass am Gartenhaus schwirrte ein ganzer Schwarm Mücken dicht über der Wasseroberfläche.

Rasch deckte Rosie das Fass ab, um dem blutsaugenden Treiben ein Ende zu bereiten, auch wenn dadurch die Vögel um ein Festmahl beraubt wurden. Man konnte es schließlich nicht jedem recht machen.

Rot gesprenkelte Kiesel zogen nun Rosies Aufmerksamkeit auf sich. Aha, hier gab es also etwas zu entdecken! Die Heinzelmännchen waren tatsächlich während ihrer Abwesenheit tätig gewesen! Satt lag die Farbe auf den Brettern, das Fenster sauber ausgespart, nur an einer Stelle hatte auch der Rasen eine gute Portion Schwedenrot abbekommen. Egal, das würde der Rasenmäher erledigen. Gute Arbeit, sehr gut sogar, Maxie!

»Good Morning!«, rief Rosie voller Elan, als sie es um zehn an der Zeit fand für eine frische Tasse Kaffee. Sie traf Lisa am breiten Arbeitstisch an, der voller Äste, Blumendraht und Moos lag.

Lisa strahlte ihr entgegen. »Selber Good Morning! Du kommst genau richtig, der Kaffee ist eben durchgelaufen und ich bin e-n-t-s-e-t-z-l-i-c-h gespannt auf deinen Bericht! Mit den Sehenswürdigkeiten kannst du dich kurzfassen, ich bin hauptsächlich daran interessiert, was die englischen Bienchen und die englischen Blüten angeht, wenn du weißt, was ich meine!« Sie feixte. Rosie kam jedoch nicht dazu, sie zu maßregeln, denn die Türglocke ertönte.

»Du bist wieder zurück!« Mit Freudengeheul stürmte eine Frau herein, deren sportlicher Kleidungsstil und fransiger Bob die grauen Strähnen in ihrem Haar Lügen strafte. Und bevor Rosie auch nur einen einzigen

Ton herausbekam, schlangen sich schon zwei Arme um ihren Hals. Also übernahm Lisa die Begrüßung für sie beide. »Hallo Tante Leni! Du kommst sicher, um deinen Blumenstrauß abzuholen!«

»Laß die Blumen im Wasser und bring mir lieber einen Kaffee! Ich werde diesen Ort nicht eher verlassen, bis ich alles über Tim erfahren habe!« Sie hielt Rosie an beiden Händen und betrachtete sie eingehend von oben bis unten. »Du meine Güte, schau dich an, wie gut du aussiehst!«

Rosie schob sie vor einen Dekospiegel und schlang nun ihrerseits den Arm um ihre Freundin, sodass sie Wange an Wange im Spiegelbild zu sehen waren. »Schau, wie gut wir b*eide* aussehen!«

»Keinen Tag älter als dreißig!« Sie lachten, dann zog Leni im Spaß ein Gesicht. »Ich kenn' dich schon viel länger als Lisa! Mir hätte der erste Besuch gebührt!«

»Aber ich bin ihr Maxie-Ersatz!«

Sie alberten herum, und schon wieder öffnete sich die Ladentür.

»Heute Morgen ist aber der Teufel los!«, stellte Lisa übermütig fest, verstummte jedoch abrupt. Es war nicht der Teufel, sondern nur Veronika von Lankenstedt, die Rosie mit hochmütiger Miene musterte. Angestrengt lächelte sie. »Na, Rosemarie! Wieder zurück?«

»Ja, seit gestern Abend. Woher wusstest du, dass ich in Urlaub war? Ich dachte nicht, dass ich das Dorfgespräch bin?!«, witzelte Rosie.

Leni verzog sich hinter den Tresen, griff nach einem Tuch und polierte die dicke Holzplanke, obwohl es nicht nötig gewesen wäre.

»Ach ja, du warst mit deinem neuen Bekannten fort, einem Amerikaner?«

»Tim Cooper. Er ist Brite.«

»Dann bist du also doch wieder in England gewesen. Ich dachte, du wärst ausnahmsweise mal etwas weiter weg verreist. Aber du bleibst gerne beim Altbekannten, nicht wahr?«

Rosie lächelte, den Vorwurf hatte sie sehr gut verstanden. »Na ja, du weißt ja, ich habe ein Faible für die Britischen Inseln.«

»Genau wie du ein Faible für ältere Männer hast, nicht wahr?« Veronika strich sich das Haar glatt und sah sich Beifall heischend um.

Aber Rosie lachte sie nur aus. »Echt jetzt, Veronika, schon wieder diese alte Geschichte?«

»Immerhin hast du dir damals den attraktivsten Lehrer der Schule geschnappt. Er war ja ganz nett, aber du hättest ihn nicht gleich heiraten müssen.« Ihre Lippen zogen sich anzüglich zusammen.

»Kannst du es bitte lassen, mein Leben schlecht zu reden? Ich hätte mir keinen besseren Mann wünschen können. Und ich bin dankbar für jedes der wenigen Jahre, die wir zusammen verbracht haben. Dass ich mich – wie wir alle übrigens – in unseren Referendar verliebt habe, ist ja nun mehr als dreißig Jahre her und doch wohl nicht mehr die Neuigkeit des Tages.«

Leni legte den Lappen zur Seite und stützte sich, genau wie Lisa, auf die makellos saubere Oberfläche des Tresens.

»Die Neuigkeit des Tages ist aber wohl, dass sich deine

Tochter ziemlich gehen lässt. Ich dachte, sie hat es in Köln so gut angetroffen? Sie sah mir nicht danach aus, als ich sie vor kurzem gesehen habe!«

»Wo das, meine Liebe?«, fragte Rosie zuckersüß.

»Bei dir vor dem Haus. Sie trug eine sehr, sehr schmutzige Latzhose und Gummistiefel und ihr Haar sah aus wie ein Vogelnest. Sie sah ganz genauso aus wie du damals.«

Hier schaltete sich Leni entschieden ein. »Veronika, ich darf doch sehr bitten!«

Lisa klappte der Unterkiefer herunter. So viel Dreistigkeit verschlug ihr die Stimme.

Eine weitere Kundin trat ein.

Anscheinend froh über ein wachsendes Publikum, fuhr Veronika von Lankenstedt fort: »Nun ja, wie gesagt, es scheint mir, es ist nicht so recht was aus deiner Kleinen geworden, nicht wahr? Du hast selbst auch durch deine frühe Heirat nicht zur Uni gehen können. Maxima scheint da ganz in deine Fußstapfen zu treten. Dabei war sie so ein cleveres, kleines Ding!«

Lisa zog scharf die Luft ein, doch Leni hielt sie zurück. Rosie setzte indes beide Hände auf den Tresen und schwang sich locker hinauf.

»Bravo, zu deinem eigenen gelungenen Leben! Ich glaube es waren fünf Jahre, die du unterrichtet hast? Lass mal überlegen: dann Heirat, Kinder. Und jetzt leitest du eine Walkinggruppe und organisierst Abendessen für die Geschäftspartner deines Mannes. Das ist natürlich viel, viel besser als unabhängig zu sein und auf beiden Füßen zu stehen, so wie Maxie. Sie hat eine solide Ausbildung und sie hat die wundervolle Gabe, mit dem, was sie tut, erfolgreich zu sein.«

»Na, *das* habe ich ja gesehen!«

»Ja, das hast du gesehen, gell? Du weißt ja gar nicht, worum es geht!«, erwiderte Rosie hitzig. »Maxie hat mir mein Gartenhaus fertig angestrichen. Einfach, um mir eine Freude zu machen! Was genau tut dein Sohn, um dir eine Freude zu machen? Ich meine mal abgesehen davon, dass er dir seit Jahren deinen Tank leer fährt. Hat er sich nach acht Semestern mal für ein Studienfach entschieden?«

»Er kann sich gern in verschiedenen Studiengängen ausprobieren. Dabei sind Eltern mit einem gewissen finanziellen Hintergrund von Vorteil, so war es auch bei mir. Dadurch konnte ich mir auch das Jahr in Amerika leisten, wie du weißt.«

Rosie gab sich keine Mühe, ihren Unmut zu verstecken. »Was bin ich froh, dass du mich immer wieder an meine ›niedere Herkunft‹ erinnerst! Es ist schon hart, auf einem Bauernhof groß zu werden, wo man Übernachtungspartys im Heu feiern muss und – huch, ich vergaß, du warst ja nie dabei …«

Leni beugte sich vor. »Rosie hatte auch ein eigenes Pony!«

Rosie warf ihr einen dankbaren Blick zu.

»Glück hat nichts mit Herkunft zu tun! Als ich mit Maxie urplötzlich allein dastand, haben mir meine Eltern geholfen. So wie mir damals übrigens das ganze Dorf geholfen hat. Und von dir habe ich immer nur gehört, wie außergewöhnlich deine Reisen waren. Ich brauche das nicht. Echt nicht.«

»Ich bin ganz schön weit herumgekommen!«, dekla-
rierte ihr Gegenüber.

»Glückwunsch, Veronika!« Rosie nahm beide Hände
wie Scheuklappen an die Schläfen. » Aber dein Sichtfeld
ist noch genauso eng wie damals, als wir zur Schule gegangen sind.«

»Was soll das denn heißen?«

»Du bist doch nicht automatisch glücklich, weil du in
jeder Stadt der Welt zwei Handtaschen kaufen kannst.
Wenn man glücklich ist, ist es egal, ob man schmutzige Latzhosen und Gummistiefel trägt oder ein Chanel
Kostüm. Was am Ende zählt, sind Freunde und Zufriedenheit und ob du ›angekommen‹ bist. Nicht wie viele
Meilen du bei irgendeiner Airline gesammelt hast«, beendete sie ihre lange Rede.

»Genauso ist es!«, meinte Leni und rückte ganz nah
an Rosie heran. Frau von Lankenstedts Mund klappte
auf und wieder zu. Sie sah hilfesuchend zu der Kundin,
die noch bei der Tür stand und alles schweigend verfolgt
hatte.

»Halleluja!«, meinte diese trocken. »*Das* musste dir
doch endlich mal jemand sagen, Veronika!«

Kapitel 43

Wir brennen darauf, von deinen Ferien zu hören!« Lisa verschwand und kam kurz darauf mit einem Tablett voller Tassen und einer Keksdose zurück.

»Ist das zu fassen? Jahrelang schikaniert dich diese Tussi und wird von Jahr zu Jahr fieser!« Leni rang nach Luft, so sehr regte sie sich auf. Mit einem Fleurop-Werbeprospekt fächelte sie sich Luft zu.

Auch Lisa war auf hundertachtzig. »Warum kann sie dich nicht einfach in Ruhe lassen? Ich hätte ihr schon längst die Augen ausgekratzt!«

»Das würde ihr freches Mundwerk nicht daran hindern, auf mir rumzuhacken. Die Sache ist die ganze Aufregung nicht wert«, meinte Rosie gelassen. »Ich kann nur nicht vertragen, wenn sie mein Mädchen angreift. Dann sehe ich rot!«

Leni goss reihum Kaffee in die Becher. »Mensch, Heidi! Jetzt sag doch auch mal was, du kannst doch sonst nicht die Klappe halten!«

»Was soll ich dazu noch sagen? Sie geht darin auf, Gesellschaften zu geben. Dafür ist sie aber auch noch nie mit uns morgens in aller Frühe nach Holland losgezogen, um mit einem Auto voller Schnäppchen zurückzukommen.«

»Mit dem Auto voller Schnäppchen und leeren Sektflaschen im Kofferraum.«

»Genau, Leni«, stimmte Heidi zu. »Sie macht sich selbst *so* zur Außenseiterin. Wir wollen sie doch auch gar nicht dabeihaben, oder?«

Rosie nippte nachdenklich an ihrem Becher. Wenn Veronika nur einen einzigen Schritt auf sie zumachte, würde sie selbst sicher nicht ausweichen. Die jahrzehntelange Fehde ging ihr sowas von gegen den Strich. Man konnte nicht mit jedem befreundet sein, aber einen gepflegten Waffenstillstand hätte sie doch bevorzugt.

»Wollt Ihr jetzt, dass ich von meinem Urlaub erzähle, oder nicht?«

»Nein«, antwortete Lisa. »Wir möchten Blüten und Bienchen, habe ich gesagt. Wie ist er denn so, dein Tim?«

Alle lehnten sich weiter nach vorn, und Rosie schloss für einen kurzen Moment die Augen, um nicht zusammenhanglos drauflos zu plappern. Sie konnte Tims stahlblaue Augen genau vor sich sehen, wobei ihre Wangen einen zartrosa Ton annahmen. Dann atmete sie tief ein und aus und fing endlich an zu erzählen.

»Und wenn ich in seiner Nähe bin, fange an zu leuchten!«, schloss sie. Sie sah sich um und hielt inne. »Hört sich dämlich an, was?«

Einhellig schüttelten alle die Köpfe.

»Wer hätte das gedacht, was? Ihr wart doch immer hinter mir her, ich solle mir einen Partner suchen. Das habt ihr nun davon!«

Seufzend sahen die drei Frauen sie an.

»Das ist so ähnlich, wie am Sonntagabend der Liebesfilm im Ersten«, seufzte Leni.

»Nur viel echter …«, fügte Lisa hinzu.

Rosie nickte bedächtig. »Kommt der nicht auf dem Zweiten?«

Kaptiel 44

Sie musste zugeben, sie hatte ihn vermisst. Richtig vermisst. Olli war wie jeden Freitag beim Training, und wie so oft nutzen Jacques und Maxie die Gelegenheit, sich zum Abendessen zu treffen, um sich aufs Wochenende einzustimmen.

»Na, liebster Nachbar, pünktlich wie zum Elternabend!«

Er schaute fast beleidigt drein und humpelte ins Haus. »Ich bin *immer* pünktlich!«

Maxie schob den Wohnzimmertisch zur Seite, um ihm freie Bahn bis zum Sessel zu gewähren, aber er stakste Richtung Küche und sondierte die Lage.

»Was macht denn dein Knie?«

»Jeden Tag ein bisschen besser, das wird schon wieder, mach dir keinen Kopf! Aber soll ich dir mal was sagen? Ich zucke jedes Mal zusammen, wenn es an der Haustür klingelt. Kannst du dir das vorstellen? Da machst du nichtsahnend die Tür auf, und direkt packen dich zwei Fäuste und reißen dich zu Boden!« Er schüttelte den Kopf. »Ich mein', der wollte sich ja nicht nur ein Tässchen Zucker ausborgen, der Typ. Nee, der ist mit dem Vorsatz gekommen, jemanden zu verkloppen!«

»Und zwar dich! Wäre Olli nicht so gut trainiert und dir gleich zur Hilfe gekommen, wärst du am Ende noch im Krankenhaus gelandet. Es tut mir so leid.«

»Verkloppen wollte er wohl eher Matthias, aber der hat

sich so oft für mich geprügelt, dann geht das eine mal umgekehrt auch in Ordnung. Wie geht es denn dir? Ich bin rückwärts umgefallen, als Ida zu dem Kerl auch noch ›Papa‹ gesagt hat.«

»Jacques, hör doch bitte endlich auf, meine Küche abzuscannen. Eine ganze Ladung Sandwiches wartet schon im Wohnzimmer auf dich.« Sie wies in Richtung des appetitlichen Stapels. »Also, ich bin auch rückwärts umgefallen, kannste mir glauben! Jetzt kommt es mir auch komisch vor, dass ich dir nicht längst alles erzählt habe. Nach der Schlägerei hab' ich zum ersten Mal damit rausgerückt, unfair was?«

»*Mir* gegenüber schon!«, maulte er.

»Tja, ich weiß auch nicht. Sitzengelassen zu werden, ist halt nichts, worauf man so wahnsinnig stolz ist. Deswegen habe ich lieber nichts gesagt.«

»Na ja, es war ja nicht nur ein ›sitzengelassen werden‹ bei dir.« Er sah sie betreten an.

Maxie ging nicht auf die Anspielung ein. »Hauptsache wir haben wieder unsere Ruhe. Ida hat mir ein paar schwierige Fragen gestellt, aber seitdem ist alles wieder wie vorher.«

»Wo ist denn die kleine Buchstabenfee?«

Sie scheuchte ihn ins Wohnzimmer. »Kindergeburtstag, sie wird gleich nach Hause gebracht. Sie schlägt sich gut in der Schule, was? Ich liebe es einfach, wie sie das Schreiben für sich entdeckt.«

Jacques war endlich vor seinem Lieblingsmöbelstück angekommen, ließ sich schwer in den Sessel fallen und seufzte. »Ich mag meinen Beruf so sehr! Diese Kinderköpfe bestehen aus Schwämmen, die alles aufsaugen. Es ist immer wieder ein kleines Wunder.«

Maxie seufzte. »Ja, mein Kind ist für mich auch ein Wunder. Ich weiß noch, wie sie laufen lernte. Und dann Fahrrad fahren. Und jetzt lernt sie lesen! Es macht ihr so viel Spaß! Ist das nicht schade, wenn man den Kiddies so viel beigebracht hat, und dann gehen sie einfach auf eine andere Schule? Du musst dich jedes Jahr von einigen verabschieden.«

Irgendwann wurde Ida nach Hause gebracht. Wie immer, wenn sie heimkam, erzählte sie ohne Pause und mit viel zu lauter Stimme. Es dauerte nicht lange, bis sie alles losgeworden war, was sie zu erzählen hatte. Daraufhin schlief sie prompt zwischen Sofakissen ein.

Es war schon nach elf, als Jacques schließlich nach Hause ging. Es war dieses Mal spät geworden. Maxie verabschiedete ihn, löschte die Lichter und ließ Ida auf dem Sofa weiterschlafen.

Noch zu wach, um selbst zu Bett zu gehen, kramte Maxie nach ihrem Handy in der Handtasche, wählte ihre Lieblingsmusik und platzierte das Telefon auf der halbhohen Kommode im Bad. Sie trug in aller Ruhe eine Gesichtsmaske auf und summte die ruhige Musik leise mit.

Es dauerte nicht lange, da brummte das Telefon kurz und zeigte eine Nachricht an.

›Na, noch wach?‹

Oh, oh! Das war Matthias! Wie schön! Er schrieb fast jeden Abend!

›Ja, bin noch nicht müde! Was machst du?‹

›Tippe Nachrichten ins Telefon‹

›Haha! Sehr lustig! Du fehlst mir so sehr. Es wäre schön, wenn du bei mir wärst ;)‹

›Bin in Kürtze da.‹

›Tss! Was auch immer bei dir Kürze bedeutet. Bei mir würde das morgen oder spätestens übermorgen bedeuten!‹

›Bei mir nicht.‹

›Leider. Freu mich so auf dich!! Schon eine Idee, wann wir uns sehen können?‹

›Ja!‹

›Wann denn bloß?‹

›Zieh hoch‹

›Hä? Was? Schlägst du mir jetzt allen Ernstes vor, ich soll hoch nach Hamburg ziehen? Wie stellst du dir das vor?‹

›Den Rollladen. Sieh runter in den Garten!‹

›…Maxie?‹

›…Maxie???‹

Aber Maxie hatte keine Zeit. Sie wusch sich bereits die Maske aus dem Gesicht. Unterdessen spuckte ihr Handy eine Nachricht nach der anderen aus.

›Maxie????????‹

Verdammt, sie hasste doch Überraschungen so sehr! Gleichzeitig konnte sie es aber nicht erwarten, Matthias zu sehen. Was machte dieser Mann mit ihr? Wie sollte sie sich jetzt nur innerhalb von Sekunden in einen vorzeigbaren Zustand versetzen? Sie sah an sich herunter. Weißes Shirt und Jeans. Könnte schlimmer sein.

›Komm schon, Liebling!!!!‹

Oh nein! Dicker Fleck auf dem Shirt! Ging gar

nicht! Schnell neues Shirt suchen. Gaaah, die Unterwäsche!

›Ich warte im Garten … nur falls du mich vergessen hast.‹

Wie süß! Wie sollte sie vergessen, dass er nur wenige
Meter entfernt da draußen stand! Hopp, hopp, hopp!
Barfuß huschte sie die Treppe hinunter, öffnete so leise
und so schnell es ging die Terrassentür …

Er lehnte im Dämmerlicht am Baumstamm. Sein weißes
Hemd hing nachlässig aus der Hose und strahlte so hell,
als sei ein Spot auf ihn gerichtet, um ihn allein in der
grau-grünen Umgebung des Gartens hervorzuheben. Er
lächelte.

Maxie hielt nur eine Millisekunde auf den Holzdielen
der Terrasse inne, dann flog sie schon über die Wiese und
warf sich in seine Arme. Mit geschlossenen Augen sog sie
seinen Duft ein und löste sich erst nach einer gefühlten
Ewigkeit von seiner Brust.

»Du weißt doch, ich verabscheue Überra-«

Er legte ihr weich die Hand auf den Mund und brachte
sie so zum Schweigen.

»Kein guter Zeitpunkt für *Konversation*«, flüsterte er,
strich ihr Haar aus dem erhitzten Gesicht, drehte sich
mit ihr elegant wie ein Tänzer um 180 Grad und presste
sie an den Baumstamm. »Und ich gedenke auch nicht,
sie fortzuführen, um deine eigenen Worte zu benutzen.«

»Stattdessen?« Sie hielt seinen Blick, als er sich her-
unterbeugte und seine Lippen sich auf ihre legten.

Kapitel 45

Liebling?«

Sie war zu müde, um ihren Kopf von seiner Brust zu heben und gab lediglich ein leises »Hmmm?« von sich. Er strich ihr federleichte Linien über den Rücken. Sie reagierte mit Gänsehaut auf diese hauchzarte Berührung und drückte den Rücken genüsslich ins Hohlkreuz.

»Liebling, wir liegen in einem Glashaus.«

»Hmmm. Egal!«

»Nein, ich möchte deinen Anblick ganz für mich allein haben. Kein Bedarf, deine nackte Haut mit der Nachbarschaft zu teilen.«

»Das fällt dir ja reichlich früh ein.«

»Lass uns ins Haus gehen«, drängte er ungeduldig. Er verlegte sich darauf, ihr auf den Rücken zu trommeln, bis sie aufgab.

»Hab' aber nur eine einzige Bettdecke.«

»Das reicht.«

Er half ihr beim Aufstehen und lieh ihr sein Hemd, das bis zu den Knien reichte. Leise schlichen sie über das taufeuchte Gras und über die Terrassendielen ins Wohnzimmer. Ida schlief noch immer wie ein Stein und würde das – wenn sie nicht aus der Gewohnheit fiel – auch noch einige Stunden lang tun. Leise kichernd zog Maxie Matthias die Treppe hinauf. Die Gürtelschnalle seiner Jeans klimperte bei jedem Schritt und auf dem Boden blieb eine Spur Grashalme zurück.

Als die Strahlen der aufgehenden Sonne sich durch die Ritze der Gardine drückte und auf ihrem schleichenden Weg über den Fußboden über ein weißes, verknittertes Leinenhemd stieg, waren sie noch immer wach. Matthias füllte die ganze Länge des Bettes aus. Den rechten Arm unter den Kopf geschoben, hielt er Maxie mit dem linken an sich gedrückt. Ihr Kinn ruhte auf seiner Brust und sie beobachtete jede Regung in seinem Gesicht.

»Was hättest du denn gemacht, wenn ich schon geschlafen hätte?«

»Ich wusste, dass ich nicht früh in Köln ankommen würde, also habe ich dafür gesorgt, dass du nicht schläfst.«

»Verstehe! Du hast deinen Bruder zum Komplizen gemacht!?! Er hat also die ganze Zeit gewusst, dass du nach Hause kommst?«

»Ja, der beste Bruder der Welt. Ich mag es übrigens, wenn du sagst ›nach Hause kommen‹.« Seine Armmuskeln spannten sich an und drückten ihre Brust an seine. »Aber soweit ich weiß, fällt es ihm nicht schwer, abends spät dein Haus zu verlassen. Das wird sich in Zukunft wohl ändern.«

»Oh schade, die Abende mit Jacques sind immer so nett. Andererseits hat sein Bruder auch gewisse Vorzüge. Ich weiß grad' gar nicht, wer von euch mir lieber ist. *Autsch*! Hörst du wohl auf, mich zu kneifen! Heißt das denn, dass du in Zukunft regelmäßig hier sein wirst?«

Er schwieg einen Moment. Gespannt sah sie ihn an. Dann küsste er sie auf die Stirn. »Ich weiß es ehrlich gesagt nicht. Also, ich weiß nicht, wie das hier weitergeht. Mit uns.«

»Das weißt du nicht?«, fragte Maxie bestürzt.

»Ich habe mich schon in dem Moment in dich verliebt, als du mit hochrotem Kopf in deinen bunten Stiefeln vor mir gestanden und mich wegen meines rasierten Kinns ausgeschimpft hast. Das werde ich mein Leben lang nicht vergessen«, beruhigte er sie. Seine Brust bebte. »Was mich angeht: ich weiß was ich will. Wie es bei dir aussieht, weiß ich nicht. Du hast mich ziemlich auf Abstand gehalten. Ich weiß halt nicht, ob du mich willst …«, grinste er dreckig, »oder ob du mich nur benutzt hast!«

Sie kicherte und kniff diesmal ihn in die Seite.

»*Aua*! Und du musst überlegen, ob es für Ida okay ist. Und eins ist klar, mit Kind kannst du nicht nach Hamburg pendeln. Ich würde zu dir nach Köln kommen, und du bist es nicht gewohnt, deine Wohnung mit jemandem zu teilen. Mit jemand anderem als Ida, meine ich. Ich hoffe, du bist dir dessen bewusst, dass wir uns hier auch schon mal ins Gehege kommen könnten.«

»Fühlst du dich etwa nicht wohl in meinem Gehege?«

Er lachte leise. »Ich wüsste nicht, wo ich mich wohler fühlen sollte, du brauchst gar nicht so mit deinen Augen zu klimpern. Brauchst du Zeit zum Nachdenken?«

Sie schüttelte leicht ihren Kopf, wobei sich das Kinn spitz in seinen Brustkorb bohrte, sodass er schmerzhaft das Gesicht verzog.

»Nein, Matthias. Ich habe die letzten Wochen so oft an dich gedacht. Du hast mich mehrere Nächte Schlaf gekostet.«

»Nicht nur heute Nacht?«

»Nein, tatsächlich mehrere Nächte. Was Ida angeht: Sie hat mir schon eröffnet, dass sie Pelle heiraten wird, und dass es ihr ganz gut in den Kram passen würde, wenn ich zu dir ziehen könnte.«

»Wir werden uns selten sehen.«

»Ich weiß. Ich glaube, das ist ganz gut so, dann kann ich mich langsam dran gewöhnen, ich war irgendwie auf sowas hier nicht gefasst!«

»Hab' ich gemerkt.«

»Mach dir keine Sorgen: Es wird mir nicht schwerfallen.«

»Aber es könnte sein, dass du mich vergisst, wenn ich länger unterwegs bin«, gab er zu bedenken.

»Dann musst du dich eben eindrücklicher in Erinnerung bringen.«

Das war Aufforderung genug. Er sparte sich die Antwort, verlagerte sein Gewicht und fing an, genau das zu tun.

Kapitel 46

Maxies Kalorienverbrauch in der letzten Nacht war hoch gewesen, sodass sie heute Morgen einen Löwenhunger verspürte. Ida, die die ganze Nacht auf dem Sofa geschlummert hatte, wurde vom Geschirrgeklapper wach und kam in die Küche.

»Hallo Engelchen!« Maxie beugte sich zu ihr herunter und umarmte sie liebevoll. »Hast du gut geschlafen? Los, gib mir einen Kuss!«

Schmatzend kam Ida der Aufforderung nach.

»Magst du schon eine Tasse Kakao vor dem Frühstück?« Maxie fuhr ihr über den roten Bubikopf. »Wir haben Besuch, Schatz. Matthias ist da, er schläft noch.«

»Mattis ist wirklich zurückgekommen? Ich hab's doch gewusst! Aber hoffentlich schläft der nicht in meinem Zimmer!«

»Keine Sorge, deine Kuscheltiere haben gut auf dein Zimmer aufgepasst. Er schläft bei mir.«

Ida kletterte auf den Küchenstuhl und nahm ihre Tasse Kakao entgegen. »Mami, hast du schon wieder mit Mattis geknutscht?!?«

Sie hörten ein leises Rascheln und drehten sich beide gleichzeitig um. Matthias stand in der Tür, in Jeans, seinem gnadenlos zerknitterten Irgendwas und barfuß.

»Ja, wir haben wild geknutscht!«, bestätigte er. Seine Stimme war am Morgen noch tiefer, sein Haar ebenso wild wie Idas. Nur kürzer und dunkler. Was für ein Anblick!

Rein nach seinem Gesichtsausdruck zu urteilen, sah er aber eher aus wie ein blutjunger Verehrer, der zum ersten Mal auf seine gefürchtete Schwiegermutter trifft. Ida fasste ihre Tasse mit beiden Händen und schien nachzudenken. Sie machte es ihm nicht leicht. Matthias' Blick flog nervös von Ida zu Maxie und wieder zurück.

»Wenn du willst, kannst du meine Mami nochmal küssen. Beim letzten Mal hat sie gesungen! Und sie hat im Wohnzimmer getanzt. Das war voll lustig!« Ida hielt sich vor Vergnügen die Hand vor den Mund.

Maxie atmete hörbar aus. Auch Matthias' Haltung lockerte sich merklich. Sie tauschten einen erleichterten Blick. Aber Ida war noch nicht fertig. »Mein Zimmer kriegst du aber nicht. Ihr müsst euch Mamis kleines Zimmer teilen und sie verlangt immer, dass man aufräumt, das gilt dann auch für dich.« Sie zeigte mit dem Zeigefinger auf ihn und versuchte streng auszusehen, so wie es ihre Mutter manchmal tat und legte dann noch eine Schippe drauf: »Und erzähl mir nachher nicht, ich hätte dich nicht gewarnt!«

Matthias lachte schallend los. »Aye, Aye, Ida!« Zwei Schritte und er war bei ihr, fasste sie unter den Armen und stellte sie auf den Küchentisch, sodass sie nun in etwa die gleiche Größe wie er hatte. Auge in Auge standen sie sich gegenüber.

»Du hast mich gewarnt! Ich werde es mir gut merken!« Dann fing er an, sie zu kitzeln. »Was ist, ich denke hier im Haus gibt's so ein großartiges Frühstück!«

»Jaaaa!«, kreischte Ida und trat aus Versehen gegen die Kakaotasse, die sich über Matthias rechten Oberschenkel ergoss.

»Upsi!« Erschrocken presste sie die Lippen aufeinander. »Im Kindergarten musste Pelle auch schon mal in der Unterhose am Tisch sitzen. Das geht schon, oder?«

Aber Maxie hob sie herunter. »Wir zwei Hübschen machen jetzt mal das Frühstück und Matthias geht nebenan seine Tasche holen. Ich wette, er hat mindestens eine weitere Hose auf Reserve.« Sie sah auf. »Sag mal, wie lange bleibst du eigentlich?«

»Wären vier Tage in Ordnung?«

Maxies Herz machte gleich mehrere Hüpfer. »Mehr als in Ordnung! Lauf rüber, wir sind hier in fünf Minuten fertig.«

»SONST FANGEN WIR OHNE DICH AN!!!«

»Spatz, was schreist du immer so!« Maxie goss das heiße Wasser in die Teekanne und stellte diese auf den Tisch.

»Man muss laut und deutlich sagen, was man will.«

»Sagt wer?«

»Omi.«

»Aber sie meinte sicher nicht, dass du schreien sollst! Mir fallen noch die Ohren ab. Und wenn ich keine Ohren mehr habe, dann kann ich gar nicht mehr hören, was du sagst.«

»Dann kannst du auch keine Sonnenbrille mehr anziehen, die rutscht dann runter!« Ida legte sorgfältig Messer neben die Teller.

»Und das bedeutet, ich kann im Sommer gar nicht mehr rausgehen, wie doof!?!«

Sie prusteten beide gleichzeitig los. Ida fing sich als erste wieder. »Omi sagt, ich muss laut sagen, was ich will, und dann krieg ich das auch.«

»Auf welchem Planeten lebst du? Sie sagt eigentlich eher: ›Zuerst musst du wissen, was du willst. Und dann musst du dafür kämpfen. Und dann hast du gute Chancen, es zu bekommen!‹ Das hat sie mir auch so beigebracht. Das hat aber nichts damit zu tun, dass man jemanden anschreien soll.«

»Lisas Papa schreit auch immer.«

»Lisas Papa sitzt meist auf dem Trecker, und wenn er nicht schreien würde, dann könnte man ihn gar nicht verstehen.«

»Ich mag Treckerfahren …warum fahren hier keine Trecker?« Ida legte den Kopf schief und sah ihre Mutter an.

»Weil es hier doch keine Felder gibt, in der Stadt ist kein Platz dafür. Dafür riecht's auch nicht nach Gülle.«

»Als wir gestern zur Schule gegangen sind, hat es aber gestunken.« Sie rührte sich einen zusätzlichen Löffel Kakaopulver in die Milch.

»Das waren Autoabgase.«

»Gülle riecht schöner.«

Sie kicherten wieder. Dieser Feststellung hatte Maxie nichts mehr entgegenzusetzen, und so entstand eine kleine Pause.

»In Meerberg ist es auch sehr schön«, sagte Ida in die Stille hinein.

Maxie nickte. »Ja. Aber in Köln auch.«

»In Koppenhafen auch.«

»Du meinst Kopenhagen.«

»Mattis hat gesagt, da ist es schön.«

Maxie lächelte, beugte sich herunter und flüsterte ihr ins Ohr. »Es ist überall schön, wo Mattis ist!«

In der Tat war es schön, wo Matthias war, denn er verbreitete gute Laune und das Wochenende verging schneller, als ihnen lieb war. Heute kehrte der Alltag zurück.

Matthias stand früh am Morgen mit Maxie und Ida auf und bot sich an, die Kinder zur Schule zu begleiten. Danach wollte er seine Eltern besuchen. Das Frühstück war leider kein Vergleich zu der üppigen Tafel am Wochenende, doch das machte niemandem etwas aus. Ida aß ihre Cornflakes, Maxie ein Brötchen mit Erdbeermarmelade. Matthias hatte sich für den Rest der Pfannkuchen vom Wochenende entschieden.

Es wurde kurz hektisch, bis er mit Ida das Haus verließ, um auf dem Weg Pelle einzusammeln. Maxie wischte selig den Frühstückstisch sauber, räumte die Küche auf und verließ in allerbester Laune und fröhlich summend das Haus.

Kapitel 47

Einige der Äste waren rasend schnell gewachsen und schauten wie hilfesuchende, grüne Arme aus den Büschen heraus. Zwei scharfe Klingen fuhren durch das Grün, formten Kugeln und Kegel und hinterließen einen Teppich von Ästchen und Blättern auf dem Rasen. Rosies Schultern schmerzten bereits.

Jedes Mal, wenn es wieder Zeit für einen Rückschnitt war, ging sie voller Elan an die Arbeit. Doch die zahlreichen Büsche waren über die Jahre wundervoll üppig gewachsen, und sie alle in Form zu halten war ein Projekt für mehrere Tage. Immerhin gaben sie dem Garten sogar im Winter Struktur mit ihren immergrünen Blättern oder den tiefroten Ästen. Die Anstrengung lohnte sich.

Als sie einen Schritt zurücktrat, um mit kritischem Auge ihre Arbeit zu prüfen, sah sie, wie Veronika von Lankenstedt inmitten einer Truppe Frauen gut gelaunt die Straße hinauf marschierte. Ach Mensch, auf diese Begegnung hatte sie jetzt gerade gar keine Lust! Aber sie würde freundlich grüßen. Dann konnte sie sich immer noch umdrehen und Grimassen schneiden. Sie konzentrierte sich auf den Schnitt einer besonders großen Kugel und beobachtete aus dem Augenwinkel, wie die Gruppe zügig heranrückte wie eine Legion Cäsars.

Freundlich grüßen, umdrehen und dann erst Grimassen schneiden, schärfte sie sich ein.

Nicht umgekehrt!

Der Streit mit Veronika schwelte nun schon so lange und war gar nicht in erster Linie von ihr ausgegangen. Aber bei Angriff durfte man sich schließlich verteidigen. Veronika hatte in ihr schon zu Schulzeiten eine ständige Konkurrentin gesehen, und nachdem Rosie sich den unentschuldbaren Fauxpas erlaubt hatte, sich in den ›falschen‹ Mann zu verlieben, war bei Veronika ein Drähtchen durchgebrannt und sie hatte sich fortan darauf verlegt, gegen sie Stimmung zu machen. Es ging mittlerweile schon gar nicht mehr um die Sache selbst. Egal was Rosie tat, es wurde kommentiert. Damit wurde diese so manches Mal an ihre Toleranzgrenze getrieben, ganz besonders wenn Stimmung gegen ihre Familie gemacht wurde. Der Vorfall im Blumenladen war eine der sehr seltenen Gelegenheiten, bei der Rosie ihre gute Erziehung vergessen und Veronika die Meinung gesagt hatte. Und sie hätte noch viel, viel deutlicher werden sollen!

Oh ja, das hätte sie.

Freundlich grüßen!

Sie sah auf.

Veronika war von der Straße an den Zaun herangetreten. In allerbester Fräulein-Rottenmeier-Manier sah sie in den Garten und wartete ungeduldig, bis Rosie ihr scharfes Werkzeug sinken ließ und ihr entgegenkam. Im Blumenladen verdunkelte sich eine der Fensterscheiben.

»Rosemarie!«

»Veronika.« Rosie legte die Gartenschere auf einem Weinfass ab und zwang sich zu lächeln.

»Rosemarie, ich möchte zurückkommen auf unser Gespräch im Laden …«

»Müssen wir denn wirklich nochmal darüber sprechen?«

»Ja, ich bestehe darauf.« Veronika suchte nach Worten.
»Ich war sehr verletzt, als du mir gesagt hast, ich sei eng-
stirnig und verbohrt.«

»Das habe ich so nicht gesagt ...«

Veronika druckste herum. »Du hast es aber so gemeint.
Ich bin aber nun mal nicht aus Holz und ich habe über
deine Worte nachgedacht. Es könnte sein, dass ich mich
etwas im Ton vergriffen habe.«

Auffordernd sah sie über den Zaun, doch Rosie ließ sie
schmoren und schwieg erst einmal. Die anderen Damen
traten nervös von einem Bein aufs andere. Ihnen schien
die Unterhaltung der beiden Frauen sichtlich peinlich
zu sein.

»Nun ja. Es war nicht meine eigene Entscheidung, meinen Beruf aufzugeben. Ich habe sehr gerne unterrichtet.
Es war der Wunsch meines Mannes, dass ich mich um
andere Dinge kümmern sollte. Ich habe ja auch eine Er-
satzbeschäftigung gefunden und ich muss dir sagen, hm,
also ...« Ihre Stimme wurde leise, sodass Rosie nicht ganz
sicher war, ob sie richtig verstanden hatte, so ungewöhnlich fand sie Veronikas Wortwahl:»Ach, scheiß' der Hund
drauf: Ich hab's verdammt noch mal immer bewundert,
wie du mit deinem Kind so allein zurechtgekommen bist.«

Nach diesen deutlichen, aber trotzdem geflüsterten
Worten, sah sie Rosie zerknirscht an. Dann fuhr sie in
normaler Lautstärke fort. »Du hast immer so viel um die
Ohren: Haus, Garten, und ...und du verwaltest deine
Sachen selbst!«

»Was für Sachen?!?«

»Na ja, du weißt schon: Du hast doch Felder verpachtet und das Mietshaus unten im Dorf, und hier-«, sie wies auf Lisas Geschäft. »Der Umbau des Stalls und dann arbeitest du auch noch hier im Blumenlanden!«

»Ich mache das alles sehr gerne!«

»Ich weiß, Rosie, ich weiß. Merkst du denn nicht, was ich dir sagen möchte?«

»Ich ahne es.«

»Rosie, wir leben hier auf dem Dorf. Skandale sprechen sich schnell herum …«

»Oh, ich hatte eigentlich etwas anderes geahnt«, warf Rosie ein, immer noch bemüht, freundlich zu lächeln.

»… aber mal wird die eine Kuh durchs Dorf getrieben, und mal eine andere. Ich glaube, diesmal bin ich die Kuh. Und zwar eine dumme. Und es hat sich auch ohne großes Zutun herumgesprochen, dass ich mich ziemlich danebenbenommen habe. Ich möchte mich entschuldigen. Bei dir. Es tut mir leid.« Sie sah bittend über den Bretterzaun.

Erstaunt verwandelte sich Rosies erzwungenes Lächeln in ein echtes. Veronika hatte den berühmten ersten Schritt getan. Wer hätte das gedacht, und das nach so vielen Jahren!

»Wir haben uns mal gegenseitig Luft gemacht, was?«

»Rosie, bei dir läuft immer alles so gut! Du hast immer so viel Glück im Leben!«

Rosies Gesicht verzog sich, als hätte sie in eine Zitrone gebissen. »Mein Mann ist gestorben. Das Glück regnete nicht gerade auf mich herab.«

»Oh nein, ich habe schon wieder das Falsche gesagt! Entschuldige!«

Geknickt wurde Veronikas Stimme wieder leise. »Trotzdem möchte ich manchmal mit dir tauschen. Du wirkst so zufrieden.«

Rosie stützte sich am Zaun ab. »Ich *bin* zufrieden!« Sie tat einen tiefen Atemzug, und ohne groß zu überlegen, hielt sie ihrer ehemaligen Schulkameradin auffordernd die Hand hin:

»Komm, Veronika, lass uns mal Frieden schließen. Ich bin dir eigentlich auch gar nicht böse. Du kannst alles über mich sagen, aber Maxie lässt du in Ruhe, hörst du? Ich kann es nicht vertragen, wenn du sie beschimpfst, das macht mich ganz wild! Und Tim lässt du auch in Ruhe. Er wird dir wahrscheinlich in Zukunft öfter begegnen. Ein falsches Wort von dir und –« Sie sah Richtung Heckenschere.

»Was soll das bedeuten: ›er wird mir öfter begegnen‹?«

Haaach, Herrgott nochmal, was war daran schwierig zu verstehen?

»Das soll bedeuten, dass er öfter nach Meerberg kommt. Er wird mal einige Wochen hier sein, und ich werde …«, zuckte sie mit den Schultern, »hin und wieder nach England fahren.«

»Das …freut mich für dich.« Und das hörte sich ehrlich an.

»Danke!«, meinte Rosie trocken. »Ich könnte dir übrigens etwas vorschlagen. Wenn du mal Zeit hast, komm doch auf einen Tee zu mir. Es würde mich sehr interessieren, was du davon hältst.«

Sie verabredeten sich gleich für den nächsten Tag, an dem es Bindfäden regnete. Es war bisher ein richtiger Vorzeigesommer gewesen, leider aber auch zu trocken, und so war es nicht von Nachteil, dass der Himmel endlich mal seine Schleusen öffnete. Veronika stand mit ihrem Schirm und in Gummistiefeln betreten vor der Haustür, und als Rosie sie hereinbat, benahmen sie sich zuerst etwas ungelenk.

Eine Fehde, die über dreißig Jahre gedauert hatte, konnte man nicht einfach vom Tisch wischen. Aber das würde sich schon geben. Rosie war da voller Optimismus. Und so saßen sie mit einer großen Kanne Tee und einem Stück frischen Kirschkuchen am großen Eichentisch und diskutierten einen Einfall, der Rosie spontan am Gartenzaun gekommen war.

»Und du meinst wirklich, das wäre eine gute Idee?« Veronika war sich nicht ganz sicher.

»Also, wenn sich jemand in unserer Umgebung auskennt, dann doch du! Es ist immer schön, wenn man in einem Hotel ist, und es werden geführte Wanderungen angeboten, oder Yoga. Denk mal nach, Fitti, du bist doch so sportlich und hast schon Kurse für die Abendschule gegeben. Das ist doch nichts Neues für dich.«

»Nein, das ist es nicht«, errötete sie. »Fitti! So hat mich seit Jahrzehnten keiner mehr genannt!«

»Und du bist auch nicht jeden Tag verplant. Du kannst dir selbst aussuchen, wann du was anbieten möchtest. Von Woche zu Woche vielleicht. Und wenn du mal nicht da bist, dann finden eben keine Kurse statt. Denk wenigstens mal über meinen Vorschlag nach!«

»Ich weiß auch gar nicht, wie man sich heutzutage bewirbt.«

»Keine Sorge, lass mich einfach mal mit Oliver Kirschbaum sprechen. Wenn du Interesse hast, dann lässt sich da sicher was machen.« Rosie lehnte sich im Stuhl zurück und verschränkte die Arme.

Veronika kaute auf ihrer Unterlippe herum.

»Das würdest du für mich tun? Ich muss schon sagen, dafür, dass wir Jahrzehnte lang nur das Nötigste miteinander gesprochen haben, bist du sehr nett zu mir.« Sie strich sich das Haar glatt und vermied Blickkontakt.

»Rosie, du bist nicht so, wie ich dich beschrieben habe. Ich war neidisch. Bitte verzeih mir.«

Kapitel 48

Maxie stieg im Dunkeln über die große Sporttasche auf dem Schlafzimmerboden. Der Wecker würde erst in dreißig Minuten klingeln, also noch eine klitzekleine Gnadenfrist, bevor sie aufstehen musste. Sie schloss das Fenster und kuschelte sich schnell wieder an Matthias, der ihr den Arm auf die Hüfte legte und etwas murmelte. Es war nun wieder ein paar Wochen her, dass sie sich gesehen hatten und gestern Abend war er endlich wieder zurückgekehrt.

Geweckt wurde sie später von einem kratzigen Kuss auf ihre Schulter.

»Aufgestanden, Schlafmütze!«

Seine leise Aufforderung quittierte sie mit einem ungnädigen Brummen. Warum war die Nacht schon wieder zu Ende, wenn sie doch mit Schlafen noch gar nicht fertig war? Das Leben war so unfair! Sie hörte mit geschlossenen Augen, wie Matthias ins Bad rüber ging, dafür schlich sich jemand anderes ins Zimmer. Maxie hörte das Tapsen der nackten Füße schon von Weitem kommen und sie befürchtete Schlimmes.

»DREI!«

»Nein, ich will nicht.«

»ZWEI!«

»Geh weg!« Maxie hielt einen Zipfel der Decke fest umklammert.

»EINS!«

Mit einem Ruck verschwand der wärmende Schutz-
schild.

»AUFSTEHEN, MAMA!«

Matthias kam über den Flur und gesellte sich zu Ida,
die Zahnbürste im Mund. Mit einem eleganten Schwung
packte er Ida und warf sie auf die Matratze. Maxies Stöh-
nen ging in Idas Triumphgeheul unter. Aber was machte
es schon, dass die Nacht vorbei war, wenn man auf diese
Weise geweckt wurde? Es gab eindeutig schlimmere Ar-
ten, aus dem Schlaf gerissen zu werden, als von einem vor
Lebensfreude strotzenden Kind und einem Mann in Py-
jamahosen und mit Zahnpastaschaum vor dem Mund,
der extra fünfhundert Kilometer flog, um einem jeden
Wunsch von den Augen abzulesen. Maxies Herz floss
über vor Liebe. Sie küsste Ida das kleine Gesicht ab, bis
sie protestierend aus dem Zimmer floh. Dann stemmte
sie sich auf die Arme, hob den Kopf und kassierte eine
Portion Zahnpastaschaum.

»Gehst du heute laufen, Mattis?«, frage Ida und schob
sich Cornflakes in den Mund. Ihre Füße baumelten
unter dem Stuhl vor und zurück.

»Yep! Ich wollte schnell eine Runde drehen, für heute
Nachmittag ist nämlich ein Gewitter angesagt. Soll ich
dich vorher zur Schule bringen?« Er sah fragend zu Maxie, um ihr Einverständnis zu holen, aber sie schüttelte
den Kopf.

»Ich bring sie selbst. Ich muss kurz mit der Klassenlehrerin sprechen.«

Matthias setzte die Kaffeetasse ab. »Gibt's Probleme?«

»Sie hat mich nur gebeten, kurz vorbeizuschauen.«

»Hat Ida Schwierigkeiten im Unterricht? Ich könnte Jacques einschalten.«

»*Danke*, Matthias, es ist wirklich alles in bester Ordnung! Kein Grund, *irgendjemanden* einzuschalten. Ich komm schon klar!« Noch während sie sprach, wusste sie, dass sie den falschen Ton angeschlagen hatte, und gleich tat es ihr leid.

»Mami, er hat es doch nur nett gemeint.«

Maxie atmete tief durch, stemmte die Hände auf die Tischplatte und stand auf, das Gewicht von tausend Hinkelsteinen hing ihr in den Knochen.

»Ich weiß, Ida. Entschuldige Matthias, es war gar nicht so gemeint! Ich bin immer noch müde.«

Ida rührte in ihrem Kakao herum. »Gestern ist sie schon beim Sandmännchen eingeschlafen.«

»Echt?« Matthias grinste.

»Ja. Und vorgestern auch schon.«

Zum Abschied drückte Ida Matthias und flüsterte ihm etwas ins Ohr, worauf er die Augenbrauen hochzog und grinste. Dann richtete er sich auf und gab Maxie den zärtlichsten Kuss der Weltgeschichte.

»Wenn du meine Hilfe brauchst, ruf mich an, ja? Ich hab' den ganzen Tag Zeit!«

Sie nickte unverbindlich.

»Hej, alles okay mit uns?«, fragte er.

Sie drückte sich an ihn. Sein Sweatshirt roch nach frischer Wäsche, Duschzeug und nach ihm selbst und war so herrlich weich, dass es an ihre Bettdecke erinnerte, die genau denselben Duft hatte. Maxie schloss kurz die Augen.

»Alles allerbestens!«

Dann griff sie nach den Schlüsseln und verließ mit Ida das Haus. Ein Blick über die Schulter zeigte ihr, dass er noch in der Tür stand und ihr nachsah. Unwillkürlich breitete sich ein Lächeln auf ihrem Gesicht aus, und die warmen, hellen Funken einer Wunderkerze kitzelten in ihrem Bauch.

Eilig besprach sie sich mit der Klassenlehrerin und fuhr danach zur Arbeit. Vier Angebote und fünfzehn Rechnungen später stellte sie Kaffee auf den Besprechungstisch in Ollis Büro und tippte mit dem Zeigefinger auf ihre Armbanduhr. Er verstand den Hinweis.

»Ich bin gleich soweit, kommst du mit dazu?«

»Willst du das denn? Ihr wollt sicher in Ruhe sprechen.«

Olli schüttelte den Kopf. »Wir waren gestern Abend schon weg auf ein Kölsch.«

»*Ein* Kölsch?«

Olli schob amüsiert den Stuhl mit den Kniekehlen zurück. »Wir waren nur um die Ecke auf ein paar Gläser, um uns wieder auf den letzten Stand zu bringen. Heute geht's nur um die Arbeit. Ich hoffe, Carlos sagt zu. Wir brauchen ihn als erfahrenen Hotelmanager, sonst sind wir total aufgeschmissen.«

Er sagte immer ›wir‹!

Maxie lehnte sich an den Besprechungstisch. »Carlos, ja? Hört sich für mich an wie ein Drogenboss! Der Mann heißt Franz Karl Losberg!« Dann schlug sie sich mit der flachen Hand vor die Stirn. »Ah, ich hab's grad kapiert. Karl-Los-berg: Carlos also.«

»Carlos also. Du wirst ihn mögen.«

Carlos sah nicht aus wie ein Drogenboss. Er trug Freizeitkleidung, Kurzhaarschnitt, eine Brille, und unter dem Arm ein Stapel Papiere. Er benahm sich auch nicht wie ein Drogenboss. Er begrüßte Maxie mit jungenhaftem Charme, stellte sich bei ihr ordentlich vor und flachste mit Olli, doch sobald er am Besprechungstisch Platz genommen hatte, glänzte er mit Kompetenz und war ganz bei der Sache.

Er hatte viel mit Olli gemein. Außer einer extrem gewinnenden Art, hatte er ziemlich genaue Vorstellungen. Es war irgendwie schon klar, dass er die Managerstelle übernehmen würde, so sehr ging es ins Detail.

Maxie schwirrte der Kopf von Zahlen und sie trank einen Kaffee nach dem anderen, um konzentriert am Gespräch teilnehmen zu können. Die Themen wechselten oft unvermittelt, sodass es später vorteilhaft sein würde, wenn sie die besprochenen Punkte festhielt. Auch ihre Ortskenntnis war hier gefragt. Sowohl Olli als auch Carlos legten viel Wert auf ihre Meinung.

»Ich hole uns mal gerade die neuesten Zeichnungen«, bot sie an, stand auf und musste sich einen Moment an der Tischplatte festhalten. Der Boden hob und senkte sich unter ihr wie ein Bootsdeck. Ihr Kreislauf pumpte Blut in großer Geschwindigkeit durch ihre Gefäße, ihr Gleichgewichtssinn winkte zum Abschied leise, und sie sank in die Knie.

Olli sprang auf und hielt sie fest. »Du siehst ja furchtbar aus!«

»Danke«, krächzte sie.

Er fackelte nicht lange: »Ich denke, ich bringe dich besser nach Hause!«

Sie widersprach heftig, konnte sich aber nicht einmal selbst überzeugen.

»Was meinst du, Carlos, wir können doch auch bei mir zu Hause weiterreden.« Er warf ihm den Autoschlüssel zu, und Carlos verfrachtete Maxie schon mal auf den Rücksitz des Wagens, während Olli in der Werkstatt Bescheid gab. Und so lag Maxie schon kurze Zeit später auf ihrem eigenen Sofa. Ihr Herzschlag beruhigte sich nur sehr langsam, und ihre Beine zitterten. Wie lange konnte der Herzmuskel diese Schlagzahl aushalten, bevor er explodierte? Sie fasste sich ans Herz und bekam es in der Tat mit der Angst zu tun. Ihr Blutdruck war normalerweise zu niedrig. Das hier war wirklich, wirklich grenzwertig!

Matthias hatte sie an der Tür in Empfang genommen und sah nun relativ besorgt drein.

»Atme da rein!« Er hielt ihr eine Brötchentüte entgegen.

»Das ist albern.«

»Atme da rein, dann wird es besser.«

Also nahm sie die knisternde Papiertüte, hielt sie sich vor den Mund und atmete aus, wobei dir Tüte sich aufblähte wie ein Ballon. Beim Einatmen zog sie sich zusammen, um gleich darauf wieder bis zum Bersten mit Luft ausgefüllt zu werden. Es *war* albern, und es half nur geringfügig. Matthias ließ sie nicht aus den Augen.

»Du zitterst, ist dir kalt?«

»Das gehört – zum – Hyperventilieren.«

»Ich glaube nicht, dass du hyperventilierst, dann wäre es mit der Brötchentüte besser geworden.«

»Ah, bist du – Hobbymediziner?«, fragte Maxie kurzatmig.

»Ich bin Sportler, Liebling. Was ist passiert?«

»Zu viel Kaffee.«

Ein Laut der Belustigung entfuhr ihm. »Zu viel Kaffee? Hast du dir das Pulver intravenös verabreicht? Ich hab' noch nie jemanden gesehen, der so extrem auf Kaffee reagiert!«

»Und zwei Energydrinks«, gab sie kleinlaut zu.

Matthias schüttelte den Kopf. »Geschieht dir recht. Ich mach dir mal was zu essen.«

Sie aß, was immer er ihr vorsetzte. Zwischendurch flößte er ihr Wasser ein. Das Zittern verschwand und der Kreislauf beruhigte sich am Ende.

»Du siehst aus wie ausgekotzt.«

»Alles ist fein!«, log sie.

»Nein, du siehst nicht wie jemand aus, der Bäume ausreißen könnte«, stellte Matthias fest.

»Kann ich aber.«

Er legte die Stirn in Falten.

»Doch!«, bekräftigte sie. »Bonsais.«

»Da würd' ich keinen Fünfer drauf wetten.«

»Aber Petersilie, das geht«, meinte sie kleinlaut.

Eingehend betrachtete er sie von oben bis unten. »Na gut, dann lass ich dich jetzt mal eine Weile allein. Ich mache ein paar Besorgungen und bringe Ida auf dem Rückweg mit heim. Ruh' dich aus, und tu mir einen Gefallen: versuch' nicht, die Treppe hoch und runter zu laufen. Ich will dich nicht mit gebrochenen Knochen aufsammeln müssen, wenn ich zurück bin.«

Sie nickte dankbar. »Das hört sich nach einem guten Plan an.«

»Ich mach' immer gute Pläne!«

Maxie lag auf dem Sofa, körperlich ging es ihr besser, jedoch badete sie in Selbstvorwürfen, weil sie Ollis wichtige Besprechung gesprengt hatte, als das Telefon klingelte. Sie angelte danach und sah aufs Display.

Oh, Lisa!

Was für eine willkommene Ablenkung!

»Ich bin krank und mir ist so langweilig, Maxie. Unterhalte mich bitte!«, maulte Lisa durch die Leitung.

»Was ist los? Warum bist du krank?« Lisa war nie krank!

»Ich war mit Lennart wandern und hab' mir den Fuß vertreten, bloß weil er dachte, er kennt eine Abkürzung. Wer ist denn wohl hier großgeworden, er oder ich? Mein Fuß ist jetzt dick wie ein Fesselballon, und ich darf ihn nicht bewegen. Deine Mama steht im Laden, und ich muss hier rumliegen und kann rein gar nichts tun! Das ist jetzt schon der zweite Tag. Es ist total ätzend!«

Gott sei Dank, nichts Dramatisches! Ein umgeknickter Fuß heilte wieder, auch wenn's schmerzhaft war. Arme Lisa!

»Ich lieg' auch gerade auf dem Sofa rum. Ich habe eine Überdosis Koffein intus und mein Herz-Kreislauf-System fand, dass das ein bisschen zu viel sei.« Sie kicherte und merkte, dass sich nicht nur ihre, sondern auch Lisas Laune aufhellte.

»Seit wann trinkst du so viel Kaffee?«

Beschämt räusperte Maxie sich. »Es ist so stressig in letzter Zeit. Die Arbeit fürs Hotel ist total spannend, wir ackern wie die Irren. Es soll ja fertig werden. Aber wenn ich zu Hause bin, ich sag dir: ich könnte nur noch schlafen!«

Verständnisvoll hörte Lisa ihr zu. »Dann schlaf' doch so oft du kannst. Dann gibt's halt mal Dosenfutter und die Hausarbeit läuft dir auch nicht weg.«

»Glaub' mir, ich *schlafe* wann immer ich kann. Ich nehme seit Wochen keine Rücksicht auf kulinarische Erfordernisse. Hier gibt es nur zu essen, was schnell geht. Ich wusste nicht, dass Ravioli aus der Dose so lecker sind.«

»Die hast du doch nie gemocht!«

Maxie zuckte mit den Schultern. »Besondere Situationen erfordern besondere Maßnahmen. Je weniger Zeit ich mit dem Abendessen vertrödele, desto schneller kann ich aufs Sofa und ein Nickerchen machen. Aber je mehr ich schlafe, desto müder werde ich«, gähnte sie. «Deswegen weiß ich nicht, ob das wirklich die richtige Lösung ist.«

Nachdem der Koffeinschub nachließ, fielen ihr auch jetzt wieder die Augen zu. Schlafen schien mit jeder Minute alternativloser.

Lisa wartete eine weitere Gähnattacke ab. »Solche Gespräche haben wir schon einmal geführt, weißt du noch? Aber da warst du nicht wegen der Arbeit so müde. Du hättest damals aber auch im Gehen einschlafen können!«

»Nö, weiß ich nicht mehr.«

Wann sollte das gewesen sein?

»Ist schon ein paar Jahre her …« Lisa wartete darauf, dass eine Reaktion von ihrer Freundin kam, doch dann dröhnte ein ohrenbetäubendes »*Autsch*!« an Maxies Ohr. »Verdammt, ich habe den Fuß bewegt, das hat höllisch wehgetan!« Im Hintergrund hörte Maxie Lennarts Stimme und dann ein helles »*Kahaaalt*! Er hat mir Eiswürfel auf den Fuß gepackt! Lass uns Schluss machen, ich muss sofort Scheidungspapiere ausfüllen. Los Lennart, besorg mir Scheidungspapiere!«, bellte sie ihren Mann schlechtgelaunt an. »Maxie, ich meld' mich morgen wieder bei dir!«

Maxie lachte über die liebevolle Ruppigkeit ihrer Freundin. Es war gut, dass sich manche Dinge nie änderten! Beim erneuten Gähnen renkte sie sich fast den Unterkiefer aus. Ein Powernap? Sie hatte sicher gute zwanzig Minuten, bis Matthias zurück nach Hause kam. Doch ihr Kopf war noch nicht soweit. Was hatte Lisa da gesagt? Wann war sie denn schon einmal eine wandelnde Serotonin-Ampulle gewesen? Und da fiel es ihr ein.

Es war vor genau sieben Jahren.

Und zwei Monaten.

Kapitel 49

Maxie schwang die Beine vom Sofa und gab einen Laut von sich, der dem Quietschen einer Badeente alle Ehre gemacht hätte.

»Wie um alles in der Welt ...?« Sie bewegte sich so schnell es eben ging die Treppe hinauf und ins Bad. Dort stellte sie sich seitlich vor den Spiegel. Ihre Hände legten sich auf ihren Bauch. Langsame Drehung nach links. Nichts zu sehen. Aber so im seitlichen Profil vor dem Spiegel musste sie zugeben, dass ihr Push-up ihre Formen wirklich vorteilhaft unterstrich. Das war mal eine lohnende Investition gewesen!

Dann jedoch hielt sie inne, griff mit spitzen Fingern nach dem Halsausschnitt ihres Kleids, zog ihn nach vorn und blickte senkrecht nach unten.

Sie trug gar keinen Push-up! Sie brauchte keine Polster! Ziemlich rund und zufrieden ruhten zwei wohlgeformte pralle Verräterinnen in der blauen Spitze, jede mit der unsichtbaren Geheimschrift, die jede schwangere Frau lesen kann: ›*Sieh' uns an! Wir hätten es dir schon lange sagen können!*‹

Sie ließ das Kleid los, kramte mit der Rechten in der kleinen Holzkiste auf dem Fensterbrett, bekam einen Blister in die Hand und starrte entgeistert auf die Stelle, an der eine winzig kleine, rundliche Pille unbeschadet an einer Stelle ruhte, wo eigentlich keine kleine, rundliche Pille mehr sein sollte. Mit dem Handrücken wischte sie sich kleine Schweißperlchen von der Stirn. Den Blister steckte sie in die Tasche, atmete einmal lang aus und dachte nach.

Kühlen Kopf bewahren …ooookay. *Nichts* war sicher, solange es nicht schwarz auf weiß vor ihr lag! Matthias war noch unterwegs, sie konnte also aus dem Haus schlüpfen und innerhalb von zehn Minuten zurück sein, ohne dass er etwas bemerken würde.

Den Schwangerschaftstest sicher in der Tasche versteckt, trat sie aus der Apotheke, bog eilig um die Straßenecke und rannte unerwartet in einen alten Bekannten.

»Ich glaub's nicht, Maxie?« Zwei erstaunte Augen unter einem roten Schopf starrten sie an.

»Ha! Nick!«

»Was für ein schöner Zufall!« Sein sommersprossiges Gesicht zeigte nichts als unverhohlene Freude. Er sah auf die Uhr, druckste herum, gab sich dann einen Ruck.

»Hast vielleicht Zeit für einen Kaffee?«

Auf dieses Wort reagierte Maxies Magen jedoch empfindlich.

»Uh, nee du, Kaffee vertrag ich so gar nicht!« Krampfhaft hielt sie mit der Rechten ihre Tasche zu. Sie durfte sich nicht so lange aufhalten, aber Nick schien wild entschlossen zu einem Plausch.

»Komm, da hinten ist ein gemütliches Bistro! Du wirst doch wohl ein paar Minuten für einen alten Freund haben, ich geb' dir was aus!«

»Das ist echt nett von dir, heute passt's aber leider nicht so gut.«

Enttäuscht nickte er. »Verstehe. Du bist auch ein bisschen blass um die Nase.« Dann hellte sich seine Miene wieder auf. Diese Rotschöpfe (und da konnte sie mitreden): Sprangen von einer Laune in die nächste. »Vielleicht würde dir ein Tee guttun!«

Sie wurde gleich noch blasser, als sie Matthias erblickte, der auf der anderen Straßenseite mit langen Schritten Richtung Supermarkt lief. Heiliges Kanonenrohr! Genau das hatte sie vermeiden wollen! Sie drückte sich etwas näher an Nick heran als ihr lieb war, nur um sich hinter dessen Brust zu verstecken. Leider deutete er das als Zusage und legte ihr den Arm um die Schulter.

»Also abgemacht? Ich halte dich auch nicht länger als eine halbe Stunde auf!«

Maxie krümmte sich innerlich zusammen. Da kam ihr die rettende Idee: »Weißt du, ich komme gerade aus der Apotheke.« Sie bewegte sich mit Minischritten zur Seite, um ihre Deckung aufrechtzuerhalten, da Matthias sie jeden Moment erblicken konnte.

»Eine minimale ... aber leider hochansteckende Bindehautentzündung.«

Über die Schulter ihres Gegenübers blieb Maxies Blick auf Matthias geheftet. Er sah nicht herüber und würde schon gleich außer Sichtweite sein.

Nick schien die Nähe plötzlich nicht mehr ganz so willkommen zu sein. »Also mit einer Bindehautentzündung ist wirklich nicht zu spaßen, da gehst du besser nicht unter die Leute«, lenkte er ein. Noch einmal sah er auf die Uhr. Und plötzlich hatte er es ebenso eilig wie sie, und so fingen sie beide zur selben Zeit an zu sprechen. Sie lachten, dann machte Maxie den Anfang.

»Ah, du hast ja so recht, besser nicht ins Bistro mit der fiesen Entzündung.«

»Tja, also dann gute Besserung! Es gibt ein Mittel, das im Allgemeinen gut verträglich ist, mir fällt gerade der Name nicht ein.«

»Ich bin bestens eingedeckt.« Sie schlug auf ihre Tasche. Hoffentlich wollte er das ›Medikament‹ jetzt nicht sehen.

»Wenn es mir einfällt, lasse ich es dich wissen.«

»Äh, super. Also Tschüssi, bis dann mal.«

»Ja, Maxie, bis dann mal. Ich muss dann auch los.«

Sie wartete, bis er außer Sichtweite war. Dann setzte sie sich im Laufschritt in Bewegung, die Tasche immer noch fest umklammert.

Kurz nach ihrem Eintreffen hörte sie bereits Idas gedämpftes Lachen von der Straße her. Die Haustür schwang auf und spülte einen Schwall schwüler Luft ins Haus, und mit ihr Matthias und Ida.

»Hej Mami, stell dir vor: Die Fritzi hat gar keine Schaukel, die wohnen in einem ganz hohen Haus und man muss immer nur leise sein und darf noch nicht mal springen!« Entrüstet sah sie ihre Mutter an, wartete aber keinen Kommentar ab, sondern drückte ihr ein angebissenes Rosinenbrötchen in die Hand, um gleich darauf wie ein Schmetterling weiterzuflattern. »Ich geh’ schaukeln!«

Matthias gab Maxie einen Kuss. »Wie geht’s meinem Engel?«, fragte er und musterte sie von oben bis unten.

»Besser. Ich habe noch eine ganze Weile auf dem Sofa verbracht und bin jetzt schlauer.«

»Inwiefern schlauer?«

Sie grinste. »Weil ich gelernt habe, dass die Kombi von Kaffee mit Energydrinks nicht guttut.«

»Was für eine lohnende Einsicht.«

Maxie umarmte ihn und legte ihren Kopf an seine Brust. »Ja, nicht wahr? Es war sehr lieb von dir, dass du Ida abgeholt hast.«

»Ehrensache.«

Sie vernahm mehr die Vibration seines Brustkorbs, als dass sie das Wort hörte. Unbewusst biss sie sich auf die Unterlippe, öffnete den Mund und schloss ihn gleich wieder, um die Worte zurückzuhalten, die ihr gerade auf der Zunge gelegen hatten. Das war nicht der richtige Moment. Eins nach dem anderen. Test durchführen. Ergebnis abwarten. Nachdenken. So war die Reihenfolge, so und nicht anders. Und auf einen Tag kam es nun wirklich nicht an.

Also kniff sie und schwieg, obwohl es ihrem Kopf arbeitete. Hätte sie in diesem Moment gewusst, welche Konsequenzen ihr Schweigen nach sich ziehen würde, hätte sie sich anders entschieden.

Ganz anders.

Die Terrassentür schlug und Ida hüpfte mit wehenden Haaren herein. »Da kommt ein Gewitter und ich bekomm' Kakao von Jacques, wollt ich dir nur kurz sagen! Und Jacques hat gesagt ›Kacke, ich hab doch die Terrasse gestrichen‹, und deswegen soll ich nicht drüber laufen.« Dann hüpfte sie glücklich zur Haustür hinaus.

Ob Jacques tatsächlich das Wort ›Kacke‹ ausgesprochen hatte, wagte Maxie zu bezweifeln.

Das Licht im Haus war tatsächlich eine Spur dunkler geworden. Auch Matthias Stimme war eine Spur dunkler als sonst, als er nachdenklich meinte: »Das wird bestimmt eine sehr große Tasse Kakao.«

Seine dunklen Augen bohrten sich vielsagend in ihre. »Geht es dir gut?«

Er sah nicht aus, als ob er die Antwort wirklich abwarten wollte. Und Maxies Kopf stellte die Arbeit in dem Moment ein, in dem seine Lippen weich über ihre Wangen strichen. Er öffnete langsam den Reißverschluss ihres Leinenkleids, schob ihr die Träger von den Schultern und küsste jede freigewordene Stelle ihrer Haut. Mit beiden Händen fest auf ihren Rippen, steuerte er sie rückwärts zur Treppe. Er schob sie Schritt für Schritt die knarrenden Holzstufen hoch, und seine Entschlossenheit stand im krassen Gegensatz zu der Weichheit seines Kusses. Ihre Rippen schmerzten heftig unter dem Druck seiner Finger, denn nachdem sie die ersten beiden Stufen hochgestolpert war, hob er sie fast vom Boden.

Das Schlafzimmer erreichten sie nicht.

Sobald die letzte Treppenstufe überwunden war, drückte er sie zu Boden.

»Autsch!«, entfuhr es ihr und zog einen Lego-Baustein unter ihrem Rücken hervor. »Die sind so hart, diese Dinger.« Sie schmiss das Klötzchen die Treppe hinunter und rieb sich die schmerzende Stelle im Rücken. Er zog sein Shirt aus und schmiss es dem Lego hinterher.

»Das ist nicht das einzige, was hart ist!«, raunte er zurück.

»Du meinst sicher den Boden.«

Matthias Zustimmung war nur ein Brummen. Seine Küsse strichen genüsslich über ihre Haut, bis sich sämtliche Härchen auf Maxies Körper aufrichteten. Ein langes Donnergrollen überdeckte die ihr unwillentlich entgleitenden Laute der Entzückung. Sie strich über die einladend warme Haut seines Oberkörpers, wobei sie das Muskelspiel unter ihren Fingern fühlen konnte und genoss jede seiner Berührungen. Plötzlich fuhren sie beide auseinander und sahen sich benommen an.

»Was war das?«, fragte er schwer atmend.

»Die Klingel.«

»Ida?«

Er hechtete die Stufen hinab und wäre fast auf seinem eigenen T-Shirt ausgeglitten.

Kapitel 50

Du bist es!«, überrascht ließ Matthias den Türknauf los. »Was für eine Überraschung!«

Maxie drückte sich vollständig bekleidet, aber verschwitzt an ihm vorbei, bis sie sehen konnte, wer an der Tür stand. Es war Nick.

Matthias zeigte nicht die geringste Intention, ihn hereinzubitten. Sein Blick wanderte zwischen dem Besucher und Maxie hin und her. Dann schoben sich seine Augenbrauen eng zusammen. Der Gesichtsausdruck, der daraufhin folgte, war voller Verletzung, die Matthias in diesem Moment nicht in der Lage war zu verbergen.

Nick trat von einem Fuß auf den anderen. Zweifellos erkannte er, in welchem Moment er gestört hatte. Mit unsicherem Blick hob er Maxie eine Medikamentenschachtel entgegen und nickte unsicher.

»Für deine Bindehautentzündung«, murmelte er.

»Danke, Nick, das ist sehr lieb von dir!«, bedankte sie sich leise.

Nick verabschiedete sich zügig. Es regnete, und er zog den Kopf ein, doch mehrere Schritte entfernt winkte er noch einmal zurück über die Schulter. »Gute Besserung, Maxie!«

Die Tür fiel fast lautlos ins Schloss.

Betreten sah Maxie auf die Schachtel in ihren Händen.

»Was ist hier los?«, fragte Matthias mit rauer Stimme.

»Nichts ist los, gar nichts.«

Er zeigte auf das Medikament. »Warum hat er dir das gebracht?«

»Ich habe ihn angelogen.« Sie spielte mit offenen Karten. »Er wollte mit mir einen Kaffee trinken, und ich habe gesagt, ich sei krank.« Dass diese Unterhaltung am heutigen Tag stattgefunden hatte, verschwieg sie. »Er meinte, er kenne ein Mittel, dass mir helfen könne, da ich ihm sagte, ich hätte eine Bindehautentzündung.«

Er schnaubte, sah zu Boden und dann wieder in ihr Gesicht. »Merkst du nicht, wie bescheuert sich das anhört? Ich glaube, du sagst mir nicht die Wahrheit.«

»*Entschuldige bitte*?«

Seine langen Finger lagen auf den Gürtelschlaufen seiner Jeans. Sein Brustkorb hob und senkte sich schwer.

»Du hast mich schon verstanden.« Ein stählerner Ton schlich sich in seine Stimme. »Ich glaube, du sagst mir nicht ganz die Wahrheit!«

Das stimmte, die *ganze* Wahrheit war es nicht, aber es hatte nichts mit Nick zu tun!

»Wie oft war er schon hier, Maxie?«

Die Frage traf Maxie wie ein Hammer. Sie wehrte mit beiden Händen ab: »Ich hab' nix mit Nick am Laufen! Matthias, ich bitte dich!«

»Ich fasse es nicht, dass wir gerade da oben-« Er stockte, sah die Treppe hinauf, ging zwei Schritte zurück, aber nur um sein Shirt aufzuheben, zog es auf links über und kehrte zurück zu Maxie, die ihn betroffen ansah. Seine Gedankengänge waren ja vollkommen grotesk!

»Matthias, du liegst total daneben!«, wehrte sie sich,

darauf bedacht, einen ruhigen Ton zu treffen, was ihr sehr schwerfiel.

»Dann sag' ich dir mal was«, klärte Matthias sie auf. »Nick hat mir mal erzählt, dass er unsterblich in ein Mädchen verliebt war. Längere Zeit her. Und dann hat er sie wiedergetroffen, weißt du wo? Das war hier auf der Gartenparty. Ich traf euch in der Küche an, du betrunken und er aufgeräumt wie selten. Komisch, ja? Und heute klingelt er hier unter einem fadenscheinigen Grund an der Tür, sieht mich, kramt ein *Medikamentenpäckchen* aus der Tasche und haut wieder ab. Ich kann eins und eins zusammenzählen, Maxie. Er dachte, du seist allein. Das Päckchen war ein Alibi, falls er eine Ausflucht brauchte.«

Er fuhr sich mit beiden Händen durchs Haar, er sah so unendlich verletzt aus. Maxie tat einen Schritt auf ihn zu und wollte ihn berühren, doch er wich zurück.

»Matthias, das ist alles ein dummer Zufall!«

Er schüttelte immer wieder den Kopf, als könne er es nicht fassen. »Für mich ist es leider ziemlich offensichtlich, was hier vor sich geht, Maxie!«, erklärte er verbittert.

»*Was hier vor sich geht ....?*«, wiederholte Maxie. So langsam wurde sie sauer. »Hier geht nichts vor sich, außer, dass du mich beschuldigst, fremdzugehen. Mich! Wo ich die allerletzte bin, die so etwas tun würde! Wie kannst du mir so etwas zutrauen? Kannst du dir vielleicht vorstellen, dass du nicht ganz so clevere Rückschlüsse ziehst, wie du glaubst?«, schoss sie ihm entgegen.

»Warum kannst du es nicht einfach zugeben?! Dann

spielen wir offen und müssen hier nicht länger um den Brei herumreden. Ich dachte, du wärst anders, Maxie.«

Der hatte den Satz noch nicht ganz zu Ende gesprochen, da explodierte Maxie.

»*Anders*? Anders als wer, bitteschön? Als *Laura*?« Sie spieh den Namen aus. »Du vergleichst mich mit *Laura*?! Das wagst du nicht! Dieses Flittchen! Ich dachte, du kennst mich wenigstens ein kleines Stück besser, aber du hast *keine Ahnung*, was in mir vorgeht. Aber solltest du auch? Du bist ja nur ein *Mann*!«

Sie erschrak über sich selbst. Aber sie konnte nicht zurück, sie war einfach zu aufgebracht. Die Situation erinnerte an ihre erste Begegnung. Sie standen sich wieder wie Feinde gegenüber, beide verletzt, beide außer sich.

»Für dich ist alles wahnsinnig einfach, Matthias! Du, du lebst dein lustiges Single-Leben. Dann lernst du eine Frau kennen, und wenn sie sich anders verhält, als du es in deinem steinzeitlichen Gehirn erwartest, dann muss sie eben ein Verhältnis haben. Ich-«

»Maxie, ich dachte eigentlich, ich wär' kein Single mehr!«

Es folgte eine Pause, in der keiner von beiden sprach. Ein Donner krachte, und Maxie zuckte zusammen. Das lauter werdende Rauschen des Regens löste einen Kälteschauer aus und sie zitterte. Vielleicht auch vor Wut.

Matthias stand ungerührt vor ihr, die Augen dunkel vor Verbitterung.

»Ich habe mir geschworen, nicht noch einmal in so eine Situation zu kommen, Maxie. Das war's dann wohl.«

»Meinst du, du machst Schluss mit mir?!? Das ist lächerlich! Wegen so einer Lappalie?!?«

»*Lappalie* nennst du das, ja?« Er presste zwei Finger an die Nasenwurzel, um sich zu beruhigen. »Ich hab' seit Wochen endlich das Gefühl, dass wir eine funktionierende Beziehung haben, und jetzt steht Nick vor der Tür und du bist plötzlich so verändert und wir schreien uns an. Was soll ich wohl glauben?«

Maxie hielt eisern ihre Tränen zurück. »Jedenfalls nicht *das*! Wir kennen uns noch nicht gut genug. Gib uns einfach ein bisschen Zeit.«

Wieder zögerte er.

»Um dann zuzusehen, wie du mit jemand anderem fortgehst?«

»Wenn du das glaubst, Matthias«, sie schluckte und konnte sich kaum überwinden, die Worte auszusprechen. »Dann ist es wohl wirklich besser du gehst.«

Sie sahen sich eine gefühlte Ewigkeit an. Dann drehte er sich um und donnerte die Holzstufen hoch. Mit leerem Kopf und einem dumpfen Schmerz in der Brust hörte sie ihn zwischen Schlafzimmer und Bad hin und her laufen, ohne dass sie sich selbst von der Stelle bewegen konnte. Mitsamt Reisetasche kam er nach kürzester Zeit die Treppe herab, sammelte seine Sportschuhe noch vom Boden auf und schob sich an ihr vorbei. Die Frustration drang ihm aus allen Poren.

»Ich soll also gehen. Das ist dein letztes Wort, Maxie?«

Sie hielt seinem Blick stand. Sie sprachen leise und gefasst.

»Wenn du glaubst, dass ich was mit Nick am Laufen habe?«

»Es sieht ganz danach aus.«

»Dann ja, dann gehst du besser.«

Er ging.

Maxie lehnte sich an die Wand, die Tränen liefen ihr heiß die Wangen hinunter. Sie rutschte am rauen Putz entlang und blieb zitternd und enttäuscht auf dem Fußboden im Flur sitzen.

Kapitel 51

Warum ist Mattis nicht mehr hier?« Zwei Tage lang war Ida untypisch still um Maxie herumgeschlichen.

»Wir haben uns gestritten.«

»Ist er wieder weggefahren?«

»Nein, er ist glaube ich nebenan. Es tut mir leid Ida.«

»Mir auch. Du hättest dir mehr Mühe geben können, Mami.«

Ja, das hätte sie. Vor allem hätte sie ihm die ganze Wahrheit sagen sollen. Sie wusste es selbst. Traurig sah sie ihre Tochter über den Esstisch hinweg an, die sich den letzten Löffel Müsli in den Mund schob. Maxie selbst hatte ihr Frühstück nicht angerührt.

»Weißt du, auch Erwachsene machen Fehler.«

»Dann mach es doch wieder richtig!« Ida stand auf, kam herüber und zog sie vom Stuhl. »Komm, wir gehen jetzt rüber und dann kannst du mit ihm sprechen. Du hast ihn doch lieb, oder?«

Maxie rührte sich nicht.

»Mami, oder?«

»Ja, Schatz. Er würde mir aber nicht zuhören, das war ein sehr großer Streit.«

»Du musst es wenigstens mal versuchen!«

»Tut mir leid, Matthias ist nicht hier.« Jacques stieß die Haustür ein Stück weiter auf und winkte sie mit fragendem Blick herein. Aber Maxie wollte nicht und blieb vor der Tür stehen.

»Ich bin nicht sicher, wann er zurückkommt.«

»Ich wollte ihm was sagen!«

Jacques musterte sie bedauernd und nickte. »Ich kann mich da nicht einmischen.«

»Ach, Jacques!«, brach es aus ihr heraus. »Ich würde so gern nochmal mit ihm sprechen!«

»Gut, jetzt mische ich mich doch ein: Du hättest ihm nicht sagen sollen, dass er gehen soll. Ihr seid erwachsen, ihr hättet die Sache klären können, egal, um was es ging!«, bestätigte er ihr schonungslos, wenn auch nicht ohne Mitgefühl. »Ich nehme mal an, du hast deinen alten Groll auf Männer im Allgemeinen herausgeholt. Da siehst du, was du davon hast.«

»Das ist unfair, so war es nicht!«

Er beugte sich für einen Moment aus der Tür und sah sich suchend um. Dann nahm er Maxie beiseite. »Du hast dich richtig *beschissen* verhalten!«

Er war richtig sauer auf sie.

Maxie ließ den Kopf hängen. »Hast du vielleicht heute Abend Zeit, zu mir rüber zu kommen. Was dein Bruder denkt, ist nicht richtig, ich kann es dir erklären, und außerdem könnte ich einen Freund gebrauchen.«

Er trat seufzend einen Schritt aus der Tür heraus und umarmte sie. Dass er die gleiche Statur hatte wie Matthias, die dunklen Augen und die tiefe Stimme, war nicht wirklich hilfreich. Doch er roch anders. Anders, aber trotzdem gut. Tröstlich gut. Sie legte ihren Kopf an seine Brust.

»Heute nicht, aber morgen. Heute ist einer der wenigen Freitage, wo Olli das Tanztraining ausfallen lässt. Wir haben unseren Jahrestag.«

»Oh!«, schniefte Maxie. »Herzlichen Glückwunsch. Ihr macht es wenigstens richtig. Na gut, dann versuche ich, Matthias mal anzurufen.«

Betrübt ging sie zurück zum Nachbarhaus und entdeckte, dass Ida im Eingang herumlungerte.

»Los Mami«, meinte sie. »Guck mal, ob du deinen *beschissenen* Fehler wiedergutmachen kannst.«

Maxie zog sie am Haar. „Du hast gelauscht!"

„Das Wort kannte ich schon vorher …"

Mit dem Moment, in dem Maxie ihre Wohnung wieder betrat, nutzte sie praktisch jede Ausrede, um den Anruf hinauszuschieben. Das Telefon nahm sie hin und wieder zur Hand, doch bevor sie eine Nummer wählen konnte, unternahm sie tausend andere Dinge und so wanderte das Telefon von einem Zimmer zum nächsten.

Am frühen Nachmittag sortierte sie die ihre Papiere. Sie saß dabei am Schreibtisch, traurig und unmotiviert. Einer Eingebung folgend, nahm sie einen Stift zur Hand, einen Block und fing an, eine Notiz an Matthias zu kritzeln. Das war so viel leichter, als zu sprechen.

Matthias,
können wir uns bitte treffen? Ich möchte dir etwas erzählen. Unser Streit tut mir furchtbar leid, weil ich dich liebe. Maxie

Sie riss das Blatt vom Block, eine Träne fiel auf die Schrift und das Wort ›liebe‹ zerlief im durchweichten Papier.

Wie passend.

Sie wischte mit der Hand darüber und zog die Farbpartikel noch weiter auseinander, sodass auch ihr eigener Name in Mitleidenschaft gezogen wurde, faltete dann das Blatt in einen Umschlag und klebte ihn zu. Ida spielte mit Legos. Maxie verzog in bitterer Erinnerung das Gesicht, als wären die bunten Steinchen den ganzen Streit schuld.

»Kann ich gerade einen Brief wegbringen und in die Bäckerei laufen?«

Ida hielt ihr zwei fest verschmolzene Legos hin. Ein gelbes und ein rotes. »Machst du die zuerst auseinander?«

Mit ungeheurer Kraftanstrengung gelang es, die beiden Steine zu trennen und in dem Moment, als sie sich voneinander lösten, schwappte eine traurige Welle über Maxie hinweg.

»Hier, auseinander.«

Sie schob den Umschlag mit Matthias' Namen in den Briefkasten, bevor sie sich auf den Weg zur Bäckerei machte, die nur um die Ecke lag. Sie zahlte ihre zwei Nussecken und musste blinzeln. Eine Lichtreflexion traf ihr Auge, verschwand und flackerte wieder auf. Sie schaute, woher das Licht rührte und stand einem Pärchen gegenüber, nur durch die blank polierte Schaufensterscheibe getrennt. Grund für das Lichtspiel war der Verschluss einer wunderschönen, großen Ledertasche über der Schulter einer Frau mittleren Alters. Lange blonde

Strähnchen tanzten um ihr lebhaftes Gesicht, ihre Gesten waren fein und drückten eine vertraute Nähe zu ihrem Gegenüber aus, einem großen, schlanken Mann, der Maxie den Rücken zuwandte. An der Kopfneigung, dem dichten, dunklen Haar und seiner Körperhaltung erkannte sie nur zu genau, wer dieser Mann war.

Ihr erschrockener Gesichtsausdruck musste Bände sprechen.

»Mann?«, fragte sie die junge Verkäuferin mitfühlend.

Maxie schüttelte den Kopf. »Freund.«

»Auf Abwegen, hm?«

Maxie kniff die Augen zusammen und überwand sich zu einer außergewöhnlichen Bitte: »Ich frage ungern, aber gibt's hier vielleicht eine Hintertür?«

Die Verkäuferin verneinte. »Wäre die Backstube vielleicht ein gutes Versteck, nur für ein paar Minuten?!?«

Maxie ergab sich in ihr Schicksal und folgte der jungen Frau in den hinteren Teil des Gebäudes. Ein angenehmer, warmer Geruch nach Brot und Gebäck fing sie ein. Der Bäcker, ein älterer Mann mit untersetzter Figur, wandte sich mit melodischem Bariton an das Mädchen.

»Wat jitt dat, wenn et fädich es?«

»Kleiner Notfall, Papa! Das hier ist Idas Mama.« Sie sah Maxie fragend an und diese nickte perplex.

»Ida war eben noch mit meiner Nichte Fritzie hier, Rosinenbrötchen kaufen«, grinste das Mädchen, und an ihren Vater gewandt, meinte sie erklärend: »Sie muss mal für ein paar Minuten von der Bildfläche verschwinden.«

Der Bäcker zwinkerte. »En Kääl?«

»Ja«, gab Maxie bedrückt zu.

Er wies auf einen Stuhl und schob ihr ein Blech mit ofenwarmen Streuselkuchen zu, der bereits in handliche Stücke geschnitten war. Seine Tochter verschwand und kam kurz darauf mit einem Becher Kaffee zurück, den Maxie zwar dankbar entgegennahm, aber wohlweislich nicht trank.

»Das ist mir alles furchtbar peinlich!«, meinte Maxie betreten.

»Muss dir nit peinlich sinn. Wat hät hä denn anjestellt, der Kääl?«

Der Kirschgeschmack des frischen Streuselkuchens küsste Maxies Lippen und der Bissen legte sich tröstend warm in ihren Magen.

»Eigentlich haben wir uns vor kurzem getrennt. Aber das ist erst zwei Tage her!«

»Dat weet schon widder!« Er hielt in seiner Arbeit inne und lehnte sich gegen den Arbeitstisch.

»Das hatte ich auch gehofft, aber jetzt steht er da vorn auf dem Bürgersteig und vergnügt sich mit einer anderen. Ich hätte nicht gedacht, dass er sich so schnell tröstet! Das macht mich echt fertig.« Traurig sah sie auf den Rest Streuselkuchen in ihrer Hand. »Der Kuchen ist total lecker.«

»Is met Liebe jebacken!«, lächelte er und nahm seine Arbeit wieder auf. Er fing an, von früher zu erzählen. Was alles schon in der Backstube hier an Problemen gewälzt worden war, wie der Ofen an Weihnachten einmal ausgefallen war, und wie seine Tochter ihre ersten Törtchen hier im Selbstversuch gebacken hatte. Er merkte, dass er einfach nur reden musste, damit diese traurige, junge Frau ihre Situation für einen Moment vergaß, bis seine Tochter an der Tür erschien und verkündete, dass die Luft rein sei.

Der Bäcker legte Maxie tröstend seine Hand auf die Schulter und verabschiedete sie mit einem nett gemeinten: »Maach et joot, Mädsche!«

Seine Tochter klopfte kopfschüttelnd das Mehl von Maxies Kleidung und sah sie voller Mitgefühl an. »Das wird sicher wieder. Kopf hoch! Schöne Grüße an Ida!«

Bedrückt eilte Maxie zurück. Die Episode hatte sie mehr Zeit gekostet als geplant und hatte all ihre Hoffnung auf Versöhnung mit Matthias mit einem Schlag zunichte gemacht. Er hatte sie aufgegeben und sich eine Neue gesucht. Nach nur zwei Tagen! Die Enttäuschung schmerzte mehr, als jemals ein Seelenschmerz ihr zugesetzt hatte. Es fühlte sich an wie Verrat. Oh, Gott, warum hatte er ihr nicht die Chance gegeben, die Sache aufzuklären! Ein unsichtbares Gewicht lag auf Maxies Magen, und das seit Tagen schon.

Auf dem Rückweg stoppte sie an der Haustür ihrer Freunde, sah sich um und versenkte dann vorsichtig die rechte Hand im engen Briefkastenschlitz. Konzentriert suchten ihre ausgestreckten Finger. Nichts! Das konnte doch nicht sein, sie hatte den Brief an Matthias doch erst vor ein paar Minuten hineingeworfen! Noch einmal tastete sie blind die Wände des Aluminiumkastens ab. Nichts!

Neben ihr schwang die Haustür auf. Blitzartig zog sie

die Finger aus dem Briefkastenschlitz, schnitt sich an der scharfen Metallkante und versteckte die schmerzende Hand rasch hinter ihrem Rücken. Jacques stand im Türrahmen.

»Manchmal finde ich dein Verhalten etwas eigenartig.« Er hielt ihr einen Brief entgegen. *Den* Brief.

»Ich nehm' an, du suchst diesen hier?«

Der Umschlag war noch immer fest verschlossen. Natürlich war er das, denn der Empfänger, dessen Name in geschwungenen Lettern auf der Vorderseite stand, war noch mit seiner neuen Flamme zugange. Maxie zerriss das Papier vor Jacques' Augen und sah ihn giftig an.

»Ich bin nicht eigenartig. Ich werde nur zu eigenartigen Dingen gezwungen.«

Kapitel 52

Du hättest es ihm sagen müssen, Maxie.« Lisa war von Lennart gebracht worden. Er hatte etwas in Köln zu erledigen, und ihnen blieb nur eine Stunde. Dann würde er seine Frau und deren dicken Knöchel wieder einsammeln und mit ihr zusammen weiter an die holländische Grenze fahren, wo sie mit seiner Hilfe zu einem Lieferanten humpeln wollte, der nur am Wochenende anzutreffen war. Keine Zeit also, um sich mit Smalltalk aufzuhalten.

»Es ging nicht.«

»Warum nicht?«

»Wir kennen uns erst seit ein paar Wochen.«

»Um schwanger zu werden, genügen in der Regel ein paar Sekunden. Er ist der Vater, und er muss es wissen! Und zwar schnell.«

Maxie stützte die Hände aufs Kinn. Der Küchentisch war blank. Keine von beiden hatte Wert drauf gelegt, die Zeit mit so etwas Banalem wie kaffeekochen zu vertrödeln.

»Verstehst du das denn nicht? Er ist erst zum dritten Mal hier, und da präsentiere ich ihm schon ein Kind!«

»Es ist seins. Er ist schließlich keine zwölf mehr und weiß, wie Kinder entstehen. Und er liebt dich doch.«

»N'Scheiß auf die Liebe, er hat sich schon getröstet. Ich klär hier gar nichts mehr!«

»N'Scheiß auf deine Angst! Wo ist denn die Kämpferin

in dir geblieben? Du bist vielleicht 'ne Lusche geworden. Jetzt reiß dich gefälligst mal am Riemen und streng dich ein bisschen an! Dir ist der perfekte Traummann über die Füße gelaufen! Jawohl, ich weiß genau, wann du verliebt bist. Da gibt man nicht beim kleinsten Hindernis auf. Egal wie er reagiert, danach bist du schlauer!« Sie sah sie eindringlich an. »Krieg gefälligst deinen lahmen Hintern hoch, Maxie. Ich nehme mal an, er hat zwischenzeitlich Zeit zum Nachdenken gehabt. Hol' ihn dir zurück.«

Das war nicht der Punkt. Matthias hatte ihr vorgeworfen, untreu zu sein. Jeder Versuch, das wieder hinzubiegen, musste scheitern, denn er hatte die Sache ja bereits abgehakt, wie sie durch die Schaufensterscheibe der Bäckerei festgestellt hatte. Und sie selbst würde eine Schwangerschaft niemals als Beziehungskitt verwenden. Sie würde sich allein kümmern. Sie hatte es mit Ida geschafft und sie würde es auch mit Matthias' Baby schaffen! Und sie würde dieses Kind lieben. Genauso, wie sie Matthias immer noch liebte.

»Hast du ihn angerufen?«

»Nein.«

Lisa stand auf, suchte humpelnd und fluchend Maxies Telefon, fand es im Bücherregal und drückte es ihr in die Hand. »Dann wäre jetzt die passende Gelegenheit. Maxie, du *musst* es ihm sagen! Jetzt! Es gibt keine Alternative.«

Maxie wollte nicht, aber sie wusste natürlich, Lisa war im Recht. Also zog sie sich ins Schlafzimmer zurück und drückte dort das Kopfkissen an sich, in der Hoffnung, dass ein vielleicht von ihm zurückgebliebener Duft ihr Mut geben würde. Der markante Duft war tatsächlich im Stoff des Kissenbezuges haften geblieben. Ein dicker Kloß bildete sich in ihrem Hals.

Als Lisa abgeholt wurde, hatte Maxie acht Mal Matthias' Nummer gewählt. Aber nicht ein einziges Mal war die Mailbox angesprungen.

Sie konnte es nicht allein aushalten, sie wurde verrückt! Unschlüssig drehte sie das Telefon in ihren Händen. Die einzige Verbindung, die sie noch zu ihm hatte. Seufzend wählte sie eine andere Nummer.

Rosie verstand schon bei den ersten gestammelten Worten, worum es ging. »Komm zu mir. Wir können dann in Ruhe über alles sprechen, was hältst du davon?«

Also fuhr Maxie mit ihrer Tochter am frühen Abend nach Meerberg. Sentimental sah sie durch die Windschutzscheibe ihrer Mutter entgegen, die an der Haustür stand und ihr zuwinkte, als sei sie sechzehn und von einer Klassenfahrt zurückgekommen.

Rosie lächelte bei der Begrüßung warm. »Wir können gleich essen, Ihr Lieben.«

Die Worte klangen wie Balsam für Maxies geschundene Seele. In diesem Haus waren alle großen und kleinen Probleme am Küchentisch gelöst worden. Selbst wenn sie dachte, mit einem Problem allein fertig werden zu müssen, ein gedeckter Tisch mit einem leckeren Essen und einem guten Zuhörer – der Rosie ohne Zweifel war – hatte immer die Macht gehabt, ihre Zunge zu lösen, und es hatte sich oft gezeigt, dass allein über ein Problem zu sprechen schon der erste Schritt zur Lösung war.

In groben Zügen hatte Maxie ihrer Mutter bereits erzählt, dass sie Matthias gehen hatte lassen, und wie es dazu gekommen war. Die Schwangerschaft hatte sie indes mit keinem Wort erwähnt.

Rosie beobachtete über den Küchentisch hinweg, wie ihre Tochter das Essen anstarrte. Sie erlaubte Ida aufzustehen, und wie erwartet fing Maxie erst dann an zu sprechen. Leise zwar, aber das machte nichts.

»Maxie, nach allem, was du mir erzählt hast, denke ich leider auch, dass du einen Fehler gemacht hast«, stellte Rosie etwas später fest. »Was du gesagt hast, war sicher im Affekt. Ich gebe zu, es war nicht fein von Matthias, dir vorzuwerfen, dass du etwas mit diesem Nick am Laufen hast, aber von seiner Warte aus gesehen …«. Rosie versuchte, ihr seinen Standpunkt zu erklären. Nur hatte Maxie genau das bereits selbst getan.

»Ach Mensch, das weiß ich doch selbst. Ich drehe mich im Kreis, was auch immer ich tue. Ich möchte die Gedanken einfach mal abschalten! Verstehst du das? Mein Kopf dröhnt, und ich lande immer wieder am Anfang meiner Überlegungen.« Sie legte das Gesicht in die Hände. Noch immer verschwieg sie, warum genau sie Matthias nicht genug gesagt hatte, um die Sache aufzuklären.

Rosie legte ihr beruhigend die Hand aufs Knie. »Ist es denn wirklich so endgültig? Ich wage das zu bezweifeln.«

»Ich habe gesagt, er soll gehen. Er hat genau das gemacht, was ich von ihm verlangt habe.«

Maxie ließ den Kopf hängen.

»Es macht mich traurig, wie du leidest. Du liebst Matthias doch?! Da geht noch was, gib nicht auf.«

Maxie lächelte und ihre rot geränderten Augen glänzten. Was nutzte ihr das nun schon? Sie hatte ihn vergrault. Und da saß sie nun und trauerte um eine gescheiterte Beziehung. Schon wieder!

»Kind, das Leben ist so schön zu zweit. Ach was, zu zweit seid ihr ja schon, ich meine zu dritt.«

»… zu dritt?« Maxie umschlang ihren Oberkörper mit den Armen und sah auf den Fußboden. Ihr Gesicht gab keine Regung preis.

Rosie stupste sie mit dem Zeigefinger an. »Sprich mit ihm. Versuch's noch einmal. Er wird dir zuhören.«

»Habt Ihr euch abgesprochen, Lisa und du?«, seufzte Maxie.

»Hat sie dir dasselbe geraten? Nun, wenn es schon zwei Menschen sagen, die dich lieben, dann wird es der richtige Ratschlag sein.«

»Ich denk' drüber nach.« Sie verdrehte die Augen. »Wie hat das nur so schief gehen können? Ich weiß echt nicht, ob ich das hinbekomme. Ich kann ja schließlich auch nicht zaubern.«

»Aber *be*-zaubern.«

Maxie schüttelte langsam den Kopf. Rosie legte ihr die Hand unters Kinn.

»Ist er es wert?«

»Ja, Mami, das ist er.«

Rosie schickte ihre Tochter früh zu Bett. Sie sah, wie ausgezehrt sie war und wie sehr sie Ruhe und Schlaf brauchte, und Maxie verschwand ohne Widerworte. Sie war einfach fertig mit der Welt, aber dank ihrer Mutter und den harschen Worten Lisas keimte wieder Hoffnung in ihr auf, und so ließ sie endlich ihre Gedanken los und fiel in einen tiefen und erholsamen Schlaf.

In der Küche räumte Rosie die Reste des Abendessens weg, holte sich ein langstieliges Glas und warf einen Blick in ihr wohlgefülltes Weinregal in der Vorratskammer. Da war noch eine angebrochene Rotweinflasche.

Wenn sie mit ihren Vermutungen richtig lag, würde die gute Maxie für einige Monate auf diesen Genuss verzichten müssen. Bis zum Frühling wahrscheinlich … Ein Lächeln voller froher Erwartung streifte ihr Gesicht. Aber zuerst musste die Sache mit Matthias geklärt werden, und Maxie musste endlich mal wieder zu Kräften kommen. Der Anfang war gemacht.

Rosie prostete dem Foto ihres verstorbenen Mannes zu und lächelte. »Da ist wieder ein Engel unterwegs, mein Lieber. Schau mal, ob du deiner Tochter nicht von da oben ein bisschen unter die Arme greifen kannst. Lass sie bitte nicht im Stich.«

Kapitel 53

Maxie erwachte davon, dass ein Blumentopf im Hof unter ihrem Fenster umfiel und zerbrach. Begleitet vom Klappern der Holzläden stand sie auf. Ein Blick auf die Uhr verriet ihr, dass sie ganze vierzehn Stunden durchgeschlafen hatte. Sie fühlte sich entspannt und ruhig und nach vielen Tagen endlich mal wach!

Da sich dieser Samstag zu nichts anderem anbot als zum Faulenzen, zelebrierten Rosie, Maxie und Ida erst um die Mittagszeit einen üppigen Brunch, bei dem Maxie einen gesegneten Appetit an den Tag legte und ein Brot nach dem anderen dick mit Ziegenkäse bestrich.

Rosie musterte ihre Tochter über den Tisch hinweg. Die Röte der Augenränder hatte nachgelassen. Maxie schien gelöster als gestern Abend und alberte mit Ida herum. Sie war eine Kämpferin, ihre Maxie. Sie würde wieder auf die Füße kommen!

»Sag mal, wo hast du diesen Käse her? Da kann man sich ja reinknien!«

»Mami der stinkt! Da kniest du dich gar nicht rein!«

»Das geht dich doch nix an, was ich esse!« Maxie biss einen demonstrativ großen Bissen ab und wedelte mit dem Brot vor Idas Nase herum.

»Da geh ich ja kaputt im Auto!« Ida griff sich an den Hals und machte Würgegeräusche. Rosie lachte. Vor vielen Monaten waren die beiden von diesem Tisch in eine ungewisse Zukunft aufgebrochen. Damals war die Stimmung getrübt, und sie selbst war in großer Sorge um ihre Tochter und ihre Enkelin gewesen, denn draußen hatte ein Auto voll mit Umzugskartons gestanden. Heute war es anders. Egal, was in den nächsten Wochen passieren würde, sie wusste, die beiden würden die Situation meistern können.

Maxie kaute und zwinkerte ihrer Mutter zu. Ihre Mum hatte eine Positivität, der man sich nicht entziehen konnte. Sie mischte sich nie ungefragt ein – bis auf die Sache damals mit Lisa, Paula, Dani und der Wodkaflasche, aber das war schon tausend Jahre her – aber sie hatte immer den Dreh heraus, verfahrene Situationen von einer anderen Seite aus zu beleuchten. Einer positiven! Hierher zu kommen, war mehr als okay gewesen.

»Wir werden dann auch mal aufbrechen, was Ida?« Maxie säuberte notdürftig Idas Platz, indem sie die Krümel auf ihren Teller schob. Sie nickte Rosie zu. »Dann schau ich mal, ob ich Matthias heute noch sprechen kann.« Sie lächelte optimistisch.

»Ja mach das nur, viel Glück Schatz. Gib nicht auf. Es wird alles gutgehen!«

Nicht ganz so zuversichtlich, wie sie sich gegeben hatte, verließ Maxie ihr Heimatdorf. Heute Morgen vor dem Frühstück hatte sie sich einen Schlachtplan zurechtgelegt und hoffte jetzt einfach, Matthias noch anzutreffen. Am liebsten persönlich, sonst würde sie telefonieren. Wenn nicht heute, dann morgen, oder übermorgen. Nein, sie würde nicht aufgeben!

Er musste ihr zuhören.

Er musste einfach!

Sie musste es sich nur genug wünschen!

Auf dem Rücksitz unterhielt sich Ida hauptsächlich mit ihrem Stoffhasen, und Maxie spielte immer wieder in Gedanken den Anfang ihres späteren Gesprächs mit Matthias durch, sodass sie Ida kaum zuhörte.

»… beschissener Regen, Mami, ich glaube ich habe einen gerade einen Blitz gesehen!«

Sie würde bei Jacques klingeln, sobald sie zu Hause war. Da heute erst Samstag war, war sie relativ sicher, dass Matthias noch dort anzutreffen war. Er sollte erst in drei Tagen wieder zum Dienst. So war der Plan gewesen. Aber schon am Freitag hatte sie ihn nicht nebenan erreicht. Wenn nur nicht die Geschichte mit der unbekannten Blonden-

»… guck mal ein Vorhang. Da fahren wir jetzt rein!«

Erst als sie tatsächlich in eine dichte Regenwand hineinfuhr, realisierte Maxie, was Ida gerade gesagt hatte. Überrascht trat sie auf die Bremse, und der Wagen brach prompt aus. Die Räder fingen sich auf dem Schotter des Seitenstreifens und das Auto blieb stehen. Maxie sah mit klopfendem Herzen ins diffuse, graue Licht. Die Straße wurde erhellt von einem Blitz und fast gleichzeitig rollte ein langer Donner über sie hinweg. Sofort sah sie nach hinten und blickte in Idas weit aufgerissene Kinderaugen. Beruhigend reichte sie ihrer Tochter die rechte Hand und verdrehte sich fast die Schulter dabei. Soweit Maxie überhaupt sehen konnte – und das war nicht weit – waren keine anderen Autos auf der Straße. Kurz überlegte sie, hier für einige Zeit anzuhalten – nur bis sich der Himmel aufklarte – aber eigentlich wollte sie nach Hause! Sie hatte schließlich eine Mission zu erfüllen! Die Sturmböen zerrten am Fahrzeug und so kroch Maxie Meter für Meter weiter.

Nur nicht stehenbleiben!

Irgendwann würde sie ankommen.

Die Scheibenwischer jagten auf höchster Stufe das Wasser über die Frontscheibe, und nur unter äußerster Konzentration konnte Maxie den Straßenverlauf erkennen. Die Stadtgrenze. Endlich, sie war in Köln! Jetzt war es nicht mehr so weit. Nur noch der Grüngürtel, dann zweimal abbiegen, und dann- der Knall, gefolgt von starker Vibration war das letzte, was Maxie bewusst wahrnahm, bevor ihr die Sicht von einem massigen Baumstamm versperrt wurde. Wie ein Peitschenhieb knallte fast im gleichen Augenblick ein langer Ast auf ihr Autodach und Maxie gab einen erschrockenen Schreckenslaut von sich. Ihr Kopf flog herum und sie sah Ida, die erstarrt ihren Plüschhasen umklammerte.

»Bist du okay, Engelchen?« Maxie schnallte sich los und drehte sich auf dem Sitz soweit es ging nach hinten. Mehr zu sich selbst meinte sie beruhigend: »Es ist nur ein fetter Baum! Mach dir keine Sorgen.«

Mit der Hand fuhr sie suchend im Dunkel herum, bis sie die den Verschluss des Kindersitzes gefunden hatte.

»Komm zu mir nach vorn!«, forderte sie Ida auf, die sich nicht zweimal bitten ließ und auf Maxies Schoß krabbelte. Die sichere Umarmung ihrer Mutter und deren Küsse lösten die Anspannung, und auch Maxie merkte, wie die Andrenalinwelle verebbte und sie besser Nachdenken konnte.

Der Baum umschloss mit seinen grünen Armen fast vollständig das Auto. An allen Scheiben klebten Blätter, Nadeln und Ästchen. Nach wie vor prasselte der Regen auf sie herab, das Hämmern der fetten Tropfen war aber durch das Dach, das die Äste bildeten, einem dumpferen Geräusch gewichten.

Versuchsweise drehte Maxie den Zündschlüssel. Der Motor gab nur ein kurzes Gurgeln von sich und verstummte. Rückwärts setzen fiel also aus. Vorwärts ging's auch nicht weiter. Sie musste ihre Situation von außen begutachten, sonst würde sie sich nie ein Bild machen können. So schob sie Ida auf den Beifahrersitz, öffnete die Tür gegen den Widerstand der Äste und fand sich von einem Augenblick auf den anderen völlig durchnässt neben ihrem Fiat stehen. Sie sah nur Dreck und Chaos. Ihr Wagen stand in Fahrtrichtung, die Motorhaube küsste aber den gefallenen Riesen, dessen Arm sich auf dem Wagendach abgelegt hatte. Nicht ein einziges Licht zeigte die Anwesenheit eines weiteren Lebewesens an, nur Blätter, Äste, Wasser und Sturm umgaben sie, und so stieg sie zurück ins Auto und zog sie die Fahrertür schleunigst zu, fieberhaft bemüht, ein aufkommendes Gefühl der Angst zu unterdrücken. Maxie strich sich das nasse Haar aus dem Gesicht und lächelte ihrer Tochter ermutigender zu, als sie sich selbst fühlte.

»Beschissenes Wetter?«, piepste Ida.

»Mehr als beschissen.« Man musste die Dinge beim Namen nennen. Sie zog ihr nasses Shirt aus und angelte frierend nach einer Jacke auf dem Rücksitz. Den Zipper zog sie bis unters Kinn und hievte Ida wieder auf ihren Schoß. Dann schob sie den Regler der Innenleuchte, um wenigstens im Auto die Dunkelheit zu verscheuchen. Doch auch diese flackerte, und das Licht verlöschte.

»Das Licht ist auch besch-« Sie hielt Ida den Mund zu.

»Lass es nicht zu deinem Lieblingswort werden.« Und in dem Moment, wo sie es sagte, wusste sie, dass es doch genau so kommen würde. Aber egal.

Ein Blitz zerriss das Grau. Es dauerte diesmal ein paar Sekunden, bis der Donner krachte. Das Unwetter zog weiter. Unheimlich war's trotzdem, denn die Sorge, dass in jedem Moment ein weiterer Baum umfallen könnte, versetzte Maxie in höchste Alarmbereitschaft. Sie saßen hier fest!

Und jetzt?

»Mama, und jetzt?«

Sie hatte keine Antwort.

Hinter ihrem Wagen krachte ein weiterer immens großer Ast herunter, und sie zuckten beide noch einmal heftig zusammen. Ida klammerte sich am Hals ihrer Mutter fest. Maxie spürte den Atem warm an ihrer Haut.

Es war nicht mehr weit bis nach Hause. Vielleicht zehn Minuten durch den Wald. Konnten sie es wagen, zu Fuß loszurennen? Wie bescheuert musste man sein? Es war schlicht lebensgefährlich!

Dann war es jetzt soweit. Sie forderte ein Versprechen ein.

Sie wählte, die Verbindung brach ab.

Kein Netz.

Natürlich, sie war so blöde!

Wieder und wieder versuchte sie, Jacques zu erreichen. Irgendwann landete sie wenigstens auf der Mailbox.

»JACQUES!«, schrie sie lauter als beabsichtigt und beeilte sich, ihre Nachricht aufs Band zu bekommen. »Wir hatten einen Unfall mit einem Baum! Uns ist nichts passiert, aber wir können nicht aussteigen! Wenn das Unwetter ein bisschen nachlässt, sei so lieb und komm. Und bring irgendjemand mit einer Kettensäge mit. THW, Superman, Feuerwehr oder Olli. Bitte KOMM.«

»Ja, komm und hol uns ab!«, rief Ida hinterher, froh, etwas zur Lösung beizutragen. Sie war so tapfer!

Nachdem sie kurz beschrieben hatte, wo sie zu finden waren, gab sie Ida ein High-Five und verstaute das Telefon in der Jackentasche, wo sie die geringste Vibration wahrnehmen würde. *Wenn* er zurückrief! Sie warf einen besorgten Blick auf die Bäume ringsum, unterhielt Ida, sang ein bisschen mit ihr. Eine Viertelstunde verging. Eine weitere. Das Gewitter ließ nach, nicht jedoch der Regen. Der Wind fegte Äste über die Straße, schlug aber nicht mehr so brutal in die Bäume.

Maxie fasste Mut, und ehrlich gesagt machte sie das stille Warten auf Hilfe fast aggressiv. Es war Zeit zu Handeln.

»So, mir reichts! Wir steigen aus!«, teilte sie Ida resolut mit, zog dem Kind die Jacke bis unter die Nasenspitze zu und klemmte ihr den Hasen in den Arm. Sie drückte ihr einen dicken Kuss auf die Stirn.

»Du musst deinen Hasen retten! Das wird jetzt nass

und das wird nicht schön, aber wenn wir Zuhause sind, essen wir ein riesengroßes Stück Kuchen!«

Ein tiefer Atemzug und sie öffneten die Autotür.

Auch diesmal brauchte es nur kürzeste Zeit, bis beiden die Kleidung auf der Haut klebte. Idas kleine Hand fest umschlossen wie ein Schraubstock, pflügte Maxie sich durch das Gewirr der Äste und half ihrer Tochter, über den Baumstamm zu klettern.

»Denk daran: du musst deinen Hasen retten!«, rief Maxie ihrer Tochter zu. Der Saum von Idas Tunika, der unter ihrem Strickjäckchen hervorblitzte, zerriss, Maxie schlug ein Ast ins Gesicht und hinterließ eine rote Strieme. Aber keine von beiden gab auf, und sie kämpften sich tapfer weiter.

»Mami, da!«, rief Ida und zeigte auf einen Waldweg, der hier auf die Straße stieß. Eine Bewegung. Jemand rief ihren Namen.

Jacques! Himmel, endlich! Maxie sprang vom Baumstamm herunter, blieb hängen und fiel fast hin, sie wandte sich um, um Ida vom Hauptstamm herunter zu heben, da war er bereits bei ihnen angekommen. Das Shirt malte die Konturen seines Körpers nach, das Wasser glänzte auf seinem schmalen Gesicht.

»Seid ihr okay?«, schrie Matthias sie an.

Er kniff die Augen zusammen, ob vor Ärger, Sorge oder wegen des Regens vermochte Maxie nicht zu sagen. Er hob behutsam Ida auf seinen Arm.

»Komm Kleines, du brauchst keine Angst zu haben.« Er drückte Ida an sich und wandte sich an Maxie. »Seid ihr verletzt?«

Sie schüttelte den Kopf.

Matthias behielt Ida auf den Arm und lief vor Maxie die Straße entlang den diffusen Scheinwerfern von zwei herannahenden Fahrzeugen entgegen. Maxie rannte permanent Wasser in den Kragen und die Jeans klebte an ihren Beinen. Sie stolperte und fiel. Matthias reichte ihr die freie Hand und zog sie auf die Beine.

»Nur noch ein Stück, komm weiter!«, befahl er ihr und riss an ihrem Arm. Es gab keinen Grund, so grob zu ihr zu sein! Sie versuchte sich zu befreien, doch seine Hand schloss sich fest um ihr Gelenk und zog sie unbarmherzig hinter sich her.

»Wie konntest du nur so leichtsinnig sein, das Auto zu verlassen?«, brüllte er sie an.

Maxie kam sich vor wie in einem Katastrophenfilm. Um sie herum das reine Chaos, ein zorniger Ex-Freund an der Seite war das allerletzte, was sie noch brauchte. Sie blieb stehen und riss ihre Hand los.

»Läufst du wohl weiter!« Seine Stimme überschlug sich fast. Ein Feuerwehrmann kam ihnen entgegen, nahm Maxie am Arm und brachte sie im Laufschritt zu den Fahrzeugen. Visiere wurden heruntergeklappt, Kettensägen starteten. Man warf ihnen Decken zu und dirigierte sie ins Fahrzeuginnere. Die Tür schlug, und die Geräusche von draußen drangen mit einem Mal nur noch dumpf. Ida rollte sich neben Maxie zusammen, legte den Kopf auf deren Oberschenkel und zog sich die Decke ganz eng um ihren kleinen Körper. Maxie strich ihr immer wieder über den Rücken.

Das hätte so schief gehen können! Ein unkontrollierbares Zittern setzte ein. Maxies Oberkörper bebte und ihr Schultergelenk schmerzte. Der rote Striemen im Gesicht, wo der Ast sie vorhin erwischt hatte, brannte und Tannennadeln und Aststückchen klebten buchstäblich überall an ihr. Es roch nach Erde. Draußen beseitigten die Männer kompetent das Hindernis. Im Auto ... Stille.

»Was für ein elender Mist!« Maxie presste die Arme fest an den Körper, um das Zittern zu unterdrücken. Ein Arm lege sich um ihre Schultern, und Matthias zog sie langsam an seine Brust. Auch sein Herz hämmerte wild. Er selbst sah aus, als hätte er Jahre seines Lebens im Wald verbracht. Er war voller Dreck und ebenso klatschnass wie sie. Seine ehemals weißen Turnschuhe hatten ein undefinierbares Braun.

Er war ihnen zur Hilfe gekommen. Durch Regen und Waldbruch. Das hätte er nicht tun müssen. Und doch war er hier.

Sie hatte ihm so viel zu sagen! Gleich. Nur einen Moment noch ...

»Was hast du dir nur dabei gedacht?«, kam er ihr zuvor. Er sprach leise, fast flüsterte er. Er war nicht wütend.

»Ich hab' das Wetter doch nicht gemacht!«, schniefte sie und zog die weiche Decke fester um sich.

»Wen interessiert das Wetter, Maxie? Warum hast du verdammt noch mal Angst davor gehabt, mit mir zu sprechen?«

Sie zuckte leicht mit den Schultern und setzte zu einer Antwort an, doch sie kam nicht zu Wort. Die Decke half gegen das Zittern. Oder war es sein Arm?

»Nein, sag nichts.« Seine Stimme war dunkel, weich und trotzdem bestimmt. »Bevor hier auch nur irgendetwas anderes passiert, solltest du wissen, dass du unglaublich *stur* bist, *verbohrt* und *eigensinnig,* und ich habe mir noch an keiner Frau so sehr die Zähne ausgebissen, wie an dir. Weißt du, was ich gemacht habe, nachdem ich aus deiner Haustür rausmarschiert bin?« Er wartete ihre Antwort nicht ab. »Ich habe meine Schwester in Holland angerufen und sie ist schnurstracks nach Köln gekommen.«

Maxie fuhr hoch, wobei sie knapp sein Kinn verfehlte und setzte sich kerzengerade auf.

»Deine Schwester?!«

Es war seine Schwester gewesen?!?

»Ja, verdammt! Ihr habt einiges gemeinsam, unter anderem die unrealistische Vorstellung, dass man *erraten* kann, was in euch vorgeht.« Er stieß heftig die Luft aus. »Es tut mir leid, was ich dir vorgeworfen habe. Es tut mir ehrlich leid, Maxie. Ich hoffe, du verzeihst mir. Und wenn du mir verzeihst, dann möchte ich, dass wir uns nie wieder so streiten.« Maxie sah auf. Er spannte die Armmuskeln an und drücke sie an sich. Ihr Kopf ruhte an seiner Schulter.

Er fuhr fort: »Ich weiß nicht, ob ich dem gewachsen bin, oder ob du mich einfach nur langsam um den Verstand bringen wirst, Engel. Tatsache ist, es ist mir so ziemlich egal, was du sagst oder willst oder dir selbst einzureden versuchst. Ich bleibe bei dir, und wenn du mich nicht willst, werde ich eben als Freund für dich da sein, auch wenn mir das die Eingeweide zerfetzen wird.

Aber das kann auch nicht schlimmer sein als das, was ich bis jetzt mit dir durchgemacht habe. Mich wirst du nicht mehr los!«

»Du kennst leider nicht die ganze Geschichte.«

»Ich weiß alles, was ich wissen muss! Ich hab' nur einen Moment gebraucht. Halte mich doch nicht für so einfältig!« Seine Stimme war weich wie Samt. »Eins ist klar, und zwar dass ich nicht mehr von eurer Seite weichen werde, Maxie, und dass du mich zehnmal wegschicken kannst, und ich elfmal wieder zurückkommen werde!«

Idas Kopf lag noch immer unbewegt auf ihren Knien, mit geschlossenen Augen und einem Grinsen auf dem Gesicht. Maxie lächelte ebenfalls und Matthias schnaubte zufrieden, als er es bemerkte. Er ruckte ein wenig unsanft nach vorn, zog sich seine Decke von der Schulter und legte sie über Maxie und Ida.

Maxie atmete tief durch und entspannte sich, und sie war bereit, das Ruder für eine kurze Zeit abzugeben, denn es war jemand da, der es für sie in die Hand nahm. Sie war nicht allein. Und es gab auch keine Trümmer, die es aufzuräumen galt.

Das Unwetter, die Gefahr, ihr kaputtes Auto und der Stress der letzten Stunden verloren an Bedeutung. Er war da. Er wusste Bescheid. Und er würde bleiben.

»Du brauchst nicht elfmal zurückkommen, weil ich dich kein einziges Mal mehr fortschicken werde. Ich liebe dich!«

Kapitel 54

Es war dunkel im Zimmer, lediglich ein feiner Licht-kegel fiel durch das Fenster herein. Außer dem Rau-schen von Blättern im Frühlingswind und gelegentlichen schwachen Musikfetzen war nichts weiter zu hören. Mat-thias bewegte sich. Der feste Stoff raschelte leise, wie nur frisch gestärkte Bettwäsche rascheln konnte. Seine Hand lag auf Maxies Hüfte. Sie lag eng an ihn geschmiegt.

»Das war eine wirklich beeindruckende Hoteleröff-nung.«

Matthias blies Luft in ihre Locken, die über das ganze Kissen ausgebreitet waren.

»Wer war die Frau, mit der Nick sich so lange unter-halten hat?«

Maxie überlegte. »Das war Lisas Cousine. Eine ganz Liebe. Ich denke, er ist über mich hinweg. So hat es jedenfalls ausgesehen. Das freut mich so für ihn. Ich hatte wirklich nicht gewusst, dass er so unglücklich in mich verliebt war.«

»Ich glaube, ich mag große Feiern«, sagte Matthias leise.

»Du magst jedes Fest, wenn es für dich was zu orga-nisieren gibt. Das hast du übrigens gut gemacht heute!«

»Das ist meine Arbeit, Maxie. Das mache ich schon seit Jahren. Du machst deinen Job aber auch gut.«

»Bloß das gleiche im Hotel wie vorher in der Schreine-rei. Ein bisschen die Fäden in der Hand halten.«

»Wohl eher ein ganzes Wollknäuel. Versprich mir, dass du dir helfen lässt, wenn es zu anstrengend wird.«

»Du weißt doch, ich kann-«

»Schwöre es!«

»Na gut, dann schwöre ich es halt.«

»Nur für die nächste Zeit, bis ich öfter zu Hause bin.«

»Mach dir keine Sorgen, ich habe dazugelernt.«

Er seufzte tief. »Ich auch, Maxie. Ich auch.«

»Hast du gesehen, wie glücklich Olli war? Und als dein Bruder dann am Ende gesprochen hat, habe ich fast geweint!«

»Lehrer halt.«

»Ihr seid schon ein kompetenter Haufen, ihr Kölner Jungs!«

Ein Hauch von frischem Tannenduft wehte durch das offene Fenster herein.

»Und Tim hat Mami nicht von der Angel gelassen. Er ist ein so guter Tänzer!«

»Das bin ich übrigens auch!«

Er sah ihre Zähne aufblitzen, als sie lächelte.

»Ja, das bist du auch, Matthias. Entschuldige, dass ich so früh aufgegeben habe.«

»Du hast ja immerhin bis zum Feuerwerk durchgehalten!«

Maxie drehte den Kopf in seine Richtung. »Hatte ich Ida versprochen!«

Sie suchte seine Hand und schob ihre Finger zwischen die seinen.

Eine Weile sagte keiner etwas. Maxie war von der Party noch viel zu aufgeregt, um die Augen schließen zu können.

Ihr Blick fiel auf den Nachttisch. Und auch wenn das Licht zu schwach war, um das Bild wirklich zu erkennen, wusste sie doch um jedes kleine Detail. Ein tiefes Glücksgefühl ergriff Besitz von ihr, als sie sich an diesen besonderen Tag im letzten Oktober erinnerte, als das Foto an der Küste vor Kopenhagen entstanden war. Sie kuschelte sich noch ein Stück näher an Matthias. Es war so gut, dass er da war!

»Du scheinst mir sehr zufrieden zu sein«, bemerkte er.

»Ich habe auch jeden Grund dazu.« Sie drückte ihm einen leichten Kuss auf die Wange.

»Du bist also einverstanden mit deinem neuen Zuhause?«

»Voll und ganz. Ich bin doch hier aufgewachsen, Matthias. Ich bin ein Kind vom Land, und das werde ich immer sein, ganz egal, wo ich wohne.«

»Nach Köln hast du auch gut gepasst.«

»Ja, das fand ich auch«, musste sie zugeben.

»Aber Köln ist auch nur ein Dorf«, schoss er hinterher.

Sie lachte melodisch. »Erzähl das bloß nicht deinem Bruder!«

»Versprochen. Bleib dir treu und vor allem ... bleib bei mir. Wir können wohnen, wo du willst, solange ich immer wieder zu dir nach Hause kommen kann.«

Zuhause, das konnte so vieles heißen. Das war ein Ort, wo man sich geborgen fühlte. Erst vor vier Tagen hatten sie die letzte Umzugskiste aus dem Haus in Köln herausgetragen. Das Leben nahm doch immer wieder unerwartete Wendungen. Schön geschwungene weite Kurven und so manche unverhoffte Spitzkehre! Sie selbst hatte es zurück zu den Wurzeln ihrer Familie geführt.

»Ich hätte übrigens nicht gedacht, dass du dir wirklich Gummistiefel kaufst, und sogar die richtig schweren! Für richtige Kerle!«, foppte sie ihn.

»Die brauchte ich!«, verteidigte er sich. »Wenn man mit dir zusammen ist, muss man auf alles vorbereitet sein. Und wenn du mich mal wieder rausschmeißt, ziehe ich für ein paar Nächte in die Burg. Carlos gewährt mir sicher einen Sonderpreis«, fügte er flüsternd hinzu.

»Untersteh' dich!«

Er küsste sie auf den Scheitel und fuhr mit der Hand, die immer noch mit ihrer verschlungen war, ihre Hüfte hinauf.

»Hoffentlich habt ihr bedacht, dass du den Umfang eines Betonmischers annehmen wirst!«

Maxie stieß ihn mit dem Ellbogen in die Seite. »Es gibt niemanden, aber auch gar niemanden, der mit mehr Bedacht ein Kleid auswählen würde als Jacques! Du wirst morgen schon sehen, wie ein Betonmischer im Hochzeitskleid aussieht!«

»Ich kann es kaum erwarten! Kennst du deinen Text, Liebling?«

»JA!«

Er stützte sich auf den Ellbogen auf und sah auf sie hinab. »Und was war jetzt nochmal mit dem Wahrheitsserum? Ich meine das, was du dem Helden einflößen wolltest, der dich aus den Klauen des Schicksals befreit.«

Sie überlegte einen Augenblick. »Woher weißt du davon? Das hab' ich zu deinem Bruder gesagt!«

»Ich stand auf der Treppe. Also was ist nun mit dem Serum?«

»Hab' ich dir doch in Kopenhagen eingeflößt. Als du an der Reling vor mir niedergekniet bist.«

»Nein, das war erst *nachdem* du ›ja‹ gesagt hattest.«

Sie lachte tief und selbstsicher: »Ich hätte dich sowieso entlarvt.«

»Ja, das hättest du.« Er schluckte. »Nie war mir eine Frage so ernst gewesen wie diese.«

»Nie war mir eine Antwort so wichtig«, flüsterte sie.

»Schlaf gut, Liebling!«

»Nacht Matthes …«

ENDE

Überraschung!

Du hast gesagt, du wünschst dir etwas Selbstgemachtes von mir, weil du schon alles besitzt, was du dir jemals erträumt hast. Ich habe lange überlegt.

Du hast mir ein Zuhause gegeben, wo ich mich immer geliebt und geborgen gefühlt habe, und wenn wir uns an deinem Geburtstag dieses Jahr nicht sehen, weil du (mal wieder) auf Reisen bist, dann muss es etwas ganz Besonderes sein.

Also habe ich viele Stunden damit verbracht, mich mit den Menschen zu unterhalten, die dich lieben, und dann fing ich an zu schreiben. Die Geschichte über das Jahr, in dem sich dein Leben verändert hat. Und meins auch.

Manchmal dachte ich, ›Das passiert sonst nur im Film!‹, aber genau das hat Onkel Olli vermutlich auch gedacht, als er letzte Woche auf den Spaten trat, ihm der Stiel entgegen schnellte und ihn so unglücklich traf, dass Jacques ihn mit gebrochener Nase in die Notaufnahme bringen musste. Verrückte Sachen passieren manchmal einfach, besonders da wo *wir* sind …

Dieses entscheidende Jahr liegt schon lange zurück, und ich habe mir winzige künstlerische Freiheiten genommen. Ich bin ja auch keine Journalistin, sondern lerne Konditorin. Auf alle Fälle aber ist dieses Buch selbstgemacht, so wie du es dir gewünscht hast. Und wie wir beide wissen ist (fast) alles wahr. Ich liebe dich und freue mich, dass du immer noch so unendlich glücklich bist, Mami! Mach dir keine Sorgen um Luis, der ist mit seinen zwölf Jahren reichlich anstrengend, aber wir kommen wie immer gut miteinander aus, bis du zurück bist.

Herzlichen Glückwunsch von uns beiden, viele Grüße an Matthias und ganz, ganz viel Spaß in Island! Deine Ida

Textzeilen »Stadt met K« in Kapitel 12 von der CD ›Us der Stadt met K‹ und ›Pirate‹ in Kapitel 26 von der CD ›Et jitt Kasalla!‹ mit freundlicher Genehmigung der Band ›Kasalla‹ aus Köln. Dankeschön dafür!

Danke auch an Anne, du hast mir nach einem unserer seltenen Treffen vorgeschlagen, ein Buch zu schreiben. Jahre später, hier das Ergebnis. Sabine für all deine wunderbaren, hilfreichen Ideen zu Location und Charakteren (und allem anderen, bei dem du mir beigestanden hast). Kathrin für deine sehr aufbauenden, lieben Worte. Heike und Michaela, Ihr habt unfassbar schnell die holprige Erstversion gelesen. Eure Positivität hat mir so oft weitergeholfen! Bettina, danke für deine Tipps nicht nur zu diesem Buch. Margit für den Hinweis zum Denkmalschutz. Meiner lieben Korrektorin: merci! Das war kein einfacher Job. Ich danke all denen, die dieses Buch lesen. Ich hoffe, es hat euch gut unterhalten!

Die Handlung ist reine Fiktion. Gute Eigenschaften einiger Freunde habe ich gern ›geklaut‹, jedoch ist mein Leben glücklicherweise frei von Veronikas und Randolfs, und so soll es auch bleiben.

Am Ende noch ein riesiges Dankeschön an Isabeau, die mich immer schreiben ließ, wenn ich eigentlich Zeit für sie hätte haben sollen, die ihre Hausaufgaben verschob, damit ich unseren einzigen Laptop nutzen konnte, die sich so geduldig die neuen Kapitel anhörte, und mit der man so wunderschön verreisen kann. Ich liebe dich, mein Mädchen, aber das weißt du ja!